U0164100

我曾想要一個海

古典文學星空

許俊雅 著

文學與創意（代序）

許俊雅

　　這世界是豐富的，超越地球的豐富，沒有找到的、不確定的，永遠是充滿想像的空間，永遠是讓人無限的憧憬。文學創作也是這樣，一旦新的創造形式與題材被使用過，就成為不足為奇、平淡的，甚至缺少深刻意義的。

　　這幾年我感受到人類的想像力與創造力，隨著文明的進步，資訊的發達，影像世界無所不在的侵吞羈占，我們的想像與思考正逐漸在流失之中。獨創、原創的獲取，與人類無拘無束的想像有著密切的關係。高科技、高工業，事物精細到無以倫比，可以看到的地方，任何事物都可以確定，使得想像力日益萎縮。這應該也是二十世紀末的作家、藝術家開始脫離寫實、模擬現實的主流風格，希望尋找新的風格，企圖回到想像的世界，因為人類本不是單純的生物，人類也不是電腦，當一切被電腦控制以後，只有一個東西可以脫離電腦，那就是創造力很主要的根源——想像力。電腦只能代替我們的記憶力，但代替不了我們的思考和想像，它挾持不了無法無天的想像力。

　　傳統教育總是希望人人謹守規範，行為中規中矩，以便於統治或管教，但是進入自由民主的時代，愈是在某一方面

特殊有創造力的人，他們的想法、行為經常不同於一般人，可惜大多數人對這少數的特殊行為，不一定能包容，因為尊重每一個體的想法、做法，在我們的社會，還不被普遍實施，我們在生活中，仍是不知不覺扮演著指導的角色。因為不夠充分自由，人的創造力無形中被壓抑、被限制，這樣的現象，不僅導致社會創造力的退化，也導致某些獨特的人，其人生不舒暢，生命本身不快樂。

　　現時的教育、社會雖比過往開放、多元化，但是長期的觀念要一下子改變也並非易事，廖玉蕙在〈我從小喜歡種樹〉這篇文章說及，我們的教育根本上是否產生很大的問題，我們教導孩子說真話、要誠實，可是在藝術、創作上卻一再要他們說謊，揣摩上意，說些言不由衷的話。這篇文章說出青少年為文時缺乏獨立思考，人云亦云、千篇一律的情況。台灣的作文班或作文教學，有很大成分是扼殺小孩文學想像與創造力的最大溫床。大人透過經驗知識法則教導孩子，久之，孩子也習慣了以刻板單一印象去認識世界上的事物。修伯里的《小王子》，書一開頭的繪圖「蛇吞象」，成人以知識的經驗視之為一頂帽子，當然它也不一定是莽蛇吞大象，各種不同的想法都可能。作者真正想表達的是一種重想像而輕知識的思考。想像力是天生具有，後天教育常使想像力枯萎，我們需要的是趕緊去澆水，使它活過來，只要我們願意去澆水，在我們腦中想像的種子就可以發芽成長。

　　葉綠娜曾寫過一篇散文〈我心中的山〉，據悉是《聯合文學》邀請在各行業表現傑出者，回憶他們一生中所遇到的

最大挫折。葉綠娜在這篇散文裡並不是寫她在學鋼琴上的困境，而是回憶小學五年級上美術課時的某次經驗，她依照她心中的想法去畫畫，老師卻認為她亂畫一通，要她參考課本上漂亮花兒的素描來畫。文章最後說：「從此，一直到今天，似乎，我只敢做給人看他們愛看的漂亮花兒素描。不論在真實人生，或甚至在舞台上，我怎樣都提不起勇氣，也沒有『能力』讓大家看，告訴大家，其實，那兩座蒙在白霧後面的『黑山』，才是我心中真正的強烈感受，……真正想捕捉的影像呢！」做為一位演奏家，她必須重新詮釋曲子，賦予曲子新的生命。但她不敢貿然將之發揮出來，因內心總不免顧慮到別人的想法，考慮聽眾喜愛與否？這壓力形成她邁向更大成就時的絆腳石。從這樁「美術事件」，我們可以看到成人不自覺的錯誤指引，對有潛力、有創意的孩子，是件相當殘忍的打擊。

　　三毛的〈拾荒夢〉提到小時候作文課，寫〈我的志願〉，當她寫著：「我有一天長大了，希望做一個拾破爛的人，因為這種職業，不但可以呼吸新鮮的空氣，同時又可以大街小巷的遊走玩耍，一面工作一面遊戲，自由快樂得如同天上的飛鳥。更重要的是，人們常常不知不覺的將許多還可以利用的好東西當作垃圾丟掉，拾破爛的人最愉快的時刻就是將這些蒙塵的好東西再度發掘出來，這……」，結果老師丟過來一只黑板擦，驚天動地亂罵一番，並處罰她重寫，她又寫到：「希望做一個夏天賣冰棒，冬天賣烤紅薯的街頭小販，因為這種職業不但可以呼吸新鮮空氣，又可以大街小巷

的遊走玩耍，更重要的是，一面做生意，一面可以順便看看，沿街的垃圾箱裡，有沒有被人丟棄的好東西，這……」，這次又被老師劃了大紅叉，丟下來重寫。她只好胡亂寫著：「我長大要做醫生，拯救天下萬民……。」老師才終於滿意。三毛一生幾乎就是一面工作一面遊戲，生活中喜歡拾荒，那是她絕大的生活快樂。她深刻理解拾荒的趣味及吸引人，就在於它永遠是一份未知，在下一分鐘裡，能拾到的是甚麼好東西誰也不知道，它是一個沒有終止，沒有答案，也不會有結局的謎。

作文、美術課應該都是一種創作的課程，與創意、創造有很密切的關係，我不知道這情況究竟改善了多少？但在1996年大學推甄作文時，這樣的窘態仍然畢現。

某天我聽了唐翼明先生談韓少功《馬橋詞典》，很是精彩，對作者以別開生面的詞典手法敘述發生在馬橋小鎮的故事，其創意令人讚嘆，而最吸引我的倒不如說是透過語言文字所讀到的作者深刻精湛的思想。「創新」是純文學最可貴的特質，它獨一無二，不模仿別人，不受別人影響，有時一點點的影響都會遭到批評，這是最高的獨創性、絕對的創意。意識流小說的出現打破過去以情節為中心的敘述手法，而以人物的思維為主，這在小說上是很大突破的創意；後設小說切斷過去閱讀小說產生的移情作用，重新思考什麼是小說，也是創作手法上很大的突破，就文學的敘述手法來看，正是無窮無盡的形式等待開發。未曾找到的形式，總是永遠讓人充滿憧憬和想像力，如同文明古城的遺址沒被發現以

前，讓人不斷幻想、尋覓，世界之美是在猶未出現的期待想望之中。幾年前，我看到卡爾維諾《看不見的城市》，對它的創作形式有很大的震驚，它叛逆了傳統小說故事、人物、情節的敘述，顛覆以情節為中心的閱讀習慣。整本書像活頁的書可以前後抽換，它的結構、排列順序本身也是可以倒置的，它介於小說、散文，甚至帶有點詩意的中間文類，這新奇的寫法，讓人有一新的啟示，原來小說也是可以這樣寫。然而此書之可貴並不全在於寫法的新奇，而是文學性中貫穿作者的哲學觀、文化觀。城市是文明的化身，而文明是人的慾望來推動的。忽必烈汗以游牧民族的軍事力量征服世界，馬可波羅是商人，一個新時代的游牧民族。城市雖是定點，但基本精神是游牧的，所有的城市將會變成廢墟再重建，永遠在變化之中。元帝國在很短時間內橫掃歐亞非，建立強大無以倫比的大帝國，這是人類慾望權力最極端的代表，然而這麼大的疆域還來不及一步步地走過，就迅速腐敗，腐敗的速度比它建立的速度還快。元帝國的快速膨脹，像極後來資本主義興起之後，整個人類似乎希望我們回到文明的急速膨脹。卡爾維諾藉著人類史上最強悍的民族，同時在最短時間內腐敗的民族，諷喻了人類的現代文明。同時因看不見，整本書每一則都展現他的想像力，而深刻的思想內涵，多重的主題更是可以讓人不斷咀嚼的。過去在存在主義時期，小說作者強調人自身存在的困惑，但閱讀此書讓人理解到作者另一創意是，跳出人的角度看人，不從生命挫折的本身來看人的困惑，而是跳出生命的挫折，用更巨大的、宏觀的眼睛來

看人類文化的發展，探討人的心靈。

　　不久我又看到西西的《哀悼乳房》，也是一種多文類的綜合小說體，它像一本醫學常識（醫治惡性腫瘤）介紹的小冊子，結構上也是同樣有很大的隨機性，可以跳躍自行組合，也可以從頭看到尾，多重角度閱讀，同樣是一本具有創意的作品。這樣的創新形式輔以豐富的內涵，宛如猛虎添翼，令人嘆服。

　　然而我個人認為文學的創新、創意，倒也非形式、內容都得一新耳目不可，何況所謂的獨創性，就其結構、精神、內涵上也常可在過往文學史中找到，有時獨創性是在於如何將舊有類型的精華整合在一起，如何組合這些元素成為聖代冰淇淋。有時舊瓶新裝的小說，也同樣展現作者的創意，李喬《新白蛇傳》、朱西寧《十五貫》不都是如此？有時氣勢的磅礡，寫人面臨生死存亡之際的逃亡與恐懼，或生命的淋漓酣暢，也是一種創意，李喬《寒夜三部曲‧孤燈》用了極大篇幅寫異域絕境中的逃亡，堅毅尋找生路的情景，在一片叢林中，白天拖著皮包骨的兩腿蹣跚地往北海岸移動，晚上不約而同地面朝北方靜坐，默默朝向故鄉台灣的方向。司馬中原的《荒原》寫大火燎原之後，似乎荒原上所有的生機都盡失了，然而肆虐後的復甦卻是爭先恐後出現了，體現了民間強大堅韌，可久可大的生命力。在一片灰燼的土地上，來春時一百多種的植物不約而同抽芽生長。這一種純史詩式的境界，也是作者的獨創力表現。

　　我還是固執認定：要讓思想活潑，需多讀文學作品。有

跳躍性思考的人，才能聯想，才能寫詩，我們的生活應該偶
而要有跳躍性的思考，我們才不會變成一個呆板的人。今天
我們的生活空間、心理空間都塞的太飽和了，如何化實為
虛，讓自己想像力飛揚，凸顯創意，成了很重要的一件事，
也是困境中得以逆勢操作，反敗為勝的關鍵。這時代正日新
月異地飛速發展，資訊、商品、消費、電子、網路、數位等
語詞成了關鍵詞，無數的誘惑與刺激，如走馬燈似地出現在
我們的面前。我衷心期待著「文學」成為我們生命的伙伴，
「文學」成為這時代的關鍵詞。

附記

超過十年的時間，在繁重的學術研究壓力下，仍然撥出
一大半時間從事中學教材的編寫，心裡頭總是覺得這是學以
致用，走進社會，走入人群的方式之一，多希望透過編撰的
語文讀本，能讓讀者走進來，就彷彿走進一個純真自足的世
界，走進一個屬於我們的生命可安頓的園地，可以使人感受
到一種光從遠遠的地方透視過來照耀著人群，感受到心靈與
心靈之間的相互溫慰，通過感性的、感情的交流，將心靈中
美好的因素、崇高的因素躍動起來，建立一種對生活的美好
信心，及對生活的獨立思考。編寫之際，也深深體會到，閱
讀文學作品除了是一種愉快的人生經驗與豐富的生命啟示
外，學習如何挖掘出被表面故事內容所遮蔽的文學本身的意
義也是很必要的。所謂文學本身的意義，也就是要追尋文學
作品是如何形成的？作家是如何把一個故事敘述出來，這涉

及一系列敘事角度、人稱、語言等概念，而不僅僅關心故事的表面內容，因此特別費心於作品的賞讀。

二十年前我走進國文系，心中有一個海，從此優游於古典文學的大海裡，沉溺於一系列駢驪美文，之後，我又把眼光凝聚在現當代文學上，然而古典文學從未自我身上遠離，我還是想著如何讓似乎泥滯的湖海重新流動，讓現代人的心靈再次躍動、感動。今年適值休假，我靜看過去所留下的片鱗半爪，因此把過去編寫的教材重新整理為兩冊，分別為古典文學星空（古典文學卷）及現代文學星空（現代文學卷），總括起來說這是航海之歌、海上之歌。目前先出版前書，後者牽涉作家作品授權問題，恐將延宕一段時日，希望後書亦能很快出版。

　　　　　　　　　　　二○○五年七月廿五日於蘆洲

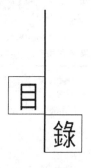

目錄

∽ 古典小說卷 ∽

古典詩詞卷

一、唐詩選

（一）詠柳　賀知章

◎ 原 詩

碧玉妝成一樹高，萬條垂下綠絲縧。

不知細葉誰裁出？二月春風似剪刀。

◎ 題 解

「詠」，是通過寫詩作文歌頌、讚美。詠柳，即是讚美柳樹。詩人此詩即是描寫在春風吹拂下，柳樹迷人的姿態，讚美了萬物復蘇、生機盎然的春天。一問一答，是全詩的點睛之筆，使人感到強烈的春天氣息。

◎ 作 者

賀知章（西元659～744年），字季真，晚號四明狂客，唐會稽永興（今浙江蕭山）人。武則天證聖元年進士，官至太子賓客、祕書監。知章個性平和曠達，言談雋永，工於書法，尤善草隸，為當世所重。喜歡飲酒。晚年不拘禮度，酒後作詩文，神采飛揚。其詩絕句最為出色，平淡中含雋永之味，《全唐詩》收其詩十九首。除《詠柳》外，《採蓮

詩》、《回鄉偶書》也很有名。

◎ 賞讀

首句用「碧玉」描寫柳色。在高高的柳樹上，無數青翠的柳葉，將柳樹打扮得碧綠光潤，就像碧玉綴成一般，清雅動人。次句以「綠絲絛」形容千萬縷柳條。綴滿綠葉的柳條，就像一條條用翠綠絲線編成的細繩，在風中搖曳，在水面輕拂，為大自然增添了幾分嫵媚。

絕句的第三句常是全詩的關鍵，前兩句已將柳樹搖曳生姿的美寫出，第三句要怎麼接呢？作者改用詢問的口氣說：這些數不清的細長翠葉是誰剪裁出來的呢？啊！原來那仲春二月的風，像靈巧的剪刀，剪裁出那翠綠光潔的碧葉！「不知細葉誰裁出？二月春風似剪刀。」這兩句一問一答將春風與春柳密切結合，使得沒有形體的春風具象化且更有情味，而春柳隨風舞動的美感，也完全呈現在讀者面前。三、四句語意清新，比擬奇巧，將大自然寫得生機盎然，用一「裁」字，引出結尾的「春風似剪刀」，構思尤其高妙而自然。

這首詩是詠物詩，詠物詩的作法是要把歌詠的對象，用詩的語言真實的刻畫出來，讓事物的形象和精神都展現在讀者眼前。賀知章這首詠柳詩雖不像某些詠物詩有另一層寄託，但是他把柳樹的風采、面貌寫得很傳神，很自然，也是詠物詩的佳作。

（二）過故人莊　　孟浩然

◎ 原詩

故人具雞黍，邀我至田家。

綠樹村邊合，青山郭外斜。

開筵面場圃，把酒話桑麻。

待到重陽日，還來就菊花。

◎ 題解

本詩描寫赴友人田莊作客的情景，表現了詩人與老朋友之間純樸真摯的情誼，以及對田園生活的喜愛。文字恬淡親切，情感深厚。

◎ 作者

孟浩然，本名浩，字浩然，後以字行，名遂不傳。唐襄州襄陽人，世稱孟襄陽。是盛唐有名的詩人。

據孟浩然〈書懷貽京邑同好〉：「惟先自鄒魯，家世重儒風。」可見他以孟子後人自居，故以孟子所主張的「浩然」之氣來自名，根據《新唐書・文苑傳》及王士元所撰的〈孟浩然集序〉，「浩然」應是他的字。而由以下浩然及時人之詩作可知，襄陽之於浩然，非徒籍貫或宅第的意義，而已成了他歸隱形象的具體表徵，故唐人或以「孟襄陽」稱之。

王維〈哭孟浩然〉：「借問襄陽老，江山空蔡州。」

杜甫〈解悶〉：「復憶襄陽孟浩然，清詩句句盡堪

傳。」

張祐〈題孟浩然宅〉：「高才何必貴，下位不妨賢，孟
簡雖持節，襄陽屬浩然。」

孟浩然年輕時好節義，「生平重交結」（家園臥疾畢太
祝曜見尋），對於友誼非常重視，據《新唐書》卷二○三文
藝傳本傳說，他曾為了和故人聚會喝酒，因而失去了一次仕
進的機會。三十歲以前，一直在家過著耕讀生活，三十歲以
後想出來做事，曾到過長安和洛陽，希望找到仕進的機會，
以展抱負。可惜的是，他在外面雖然結交了一些名公巨卿、
文人墨客，他們也很推崇他並極力替他延譽，但始終懷才不
遇，只好回到鹿門山（一名峴首山）隱居，以耕讀為生。所
以對於田家的生活一定有深切的體認，也因此他筆下的田園
景色，特別真切，特別感人。其山水詩有壯闊的山川景物的
描繪，如〈自潯陽泛舟至明海〉作、〈與顏錢塘登樟亭望海
潮〉作、〈臨洞庭湖贈張丞相〉等，皆能從大處落墨，寫出
雄偉壯麗的山川景色，佳句如「野曠天低樹，江清月近
人」、「氣蒸雲夢澤，波撼岳陽城」、「風鳴兩岸葉，月照一
孤舟」是歷來傳誦的名句。詩人最擅長的還是描寫山林隱逸
者的幽居生活，如〈夏日南亭關懷辛大〉、〈閒園懷蘇子〉、
〈夜歸鹿門歌〉等，對幽棲生活的情趣都有深切的體察與生
動的描述。他為數不多的田園詩，也寫得真摯生動，富有生
活氣息，如「荷風送香氣，竹露滴清響」、「微雲澹河漢，
疏雨滴梧桐」、「垂釣坐磐石，水清心亦閒」。五絕〈春
曉〉、〈宿建德江〉，寫得含蓄、清麗，耐人咀嚼，歷來為人

傳誦。現存詩二百六十餘首，以五言詩著稱，而尤工五律和排律。

孟浩然一生雖過著隱居的生活，但其內心卻十分矛盾、痛苦，「三十既成立，吁嗟命不通……感激遂彈冠，安能守固窮？」（〈書懷貽京邑同好〉）表明了詩人對仕途的熱望及期待朋友們援引的心情。當求仕的希望完全落空後，他的心情便轉為憤激，這種與隱的矛盾才沖淡下來。由於詩人一生經歷簡單，沒有入過仕途，沒有經歷很多生活風波，因此詩歌內容比較多寫隱逸生活和山水景物，表現潔身自好的情趣，也流露了求仕不通的苦悶。終其一生，雖然沒有做過什麼高官，但由於他的詩名，倒頗受當世人的尊崇。如王維經過郢州時，曾在刺史亭上為他畫像，那亭因此稱作「浩然亭」，後改稱「孟亭」。有關他詩作的評論，如以下各家可參考：

沈德潛：「五言古體，過江以後，淵明胸次浩然，天真絕俗，當於言語意氣外求之。唐人祖述者，王右丞得其清腴；孟山人得其閒遠。」

李東陽：「唐詩李杜之外，孟浩然、王摩詰足稱大家。王詩豐縟而不華靡；孟詩卻專心古澹，而悠遠深厚，自無寒儉枯瘠之病。」

紀昀：「王孟詩大段相近，而體格又自微別——王清而遠；孟清而切。」（以上見台靜農《百種詩話類編》）

聞一多謂其詩「淡到看不見詩」，而其情味之雋永，則如沈德潛所言「語淡而味終不薄」。

著作有《孟浩然集》，天寶四載（西元745年），王士元為之集詩四卷218首，並作序傳。

◎ 賞讀

本詩選自臺灣商務印書館出版的四部叢刊本《孟浩然集》。是孟浩然隱居鹿門山時所作，詩描寫赴友人田莊作客的情景，表現詩人對真摯友情的讚美，以及對田園生活的熱愛。

孟浩然花了相當多心力經營五言律詩，《孟浩然集》所收詩篇，計有二百六十餘首，其中五律有一百多首，佔相當大的比例。本詩正是孟浩然用他最喜愛的五言形式來描寫他最擅長的題材，堪稱是一首典型的代表作。

一二句點題。孟浩然不說自己過訪，先說故人相「邀」而我「至」，不僅說明主人殷勤的情意，也是兩人至交、不用客套的表現。這樣開頭，看來不甚著力，卻顯得極其自然親切。

三四句一聯依格律要對仗。寫自己應邀前來，看到故人所居住村莊的景色。綠樹環抱，是近觀，一個「合」字寫出村邊蔥茂的綠樹環繞著；青山相伴，是遠景，一個「斜」字寫出城外青翠的山巒斜臥，化靜為動，極有生氣。簡短十字即勾勒出一幅恬淡怡人的山水田園畫來。元人馬致遠由此翻出一段散曲：「紅塵不向門前惹，綠樹偏宜屋角遮，青山正補牆頭缺，更那堪竹籬茅舍。」

五六句承接第二句「邀我至田家」之「至」字，寫主人

擺桌宴請，把酒暢敘，談論農作物生長的情景，體現出故人之間無間的情誼，和農家恬靜的生活。陶淵明〈歸園田居〉詩云：「相見無雜言，但道桑麻長。」「話桑麻」，顯是一片純真，毫無機心。「開」、「面」、「把」、「話」四個動作，又極傳神地描繪出農家生活的情趣。

最後兩句寫相約再聚，含蓄地表現出對故人的依戀和對田園風光的嚮往。此聯如話家常，並非是客套語，而是一片真心。章燮《唐詩三百首注疏》說：「就字甚妙。故人即不來邀我，而我必待重陽之日，還要就君莊中飲菊花酒耳。」由從可體會故人相待的熱情、詩人作客的愉快，以及主客之間的親切融洽。而「待到重陽日」再相就的原因，一來可能是田家平日工作辛勞，少有空暇，等到佳節才便於宴會親友；一來是在古人觀念裡，重陽節喝菊花酒可以延年益壽，隱含祝福之意，同時，重陽佳節菊花盛開，一面欣賞菊花，一面喝菊花酒，更是詩情畫意。末句「就」字，為精鍊十足的詩眼。明楊慎《升庵詩話》載：「刻本脫一就字，有擬補者，或作『醉』，或作『賞』，或作『泛』，或作『對』，皆不同。後得善本是『就』字，乃知其妙。」可見「就」字之傳神。

關於此詩作法，喻守真《唐詩三百首詳析》有精彩析論：

> 未說「過」，先敘「邀」，既說「至」，卻敘「望」，到莊之後，還留後約。一路寫去，純任自然，這是本詩的結構方法。上聯是未至莊而已望見莊外的風景，下

聯是已至莊而敘入室飲食言笑，末二句是既過之後還
擬再來，應第二句「邀」字。用一「就」字，又可見
到了重陽，不必邀約我亦自會相就，仍自從「邀」字
中生發出來。這種尋常字面，用得好，就格外傳神。
本詩寫得簡鍊純樸，普通的農莊，雞黍的款待，透過詩人的
點描，即表現的如此語淡情深，含蓄雋永。眼前景、口頭
語，一切顯得自在輕鬆，連律詩的格律在這裡似乎也不拘束
了。詩寫得淺出而深入，平淡而有味，渾熟而自然之至，怪
不得沈德潛《唐詩別裁》集說「語淡而味終不薄。」

（三）送征雁　　錢起

◎ 原詩

秋空萬里靜，嘹唳獨南征。
風急翻霜冷，雲開見月驚。
塞長憐去翼，影滅有餘聲。
悵望遙天外，鄉愁滿目生。

◎ 題解

雁是候鳥，深秋飛到南方過冬，春暖又飛回北方。古典
詩詞中經常可見以征雁抒發鄉愁之作，本詩以迷失方向，離
群孤飛的雁，寫自己漂泊異鄉之情，深刻而感人。

◎ 作者

　　錢起（西元710？～780年？），字仲文，唐吳興（今浙江吳興）人。玄宗天寶十年進士，官至翰林學士。因曾任考功郎中，故世稱錢考功。為大曆十才子之一（《新唐書・盧綸傳》：「綸與吉中孚、韓翃、錢起、司空曙、苗發、崔峒、耿湋、夏侯審、李端皆能詩齊名，號大曆十才子。」）詩以五言為主，擅於寫作送別酬贈之詩，當時公卿出京，如無其詩送行，則為之失色；又工於寫景，時露嚮往山林隱逸之志。〈省試湘靈鼓瑟〉為其名作，原是唐朝天寶十年（西元751年）禮部考試的試題。《全唐詩》收入當年參與考試並登第的五人律詩，以錢起所作最為著名，而錢起的詩中，又以「曲終人不見　江上數峰青」這兩句最為精彩。有《錢考功集》。

◎ 賞讀

　　在古典詩中，鴻雁是羈旅飄泊的象徵，所以見雁聞雁而撩撥鄉愁，常是詩人慣有的抒情模式。藉雁發抒鄉愁的詩，可說非常的多，然而錢起這首詩卻特別令人動心。

　　雁是候鳥，入秋之後，不惜飄泊萬里成群南遷。詩題〈送征雁〉即是秋季時目送南飛的鴻雁，詩人此時想必是身在北方。錢起是浙江吳興人，當他凝目送征雁時，怎不牽動起深沉的飄泊感、思鄉情？首聯「秋空萬里靜，嘹唳獨南征」，以秋空的廖廓寂靜為背景，此時哀哀悲鳴的雁聲，畫破了寂靜的長空。詩人凝目望去，卻見一隻離群的鴻雁，這

兩句就眼前所見抒寫，寓情於景之中。征雁離鄉飄泊原已夠悲苦，何況南徙途中又與同伴失散，孤伶伶地獨自南征？孤雁如此，離鄉背井作客異地的遊子，何嘗不是如此？當詩人看見這離群獨飛的征雁，不也就彷彿面對自己的落寞孤寂嗎？

次聯續寫孤雁行程之苦。秋風急勁，秋霜凜寒，孤雁不畏急風的阻撓、寒霜的侵身，單獨飛向遙遠的征途，飽受風霜之苦的征雁，原已夠令人擔憂，此時偏偏乍然雲開見月，照亮了孤雁的身影，牠無法再躲藏於濃雲之中，隱密的飛行。在昏暗中飛行或棲息的鳥類，最怕的便是突被光線照亮，或許這將使牠成為箭矢之的吧？「雲開見月驚」一句說明了征雁見月而驚的慌亂。當詩人看到征雁旅途的淒苦、驚疑、缺乏安全感時，他不禁憐憫起征雁，關塞是那樣遙長，旅途是那樣危機重重，這長存於心中的驚慌何時才能結束呢？詩人一直目送牠南去，直到雁影完全在遠空消逝。雖然雁已遠去，但牠的鳴聲似乎還縈繞在耳畔，「塞長憐去翼，影滅有餘聲」，這是錢起詠雁的名句。征雁已鼓翼而去，而淒厲的鳴聲猶在耳，這是詩人憐憫征雁尚有長途要飛行，而內心因之念念不忘的緣故。「影滅」不僅寫出詩人極目遠望、相送之久，也與詩題「送征雁」緊密扣合。

末聯雖然筆鋒一轉，由征雁落實到自身情感，但承接自然，可謂水到渠成。「悵望遙天外」一句遠承首句「秋空萬里」而來。當詩人目送征雁，而征雁已影滅時，他仍然滿懷愁情的遙望天外，當然，這時詩人所望者已不是征雁，而是

征雁所飛往的南方，那是詩人朝思慕念的故鄉所在地啊！至此，他再也按捺不住鄉愁了，因此「鄉愁滿目生」一句在脈絡上可說是「悵望遙天外」的結果。就全詩結構來說，詩的前六句完全扣住征雁而寫，到最後兩句才轉而寫自己的情感，似乎輕重懸殊，其實不然。前六句寫雁，只是作者應用的技巧，目的在於自然逼現末兩句的主題，因為當作者以征雁為對象時，事實上已有飄泊異鄉的情思；而當他目送征雁南飛時，自然會引起望鄉之情，所以前六句可說是句句為末二句營造的，這樣的寫法，使得全詩感情更為深厚。

（四）客至　喜崔明甫相過　　杜甫

◎ 原詩

舍南舍北皆春水，但見群鷗日日來。

花逕不曾緣客掃，蓬門今始為君開。

盤飧市遠無兼味，樽酒家貧只舊醅。

肯與鄰翁相對飲，隔籬呼取盡餘杯。

◎ 題解

本詩寫杜甫朋友來訪欣喜萬分的心情，上半寫客至，下半寫待客。全詩自然樸實，真切感人。

◎ 作者

杜甫，字子美，祖籍杜陵（今陝西省長安縣東南），後

遷湖北襄陽，再遷河南鞏縣。生於唐玄宗先天元年（西元712年）。遠祖杜預為京兆杜陵人，故自稱杜陵布衣。因上書營救房琯，觸怒肅宗，貶為華州司功參軍。乾元二年（西元759年），關內大旱，棄官經秦州、同谷，至成都。得嚴武等人幫助助，於浣花溪畔營建草堂，世稱「杜甫草堂」。後因嚴武的推薦，任節度參謀，檢校工部員外郎，故世稱杜工部。嚴武卒，攜家至夔州。後出蜀，漂泊於岳州、潭州、衡州一帶，生活貧困，最後病死在由長沙到岳陽的一條破船上。時為唐代宗大曆五年（西元770年），年五十九。

杜甫生活在大唐帝國從鼎盛向衰落的歷史轉折時代，歷經玄宗、肅宗及代宗三朝。他接受儒家思想的薰陶，以經世濟民為己任，他正視現實社會，以犀利而大膽的刀筆，指出社會上不合理的現象，表達了自己不平的感受。開元盛世在他青少年的心靈中灌鑄了政治開明、國強民富的帝國形象，使他懷有治國濟民的遠大抱負，積極求進，樂觀展望，培養了高尚的情操，奠定了杜詩坦蕩博大、浩然高歌的風格。

天寶之後，安史亂起，國家動盪，他與天下寒士一樣備受壓抑沉淪，飽嘗屈辱辛酸；跟廣大百姓一起經受戰亂苦難，忍飢挨餓，逃難流亡。但他始終懷念開元盛世，希望國家中興，慷慨陳述自己的辛酸，人民的苦難。杜甫沉痛諷喻皇帝的失誤，大臣的失職；憤怒的揭露政治腐朽，無情鞭撻奸佞權責。隨著國家戰亂動盪，政治惡性發展，他對皇帝失望，對朝廷無望，卻又更深深地熱愛自己的國家。他一生仕途坎坷，生活貧窮，使他更接近百姓，因而更熱忱地關心人

民，他把自己的困頓化成悲天憫人的胸懷，與社會生民的苦惱合而為一。他以全部生命謳歌國家的危難、百姓的苦楚和美好的山川風物、史事古蹟及習俗人情。作品反映當時亂離的社會現象，因而有「詩史」之稱，可為唐代歷史的見證。並開中、晚唐社會寫實的先聲，對後世影響深遠。其詩沉鬱雄渾，博大凝鍊，與李白齊名，後世尊稱他為「詩聖」。著有《杜工部集》。

賞讀

　　杜甫一生過著顛沛貧困的生活，安史之亂期間，更歷盡艱難險阻。好不容易朝廷平定匪亂，班師回朝。杜甫也隨肅宗回京，後因宰相房琯被罷免，杜甫上疏進諫，觸怒唐肅宗，下獄查問，幸虧新任宰相張鎬營救，得以免罪。不久，肅宗命杜甫歸家探親，讓他離開朝廷。乾元二年（西元759年）七月，杜甫棄官西去秦州（今甘肅成縣），無親無故，靠挖野菜充饑，一個月後，他登上蜀道，在年底到達成都，從此開始漂泊西南天地間的顛沛流離的生活。他在浣花溪畔搭蓋一間草堂。本詩即寫於此時，時年五十。

　　這首詩杜甫自注：「喜崔明甫相過」，薛廣文說：「按公生母崔氏，明府其舅氏也」，《金聖嘆全集》云：「今看去，恐不是尊行。必是表兄弟。題曰『客至』，是又遠分者。待他之法，客又不純是客，親又不純是親，故知其為遠分表兄弟也。」從詩題曰〈客至〉，而第七句「肯與鄰翁相對飲？」之徵詢，其態度謙恭不苟來看，金聖嘆所疑不無道

理。

　　首聯「舍南舍北皆春水」句，點明了客人來訪的時間、地點和杜甫的心情。一片綠水環繞，春天江波浩渺，只有那無心機的群鷗天天到來，日復一日陪伴作者。這兩句藉春水寫草堂之清幽僻靜，藉群鷗之唯見，暗示此地遠離世俗。春水呈現清亮明麗的景象，鷗鳥在杜甫詩中喜歡以此象徵自由超逸的精神，身處其間慢慢地也就有心靈與萬物的和諧感。

　　次聯「花徑不曾緣客掃」句，說明那滿地落花堆積的庭院小路，還沒有因為迎客打掃過。可見也是久已未接待前來叩訪的友人了，同時也見主人不輕易延客。也正是因為這樣，才更顯得今朝客人的到來，是那樣難得、意外、驚喜，今日君之來，蓬門始開，可見兩人之交情，也使下文的酣唱歡樂有了著落。

　　前四句虛寫詩人待客而客未至的心情，下四句轉入實寫客至以及如何待客。三聯「盤飧市遠無兼味，樽酒家貧只舊醅」，雖類似三家村的窮措大請客，但一點也沒有酸氣。只因主人能傾其所有，窮亦窮得有志氣，招待客人真誠實在，毫無儉吝之意。我們彷彿聽到主人頻頻勸酒，又不停說著抱歉的話語：「這裡遠離街市，買東西不方便，只有薄菜及自家釀的粗酒，隨意進用吧！」這樣的話語很親切很誠懇，中國人好客，請客時即使是滿桌豐盛菜餚，也經常是這樣說：「沒什麼菜。」不過這裡杜甫所說應該是實情，這愧疚之意，更顯杜甫的樸實至誠，沒有世俗的禮節排場，更顯兩人情份。

　　至此，「客至」之情似已寫足，如再正面描寫歡悅場面，則易露而無味。杜甫則匠心獨運，巧妙施以徵詢語：「只剩下一點酒了，把鄰叟請來共飲助興好不好呢？」這樣的結尾，可謂峰迴路轉，別開境界，將熱烈氣氛推向更高潮。這一細節描寫，寫得如順手拈來，不露聲色，但仔細體會一下，彷彿我們看到了主客二人酒意愈喝愈濃，興致欲喝愈高的歡快場面，使人也受到融洽氣氛的感染。

　　這首詩把門前景、家常話、身邊情，融入詩中，營造出一幅富有生活氣息與人情味的生活場景，處處可感受主人喜客的心情。自然親切，不假修飾，而真情洋溢。清人新安黃白山曰：「上半客至，有空谷足音之喜；下半留客，見村家真率之情。前借鷗鳥引端，後將鄰翁陪結，一時賓主忘機，亦可見矣。」（《唐詩摘鈔》）在一片閒情野意，清麗溫馨背後，細細聽、凝神想，似乎仍隱含著滄桑的心聲及另一面質樸恬淡的心靈。

（五）秋浦歌（十七首錄一）　　李白

◎ 原詩

　　白髮三千丈，緣愁似箇長。
　　不知明鏡裡，何處得秋霜。

◎ 題解

　　此詩為李白〈秋浦歌〉第十五首，詩人以奔放的手法，

將積蘊極深的悲憤和抑鬱宣洩出來，發揮了強烈的感人力量。因詩人逢安史之亂，妻離子散，又受排擠，自然愁思萬端了，以誇張的手法，抒發了詩人懷才不遇的苦衷。

◎ 作者

李白（西元701~762年）字太白，號青蓮居士，是盛唐時期有名的大詩人，也是中國歷史上最偉大的詩人之一。他的詩雄奇豪放，飄逸不群，想像豐富，流轉自然，音韻和美，體格多變。

◎ 賞讀

這首詩是李白〈秋浦歌〉十七首中的第十五首。李白故作驚人之筆，誇張抒寫他心中的深愁。起首「白髮三千丈」五字，一落筆就將李白攬鏡自照，驀然吃驚的疑惑神色，表露無遺，令人為之驚心動魄。然而白髮怎麼可能有三千丈呢？「緣愁似箇長」，原來是因愁而滋生的！當然，現實生活中，白髮那有可能長到三千丈？在這裡，三千丈絕不是現實空間的長度，而是比擬「愁」的綿綿不絕。如果說「白髮一公尺，緣愁似箇長」，雖然切合事實，但這樣寫，就收不到聳動誇飾的效果，也不覺得傳神了。

一、二兩句暗寫李白照鏡時驚駭的神情；三、四兩句則明寫攬鏡自照後的感慨：不知明鏡裡，何處得秋霜。「秋霜」，原是秋天的霜，這裡借來代指白髮，一則避免重複，再者「秋霜」一詞，遠較「白髮」更能生動傳達李白憂愁的

古典詩詞卷

情懷。第三句的「不知」，並非真的不知，其實李白何嘗不知白髮恣意滋長的緣由呢？第二句不是已告訴我們只因愁煩是那樣的深長嗎？李白素懷壯志，現實上卻屢遭挫折，寫這首詩時，他已是兩鬢衰颯，平生抱負、理想皆不得伸展，而年華又已垂垂老去，面對無多的人生，那該是一種多麼千迴百轉的心情，這些因素相積相乘，又怎能不更加速白髮的滋長呢？

　　依常理說，李白必因照鏡而見白髮，因白髮而生感慨。但這首詩先從白髮寫起，再寫照鏡，這種倒敘手法，使得「白髮三千丈」開頭這一句劈空而出，讀來駭目驚心。人的頭髮怎麼長也長不出三千丈，但這樣寫來，我們並不覺得突兀無理，反而更能體會李白心靈的驚懼。

　　為了使詩篇增強感人的力量，有時詩人便用誇飾的手法來表達，李白另有〈將進酒〉一詩，起句寫道：「君不見黃河之水天上來」，即是一例。又如杜甫詩「筆落驚風雨，詩成泣鬼神」二句，極力讚美李白作詩的曠世才華，使風雨為之震驚，鬼神為之哭泣。我們欣賞一首詩，不必拘泥表象是否合理，與其用「理性」去懷疑，去否定，不如用「感性」去體會，去玩味。

（六）聞王昌齡左遷龍標遙有此寄　　李白

◎ 原詩

　　楊花落盡子規啼，聞道龍標過五溪。

我寄愁心與明月，隨風直到夜郎西。

◎ 題解

王昌齡（西元698？～756年？），字少伯，唐京兆（今陝西西安）人。玄宗開元十五年，登進士第，曾官校書郎、江寧丞、龍標尉；故世稱王江寧，又稱王龍標。天寶末為亳州刺史閭丘曉所殺。昌齡工詩，所作緒密而思清；尤擅絕句，情深意微，有「詩家夫子王江寧」之譽。《全唐詩》錄其詩凡四卷。

在楊花落盡、杜鵑啼鳴時，李白驚聞自己的好朋友王昌齡被貶到湖南龍標。龍標在當時還是很荒涼之地，李白不免為之擔心，擬把自己的思念託付明月，帶給遠方寂寞的朋友。

◎ 賞讀

這首詩是李白聽到王昌齡貶為龍標尉後，以同情和關懷的心意寫成的，全詩除了表達慰問之情外，更洋溢著對朋友思念的情懷。

詩的前二句，寫暮春時節，李白看那隨風飄蕩的柳絮已將落盡，耳邊傳來杜鵑淒厲的鳴聲，內心不免泛起一片愁情，偏偏這時又聽到消息，說朝廷將好友王昌齡貶到遙遠的龍標。第一句寫景，並點出時令，眼見飄零不定的濛濛飛絮，耳聞「不如歸去」的杜鵑啼鳴，這般景象，令人頓生飄搖無著之感，融情入景，切合當時情事。飄泊不定的柳絮，

本易牽引遊子懷鄉思人的愁緒，而杜鵑啼聲則喚起了遊子未
歸的回憶，兩者都足使人陷入愁鬱當中。李白以「楊花落
盡」、「子規啼」兩個意象來經營詩作，不僅寫出他本人當
時生命的悲情，也寫出了他設身處地關懷朋友的深情。就被
貶謫的王昌齡來說，如見此景物，則情更何以堪？下句「過
五溪」，猶如經過千山萬水，說明了路途上重重的坎坷。這
兩句詩雖然表面上沒有悲痛的字眼，其實卻蘊含著深深的痛
惜之情。

　　第三、四句，李白述說自己滿腔的愁思，無人可訴，他
想：人隔兩地，難以朝夕相從，把酒暢敘，但那中天明月，
不是朗照九州，千里可見嗎？不如將自己的愁思託付給明
月，藉著皎皎清輝，乘著悠悠長風，一路飄送給在龍標的好
友吧！詩中「夜郎」一詞，令人聯想到古時邊遠的西南夷夜
郎國。不過，唐代夜郎有三個地方，這裡只是舉其總稱而
已，並不實指夜郎國。「夜郎西」其實就是指龍標這個地
方，但是第二句已用過龍標，為了押韻，且避免重複，所以
改用龍標附近的地名。這樣處理，同時富有距離感，令人對
王昌齡所貶之地的偏僻荒涼、遙不可及，有更深一層的體
會。

　　本來無知無情的明月春風，通過李白豐富的想像，竟變
成了解李白，並深具同情心的知己，將李白對朋友的關心和
思念，帶到遙遠的龍標，寄給那遷謫的人。這樣寫來真是情
意纏綿，設想超奇。

（七）竹枝詞（二首錄一）　　劉禹錫

◎ 原詩

楊柳青青江水平，聞郎江上踏歌聲。

東邊日出西邊雨，道是無晴還有晴。

◎ 題解

　　竹枝詞是巴渝（今四川省東部重慶市一帶）民歌的一種，歌唱時會以笛、鼓伴奏，同時起舞，聲調宛轉動人。劉禹錫任夔州刺史時，依調填詞，寫了十來篇，這是其中一篇摹擬民間情歌的作品。「情、晴」諧聲的語帶相關，含蓄地表達出少女捉摸不到男子對自己是有「情」還是無「情」的迷惘與忐忑的心思，情感表達含而不露。在中國文學裡，運用相關的詩歌不少，例如〈子夜歌〉：「桐樹生門前，出入見梧（吾）子」，〈七日夜女歌〉：「桑蠶不作繭，晝夜長懸絲（思）」等。

◎ 作者

　　劉禹錫（西元772～842年），字夢得，唐洛陽（今河南洛陽）人。德宗貞元九年進士。順宗元年，與柳宗元等協助王叔文，改革朝政。憲宗即位，王叔文失勢，禹錫被貶為朗州司馬。文宗開成元年，以太子賓客分司東都。武宗初，加檢校禮部尚書銜，世稱劉賓客、劉尚書。禹錫恃才放曠，以文章自適，詩尤精絕，白居易曾譽之為「詩豪」；二人時相

酬唱，並稱劉白。有《劉賓客集》。

🔎 賞讀

　　這是一首情歌。描寫成長中的女孩兒的心情，從男子的歌唱，引發了少女曲折深細、微妙複雜的聯想。

　　詩的前二句寫眼前所見及所聞。春天的江邊，楊柳夾岸，在春風的吹拂下，柔條輕擺，好像正在翩翩起舞，又好像面露微笑，向來往的行人不停招手。江水平如鏡面，在這一片水光柳色、動人情思的春景中，此時耳際忽聞悠揚嘹亮的歌聲。循聲凝望江中，只見漁舟上的行船人，口裡唱著歌謠。

　　在春景無限，聞郎歌聲的氣氛中，自是容易牽引女子春思，撩起青澀羞怯的情懷。這時江上男子唱道：「東邊日出西邊雨」，女孩家不覺泛起一股迷思。唉呀！他的態度可真讓人捉摸不定哪！東邊出太陽，當然是晴天，「晴」與「情」的聲音相同，不就是暗示有「情」嗎？可是歌詞裡還說「西邊雨」，西邊下雨，就不是晴天，不是晴天，就意味著「無情」。如果說他無意嘛，看他卻明明有情。如果說他有情嘛，似乎又像無心，著實叫他有情嘛，似乎又像無心，著實叫人苦費猜疑。

　　第四句「道是無晴還有晴」也就是「說是無情還有情」，這種運用語音的雙關來寫情歌，是歷代民間情歌中所習見的。六朝時的〈子夜四時歌〉就說：「朝登涼臺上，夕宿蘭池裡，乘風采芙蓉，夜夜得蓮子。」以「芙蓉」、「蓮

子」諧音雙關「夫容」、「憐子」。可見雙關語的運用，使得意思豐富，而且極含蓄有味。劉禹錫這首〈竹枝詞〉的情趣，就在「晴」「情」的諧音雙關中，透露了情愛的陰暗不定，以及是耶非耶的推想疑猜。

（八）商山早行　　溫庭筠

◎ 原詩

　　晨起動征鐸，客行悲故鄉。
　　雞聲茅店月，人跡板橋霜。
　　槲葉落山路，枳花明驛牆。
　　因思杜陵夢，鳧雁滿迴塘。

◎ 題解

　　此詩抒發了個人仕途失意之感慨。其中「雞聲茅店月，人跡板橋霜」二句，把幾個名詞排列連綴起來，構成一幅早行的清冷圖景，向為傳誦的名句。後人常引此形容遊子早行的景象和心境。

◎ 作者

　　溫庭筠，字飛卿。本名岐，一名庭雲。唐幷州祁（今山西太原）人，約生於憲宗元和七年（西元812年），卒於懿宗咸通十一年（西元870年）。大中初，應進士，初至京師，人士翕然推重，然士行塵雜，不修邊幅，又喜歡譏刺權貴，多

犯忌諱，因此屢試不第。

據說溫庭筠他才氣過人，每入試，押官韻，八叉手而成八韻，所以有「溫八叉」之稱。一說其作賦不必打草稿，每賦一韻，只需一吟即可得，所以時人號「溫八吟」。又傳溫庭筠面貌奇陋，時人遂稱為「溫鍾馗」。能逐絃吹之音，為側艷之詞。後來，徐商鎮襄陽，以他為巡官幕僚，商知政事，用為國子助教，商罷相，出為荊南節度使，後來他也被廢除了。從此他流落江湖，潦倒以終。

庭筠兼擅詩詞，為晚唐詩人中傾力作詞之第一人，其詞精雅細緻，王國維以「畫屏金鷓鴣」喻之，與韋莊同為影響五代詞之重要詞人。

其詞多寫閨情，風格穠艷，詞句藻麗。現存詞六十餘首，大都收入《花間集》。原有詞集《握蘭》、《金荃》已散佚，後人輯有《溫庭筠詩集》、《金荃詞》。

◎ 賞讀

一大清早，溫庭筠便起身整理行裝。旅店外車馬的鈴鐸叮噹地響著。離開長安，獨自來到商山，旅途中，每一次想到故鄉，內心便不免淒惻起來。何況天還未亮，天空還掛著殘月，公雞啼叫聲已陣陣傳入耳中。木板橋上的清霜已經印了足跡，溫庭筠踏上征途，沿著山路走去，一路上枯黃的槲葉紛紛飄落，驛站牆邊開著鮮明繁茂的白色枳花。這樣的景色是異於故鄉的，溫庭筠不覺想起了故鄉情景：「鳧雁滿迴塘」。長安的故鄉池塘恐怕早已棲滿了鳧雁！

　　首聯刻畫了遊子早起趕路的悲情，「客行悲故鄉」一句，不僅是溫庭筠心情的寫照，也是千載以來他鄉遊子的感受。次聯承首句描寫「早行」。「雞聲茅店月，人跡板橋霜」二句向來傳誦人口，歐陽脩尤推崇備至，曾擬作「鳥聲茅店雨，野色板橋春」一聯，但論者仍以溫氏原作為佳。這兩句詩的好處是詩人以雞聲、茅店、月、人跡、板橋、霜六種景物，很清晰地呈現了零落的雞聲、將殘的落月、早起的遊子、橋上的足跡等畫面，塑造出清寂淒冷的氣氛溫庭筠以六個名詞組成詩句，僅用十字，但卻包含了詩人、其他早行的人、時間、地點、景物，用字精簡而意象豐富；並且勾勒出茅店、人跡、板橋等視覺形象，及晨雞引頸長鳴的聽覺效果。

　　「槲葉落山路，枳花明驛牆」一聯，寫旅途中的景色，並扣住詩題「商山」。槲樹的葉子很大，冬天雖然乾枯，但仍存留枝上，至翌年早春嫩芽將發時樹葉才脫落，枳花則在春天開白花。這兩句間接交待了時節是春天，同時著一「明」字，不僅因為白色的枳花較顯眼，也說明了溫庭筠從天尚未亮便出發了，走到如今，已天色大明。詩人藉著途中異鄉之景烘染客行寂寞之情。

　　末聯「因思杜陵夢，鳧雁滿迴塘」，溫庭筠把空間推向長安，想起故鄉情景，這兩句也是以景寓情，寫鳧雁的自得其樂，也就反襯出自己漂泊他鄉，奔波山路之苦。「杜陵夢」說明了夜宿商山茅店思家的心情，與「客行悲故鄉」前後呼應；而夢中故鄉之景又與客行途中之景形成鮮明的對比，因

此旅途上看到槲葉、枳花，自然牽動起思鄉之情，而夢中故鄉的情景則是盤據胸臆，無法忘懷。

（九）蜂　　羅隱

◎ 原 詩

不論平地與山尖，無限風光盡被占。
採得百花成蜜後，為誰辛苦為誰甜？

◎ 題 解

本詩為一寓言之作，借蜜蜂歌頌辛勤的勞動者，而對那些不勞而獲的剝削者以無情諷刺。詩中的蜜蜂即是封建社會中千千萬萬的普通農民，他們辛苦幹活，但勞動成果全被統治者掠奪走了。

◎ 作 者

羅隱（西元833～909年），本名橫，字昭諫，唐新城（浙江省富陽縣）人。幼即聰穎過人，天賦極高頗富詩名，沈淞謂其「年夙慧，稚齒能文」，《唐才子傳》亦云「少英敏，善屬文，詩筆尤俊拔，養浩然之氣。」個性高傲，相貌醜陋，先後經過十次薦舉，都無法考取進士。他因而把名字改為「隱」。鎮海節度使錢鏐愛其才，辟為掌書記，累官至節度判官、給事中等職。因為才氣高，常恃才傲物，詩以議論見長，喜歡諷諫人物。詩多用口語，反映民生疾苦，當時

即有不少作品流傳於民間，騰播眾口，而〈自遣〉一詩：「得即高歌失即休，多愁多恨亦悠悠。今朝有酒今朝醉，明日愁來明日愁。」千古以來無數失意文士更是以此自我排遣。著有《羅昭諫集》。

◎ 賞讀

「嗡、嗡、嗡」，一群又一群的蜜蜂自在的飛著。不管是平地或是山上，都可以看到牠們忙碌的身影。牠們飛遍了花叢，聞遍了花香，好像每一個風光明媚的地方都被牠們占住了。第一句詩的「不論」是不分的意思，「山尖」是山頂、山上。第二句詩的「風光」指風景、花景。這兩句詩是描寫蜜蜂工作忙碌的情形。

第三句：「採得百花成蜜後」，蜜蜂採集到了許許多多的花粉，釀成了蜂蜜以後，羅隱在第四句就提出了「為誰辛苦為誰甜？」的問題。

為什麼要提出這樣的問題呢？原來蜜蜂採集花粉，釀成蜂蜜是很辛苦的事。可是牠們辛苦釀成的蜂蜜卻大部分不是自己享用。羅隱用比較含蓄的提問方式為蜜蜂感到委屈。

這首詩的作者羅隱是唐末五代的人，在那個兵荒馬亂、政治黑暗的年代裡，最可憐的就是手無寸鐵，善良純樸的老百姓了。不管他們是如何勤苦的工作，到了最後，成果都被當時貪官汙吏掠奪了。羅隱看到這種不公平的現象，同情心油然興起，就寫了〈蜂〉這首詩，以蜜蜂飛遍平地與山尖，釀造蜂蜜是那麼不易，來比喻老百姓終年努力耕耘卻收穫落

空的悲哀。

　　其實我們或許也可以這樣想：採集花粉，釀成蜂蜜，這是蜜蜂的工作，也是蜜蜂的生活。雖然牠們的工作忙碌而辛苦，但是牠們卻能盡情的欣賞五顏六色的花朵，任意的聞著濃烈淡雅的花香，這難道不是一種快樂嗎？牠們和各種純潔芬芳的花朵交朋友，這難道不是一種福氣嗎？牠們並不是特別為誰這麼辛苦，也不是特別為誰釀成香甜的蜜。努力工作，釀成蜂蜜，不但使自己的生活更充實、更快樂，也使人類能夠享受又香又甜的蜂蜜，真是利己利人哪！人類的能力、智慧比蜜蜂強，牠們都能不怕忙碌，努力工作，我們又怎能不學習這種認真工作、充實生活的精神呢？

二、宋詩選

（一）春日偶成　　程顥

◎ 原詩

雲淡風輕近午天，傍花隨柳過前川。

時人不識余心樂，將謂偷閒學少年。

◎ 題解

　　本詩列於《千家詩》首篇，字面上寫春遊的快樂，但背後充滿對人生哲理的揭示和對生活經驗的的感知，是一首吟詠理學境界的詩，富有意境與理趣之高妙。理學家之詩，既要貫明道理，又要自然流出，因此言談義理與吟詠性情巧妙結合，打破程朱理學沉悶和僵化的模式，使傳統儒學由外在的社會之學內化為內在的心性之學。詩的後二句，更已是膾炙人口的名句。

◎ 作者

　　程顥（西元1032～1085年），字伯淳，號明道，宋洛陽（今河南洛陽）人。仁宗嘉祐二年進士，任地方官二十餘年，所至興學設教，措意民生，當其為知縣時，於座右書

「視民如傷」四字，可以想見其對百姓之關懷。公餘之暇，以講學為務，從遊者其眾，與其弟程頤皆為北宋理學大家，學者合稱其學為洛學。明道資質穎悟，個性平和，善能體會萬物生意，以為此即天理，並教人從中識知仁道。所作詩雖不多，但頗能將其所悟得之理寄寓其中，純樸自然，別具意趣。後人將其兄弟二人之詩文、語錄合編為《二程全書》。

賞讀

　　程顥是宋代著名的理學家，平日治學，功力深純，和粹之氣，自然流露。這首偶成，是他在偶然之間，心靈與美景相接觸，而激發出的智慧之光。

　　這首詩的精髓在「余心樂」：程顥資質純粹，精研聖人之道而有悟有得，這是也內心的悅樂。他在日近中午時分，沿著河邊的小徑漫步，抬起頭，只見悠悠淡淡的白雲與蔚藍的穹蒼相映相襯，和煦的春風迎面而來；道旁繁花盛綻，紅紫紛披，柳枝裊娜，青翠柔嫩；耳際傳來淙淙的水聲，空氣中瀰漫著郁郁的芳馨。這輕風、微雲、香花、翠柳，一草一木都是大自然極尋常的景致，但是看在程顥眼中，卻別有一番體會，覺得眼前景象機趣盎然，足以和聖人的學問、道術融會貫通。

　　學道有得的人賞翫自然，流連光景所獲得的悅樂，往往與一般人大異其趣。因為兩者的境界有高下之分，其內涵也有深淺之別。程顥性情純真，胸懷磊落，沉潛學問，深造自得，雖然面對「雲淡風輕」、「春花春柳」這樣尋常的景

物，也能別具隻眼，賞翫其中的妙趣，而與大自然相近相親，達到物我和諧的境界。然而「時人」——也就是「一般人」未必有程顥的性情襟抱、學問造詣，看到程顥「傍花隨柳過前川」，不但無法體會他悟道的歡悅之情，或許還會這樣想：程夫子怎麼跟一些年輕人一樣，暫拋正業，偷閒出去遊玩了呢？

我們讀書為學，若能時時思考，事事觀察，等到功夫漸漸精熟，學養日益深厚，往往在不經意之間，也能因眼前景物的觸發而生奇妙的領悟，享受為學悟道的樂趣。讀了程顥這首詩，不知不覺也讓人感受到那種逍遙自在、歡暢恬和的喜悅；同時我們還會體驗到心靈清澈純明，和宇宙萬物親近、契合的和諧境界。

（二）春日　　朱熹

◎ 原詩

勝日尋芳泗水濱，無邊光景一時新。
等閒識得東風面，萬紫千紅總是春。

◎ 題解

本詩描寫春遊，首句點破春遊之時令、地點，詩人春遊踏青於「泗水濱」。第二句「無邊光景一時新」，描寫大地春回，予人煥然一新的感受。後二句是寫「尋芳」所得。這首詩使用比興手法，寓景以議論，寓物以說理，讚美了春天蓬

勃的生機和旺盛的活力，格調健朗，令人感發。全詩帶有哲理的韻味和情趣，因而此詩既具有自然審美情趣，又具有哲理審美深度。後人評論朱熹的詩作說：「因他胸中先有許多道理，然後尋詩家言語襯托出來，此卻別是一路。」易言之，朱熹用詩歌的語言來表達其哲理。

作者

朱熹（西元1130～1200年），字元晦，又字仲晦，號晦菴，又號晦翁等。宋徽州婺源（今安徽婺源）人。其父朱松宦遊福建，遂僑寓於是。高宗紹興十八年進士，官至煥章閣待制。學識淵博，個性剛直。一生致力於講學著述，集北宋理學之大成，為宋代著名之理學家。因主要活動地點在福建，故學者稱其學為閩學。從元朝起，其主要著作，如《四書集注》等，被朝廷列為科舉考試之定本，影響極為深遠。其於詩文之創作與批評，亦有頗高之成就，詩風樸實無華，清新精鍊，時寓哲理。有《詩集傳》、《朱文公文集》等。

賞讀

朱熹寫這首詩的時候，山東早已陷入金人手中，他並未在春日前往泗水，尋訪當年孔子講學的遺跡，朱熹只是藉著「尋芳」來譬喻求道的過程，並且以「萬紫千紅總是春」揭示悟道以後的境界。

這首詩的一、二句分別寫尋訪美景的過程和感受。春光爛漫，佳景處處，風和日暖，熏人欲醉，此情此景，最宜尋

幽訪勝，感受春天蓬勃的朝氣，體察春日的元氣與生機。造物主真是太神妙了，就在寒冬乍去，陽春初來的短短時節中，已為萬物一一換上春裝，使得山河大地，面目一新。春山春水，令人目不暇給；春鳥春聲，組成一幅清和可人的錦繡圖畫。第二句「無邊光景」寫山開闊宜人的情景，象徵著聞道之後的恢弘氣象。「一時新」則有一旦聞道，則萬事萬物的道理莫不豁然貫通；而吾人之思慮云為、視聽言動亦可從容中道的言外之意。第二句可說已經進入夫子之宮牆，得以升堂入室，深契聖人之道了。

三、四句緊承第二句而來，說明若已具有了證悟聖學道體的功力，就能輕易而自然的識得儒學的真諦，此時無論從宇宙人生的任一角度、任一現象去著眼運思，都能左右逢源，觸類旁通了。就「等閑識得東風面」這句詩而言，東風的面貌雖然多樣──比方說有宜人的東風、穿花的香風、拂水的柔風、潤物的和風……等，但卻無一不是春日的現象。如果我們對春風有了深刻的體認，那麼在春風中，在極尋常的花木草樹身上，我們也能一一「識得」春日的意義與訊息。「萬紫千紅總是春」說明了道是無所不在的，任一春日的景象皆是「道」的呈現，我們都可從其中體驗到孔夫子所提示的道理。

宋代理學家作詩，往往含蘊哲理，記述自己為學的進境和對生命的體驗。〈春日〉詩便是一例。

三、臺灣詩歌選

（一）鹿港竹枝詞　施性湍

原詩

方磚鋪遍滿街紅，天蓋相連曲巷通。

郎住新興儂大有，注來恰似一家中。

題解

本詩以鹿港「不見天」街道特色，形成的曲巷相通的特殊景觀，抒發鄰里相處的深厚之情。詩以女子口吻出之，大有相思愛慕之意，但寫來含蓄有情，可見當時純樸民風。

作者

施性湍（西元1905～1937年），字瀧如，號雪濤，日治臺灣彰化鹿港人。生性聰慧，事親至孝，幼年好學，但因不忍違背親意，只好從商學做生意。後跟隨鹿港詩人施梅樵學詩，又喜好熟讀古人名篇，進步很快。及加入大冶吟社，和社中施江西、施讓甫、施一鳴並稱「大冶四施」。每逢全省或各地聯吟大會，他們都一同參加。他的詩清新脫俗，由於生逢亂世，詩中感慨特深。他雖是商界人物，但因讀書作詩

極用心力，成就也相當可觀。可惜33歲因得肺病去世。有
《雪濤齋詩集》。

◎ 賞讀

　　彰化的西邊有一個歷史悠久、文化深厚的地方，名叫鹿
港。鹿港是早期臺灣文化的重要城鎮。這裡最著名的古蹟，
是龍山寺、天后宮、文開書院。除此以外，鹿港的街巷道
路，也是很有特色的。原來以前的鹿港大部分的道路，都是
用一塊一塊紅色的方磚鋪設成的。據說，這些方磚都是當年
先民從福建省的泉州運來的。這首詩的第一句，描寫的就是
當年鹿港街道的景觀。

　　清代鹿港最繁華、最熱鬧的一條街道，名叫「不見
天」。相當於今日中山路到天后宮一帶。不見天的街面，當
然也是用紅色方磚鋪成的。街道兩邊有各式各樣的商店，每
家商店的生意都很興隆，也都非常富有。據說，為了招攬生
意，也為了預防土匪搶劫，店家於是商量在街道上方加蓋街
頂，街頂的兩邊和商家的屋簷連在一起，這樣一來，就不怕
烈日和颱風下雨，也不怕土匪從天而降了。第二句詩「天蓋
相連」就是描寫這種特殊的街頂建築。不但不見天是「天蓋
相連」，就連不見天左右那些彎彎曲曲的巷弄也都是「天蓋
相連」呢！這些巷弄和不見天都是相通的，所以第二句詩的
後半句說：「曲巷通」。不過，不見天已經在日據時期拆除
了。

　　這首詩的三、四兩句借一位女子的口吻，反映出當年鹿

港居民像家人一樣親密的情誼。新興、大有是街道名，「儂」是我。這位住在大有街的女子對男士說：「你住新興街，我住大有街，兩條街相通，而且有『天蓋相連』，我們簡直像住在同一個家庭裡的兄弟姊妹一樣親呢！」真是遠親不如近鄰，近鄰正如家人哪！

這首〈竹枝詞〉的前半首用簡單的兩句刻畫了不見天的街景，後半首由這種特別的街景反映了街坊鄰居深厚的情誼，很真實的記載了從前鹿港的風土民情。

（二）老山歌　臺灣客家民謠

☉ 原　詩

頭帶笠子莫拿傘，阿哥有雙莫連加。
一壺難裝兩樣酒，一樹難開兩樣花。

☉ 題　解

本詩以客家女子的口吻寫她對愛情專一的期待之情，詩中三件譬喻之詞，都是指向「阿哥有雙莫連加」的殷殷厚望，字句明白如話，遣詞精確有力，營造了感情強烈濃郁的女子形象，也透顯出客家民謠特殊的一面。

☉ 賞　讀

這是一首客家山村的民間歌謠，流傳的時代較久遠，為了與一般〈山歌〉有所區別，所以稱為〈老山歌〉。

　　第一句歌詞的「笠子」是斗笠，也就是用竹葉和竹篾編成的帽子，它的功能和傘一樣，可以遮太陽，也可以遮雨水。整句歌詞字面的意思，是說：一個人頭上戴了斗笠就能遮陽遮雨，不必再撐傘了。這是在比方什麼呢？第二句就是答案；也是整首歌詞的主要意思。「阿哥有雙莫連加」，歌詞中女子對男子說：「阿哥啊！你有了我，已經和我成雙成對了，就不要再去招惹別的女人了！」「阿哥」的「阿」和「阿爹」、「阿娘」、「阿公」、「阿婆」的「阿」一樣，都是在「哥」、「爹」、「娘」、「公」、「婆」這些名詞前面加上一個聲音，使得稱呼的時候比較容易聽懂，也比較親切。

　　這一個少女來說，最期望的是愛情專一，所以用暗示的手法，說出「一壺難裝兩樣酒，一樹難開兩樣花。」兩種真正的美酒是不適合裝在一把酒壺裡的，否則，美酒的純度就被破壞了。同樣的道理，一棵樹也很難開出兩種不同的花。就好像桃樹不可能開出桃花和荷花，李樹不可能開出李花和蘭花一樣。所以，一個男人感情要專一，否則，將來他的家庭可能就不容易和諧了。

　　客家的女子一向都有吃苦耐勞的美德，對家庭的貢獻很大；同時，她們的個性都較剛烈，對感情比較專一，所以，這首山歌她求她的「阿哥」「有雙莫連加」。

　　這首老山歌的一、三、四句分別打了三個比方，勸告世間男子對感情不可三心二意，雖然有強烈的教訓意味，卻使用通俗易懂的比喻來表達，充分表現出客家女子的性情，和客家民間歌謠的情趣。

古典詩詞卷

四、晚唐五代詞選

（一）夢江南　　溫庭筠

◎ 原詞

　　梳洗罷，獨倚望江樓，過盡千帆皆不是，斜暉脈脈水悠悠，腸斷白蘋洲。

◎ 題解

　　本詞選自臺灣商務印書館發行的四部叢刊本《花間集》。〈夢江南〉，詞牌名。詞的內容是作者設身處地，以女性口吻寫出一位痴情的女子，滿懷希望佇盼天際歸舟。然而漫長等待的結果，卻是不斷的失望，不過儘管如此，她仍一本初衷，永無止盡地盼望下去。溫庭筠透過動作的刻畫顯示了她的心理狀態，再藉著倚樓望歸舟之情景，點明她等待落空。末句則揭出斷腸之意，可見其情之苦。溫庭筠寓情於景，將凝望之久、惆悵之情，寄託於蒼茫暮色、悠悠江水之中，含意深長，情味雋永。

◎ 作者

　　見〈商山早行〉作者欄。

【溫庭筠生年向來眾說紛紜，難以確指。目前較常見的說法，如夏承燾溫飛卿繫年（原收入唐宋詞人年譜，上海古籍出版社，臺北世界書局韋端己年譜亦可見，一九七〇年，頁四三）謂約生於唐憲宗元和七年（西元八一二年）；陳尚君〈溫庭筠早年事跡考辨〉（中華文史論叢，一九八一年第二輯）謂生於唐德宗貞元十七年（西元八〇一年）；王達津〈溫庭筠生平之若干問題〉（南開學報，一九八二年第二期）謂生於唐文宗太和元年（西元八二七年）；黃震雲〈溫庭筠籍貫及生卒年〉（刊徐州師範學院學報，一九八二年第三期）謂生於唐憲宗元和十二年（西元八一七年）。卒年則謂懿宗咸通七年（西元八六六年），或懿宗咸通十一年（西元八七〇年）。此處對於溫氏的生卒年，依據夏承燾先生之說法。】

⊙ 賞讀

　　〈夢江南〉是一首閨怨詞，描寫女子於望江樓終日盼望歸人的心情。首句寫她「女為悅己者容」，著意梳妝。「獨倚」極巧妙地形容出女子的孤單，因獨懷心事而不邀女伴。這一句同時說出了地點——「望江樓」，本來江樓之興建，並非一定為望江之故，溫庭筠以「望江樓」稱之，特別顯示出女子的痴情殷切。在江樓上望見的，必是江上點點歸帆。直到所有的船隻已經過盡，還是沒見到自己等的那一艘。

　　從嚴妝等待的滿懷希望，到等待落空的失意落寞，在短短的幾個句子內可看出女子心情的起伏激盪。經過漫長的等候，當一天又要過去，但伊人仍未歸來時，女子的心情想必

已經受到嚴重的打擊。彷彿命運開了她一個大玩笑，一再地戲弄她，令她更難以為懷。

即使千帆已過，可是女子的目光仍留在浩瀚江面上，似乎仍不死心。只可惜，江上只留下夕陽殘照，江水不停地逝去。而斜陽外一片荒冷的白蘋洲，更令人有著極度的空虛與寂寞。女子日復一日等待，歲月亦如江水一去不回，帶走她的青春與美夢，難怪她要心碎斷腸。女子的青春年華禁不起等待，無法承受歲月的折磨，她的憂怨益深，「腸斷」一詞雖太露，卻也一語中的了。

整首詞用的都是含蓄蘊藉之筆，除「腸斷」二字以外。雖然有人因此認為此首末句情感太露，畫蛇添足，實應刪去。但就詞調而言，夢江南是短調，不易抒寫，此調雖作者不少，但大都只有七字一聯為佳，此中作品，溫詞卻是較好的。

（二）菩薩蠻　　韋莊

◎原詞

紅樓別夜堪惆悵，香燈半捲流蘇帳，殘月出門時美人和淚辭。　　琵琶金翠羽，絃上黃鶯語，勸我早歸家，綠窗人似花。

◎題解

本詞選自臺灣商務印書館發行的四部叢刊本《花間

集》。〈菩薩蠻〉，詞牌名。韋莊有〈菩薩蠻〉五首，前後呼應，章法結構極有次第，皆韋莊晚年寓居蜀地回憶江南舊遊之作，本文所選為第一首。

當年別夜離情，早已事過境遷，如今寫來，卻歷歷在目，令讀者亦彷彿置身其境。這自然是韋莊對當時離情繾綣無法忘懷之故。紅樓之中，微弱的燈光、迷離的香氣，溫暖華麗的帷帳……，在在顯露離人刻意要留住最美好的回憶，而營造出的種種氣氛。只是到頭來終究要無奈地告別，原先的纏綿與出門道別時的悽惻，更加深了無邊的離愁。結尾是追想臨別時，美人殷切的叮嚀語，盼望自己莫忘紅顏，須得早作歸家之計。情感真摯感人，言有盡而意無窮。

◎ 作者

韋莊，字端己，京兆杜陵人（今陝西長安東南）。生於唐文宗開成元年（西元836年），卒於五代後蜀高祖武成三年（西元910年），年七十五。唐僖宗廣明元年（西元880年），應舉入長安。正逢黃巢兵亂，他被困於重圍之中，後來離開長安到洛陽，將耳聞目睹的慘亂流離，借一位秦婦的口述，寫了〈秦婦吟〉一篇，時人遂號為「秦婦吟秀才」。此時大約為僖宗中和三年（西元883年）春天。

不久又攜家避難到江南。昭宗景福二年（西元893年）還京應試，次年（昭宗乾寧元年）進士及第，並任校書郎之職。後奉使入蜀，不久，朱全忠篡唐，改國號為梁，王建亦據蜀稱帝，國號為前蜀，並以韋莊為宰相，因此前蜀開國典

章制度，皆出其手。

其詞語言清麗，善用白描手法，描寫閨情離愁，情感相當真切，在《花間集》中別具一格。與溫庭筠齊名，並稱「溫韋」。其詞今存五十餘首，散見《花間集》、《尊前集》。後人輯有《浣花集》、《又玄集》。

賞讀

韋莊〈菩薩蠻〉共有五首，此處僅選錄一首。張惠言詞選以為「此詞蓋留蜀後寄意之作，一章言奉使之志，本欲速歸」。但就此詞內容看來，卻是追憶當年離情，惆悵今昔，有孤獨寥落之感。

首句「紅樓別夜堪惆悵」明確地寫出了別地——紅樓、別時——夜、別情——堪惆悵。「堪惆悵」一語雙關，不僅是當年的別情惆悵，也是對感傷往事而發的惆悵。下句承以「香燈半卷流蘇帳」寫室內之景，香閨暖帳，掩映宵燈，極盡繾綣，似乎有離人的難捨難分，今日追想昔夜情懷，實令人無限惆悵。「殘月出門時」兩句，寫殘月在天，美人和淚相辭。事實上是自己的深深依戀，在此不直接寫自己淚眼婆娑，而以側筆寫美人之淚，便使人感傷和懷念。

下片「琵琶金翠羽，絃上黃鶯語」二句，借物寫情，言美人彈奏琵琶來送別，絃上之音宛如鶯聲呢喃百囀，和晏幾道「琵琶絃上說相思」（〈臨江仙〉）用意大略相同。末二句寫臨行之前的叮嚀語，「勸我早歸家」說得質樸可愛，下句以「綠窗人似花」作結，益發引人遐思。以似花美人的倚窗

盼望來喚人早歸，可見叮嚀之深意。花無千日紅，人無百日好，一旦青春衰逝，紅顏如春盡花落，便無當年盛美，在懷念思舊的這段過程裡，遊子最後想起的，是美人珍重叮嚀之語。言念及此，又怎能不早日歸家？

（三）鵲踏枝　馮延巳

◎ 原詞

　　誰道閒情拋棄久？每到春來，惆悵還依舊。日日花前常病酒，不辭鏡裡朱顏瘦。　　河畔青蕪堤上柳，為問新愁，何事年年有？獨立小橋風滿袖，平林新月人歸後。

◎ 題解

　　本詞選自臺灣商務印書館刊行的《陽春集》，並參照張惠言《詞選》、朱尊彝《詞綜》等版本。馮詞風格文雅純正，本文所選即其典型的代表作。上片以「誰道閒情拋棄久」落筆，抒寫悲愁，但不涉具體情事，僅著力於閒情帶來的年年新愁。春天是四季中風光最明媚怡人的，然而這樣美好的景色卻又最容易觸動心靈深處的種種情思。面對此情此景，馮延巳只好藉酒澆愁，不料卻為酒所困，愁上加愁。然而馮延巳是不以為意的，即使形消骨蝕，一樣在所不惜。

　　下半以「河畔青蕪堤上柳」開端，雖然是寫景色的句子，但並不僅限於寫景，還有對感情的襯托作用。接著馮延

已再以強烈的語氣反詰：為何有這萬般愁緒？在追問之後並不作任何回答，將筆鋒一轉，轉到自己身上，小橋獨立，滿袖風寒。新月初升，人已盡歸，而自己又要面對無邊的落寞，留下長存的孤絕感。

◎ 作者

　　馮延巳，名延嗣，字正中。廣陵（今江蘇揚州）人。生於唐昭宗天復三年（西元903年），卒於宋太祖建隆元年（西元960年），年五十八。有辭學，多伎藝。以布衣拜見專掌吳政的李昇，李授為祕書郎，並命其陪侍長子李璟。後來李昇代吳（西元937年），建了南唐，君臨天下，號稱烈祖，延巳被任為元帥府掌書記。元宗李璟即位，拜諫議大夫、翰林學士，遷戶部侍郎，官至同平章事。

　　所作詞留存百餘首，均為小令，多寫男女間的離情別恨，語言清麗，善於以景見情。對北宋晏殊、歐陽脩之詞作頗有影響。有《陽春集》，但其中雜有他人之作。

◎ 賞讀

　　馮延巳〈鵲踏枝〉是一首寫春愁的詞。由閒情的盤結、時序的轉變、堤柳的新綠，聯想到自己的孤獨無奈、愁緒萬千。

　　上片起首以「誰道閒情拋棄久」一語反詰，可見這種情感抑鬱之深，幾乎無法排遣。「閒情」不可確指，「拋棄」二字說明了為閒情尋求解脫的掙扎與努力。用「誰道」反

問，暗示了所有的掙扎努力徒然落空。因而緊接著說「每到春來，惆悵還依舊」，可見惆悵之情長在，觸處皆可撩撥。春乃萬物萌生之季節，馮延己惆悵之情，恍若亦因春天而生，這種無端寂寞的愁緒最是惱人，更何況它一直拋去不了。「日日花前常病酒，不辭鏡裡朱顏瘦」。舉杯澆愁，藉由日日飲酒來麻醉自己，使自己不受這種情感的困擾。可是這樣消極地逃避有用嗎？答案是沒用的，反為這樣反使自己更加惆悵。這兩句頗有決心承擔負荷之意。飲酒本為澆愁，但反為酒困，「日日」二字更見其長久受苦。「朱顏瘦」正是酒困多愁的結果，然而冠以「不辭」，足見其一往情深。這樣的表態，使得人物的性格尤為鮮明。

下片以「河畔青蕪堤上柳」開端，以之襯托感情世界的新愁。青蕪堤柳，似也隱喻了多少纖柔細密的情意在其中。睹物觸情，下句引出「為問新愁，何事年年有」的無奈詰問。道出愁之新生，就像柳之再青、草之重綠。愁之所以新，是它令人惆悵的感受年年重來。此外，似乎也有一再拋棄、一再復甦的「新」意，實在是「剪不斷，理還亂」。最後，馮延己別無他法，只好寂寞承受這股內心的酸楚煎熬。結語二句「獨立小橋風滿袖，平林新月人歸後」，意象飽滿。「獨立」二字已是淒切無限，「風滿袖」更是令人有股冷颼颼的涼意。「平林新月人歸後」，寫得寬廣無邊，人世蒼茫。在人聲寂寥，人影不見之後，平林漠漠、新月淒迷，身處此間，又怎敵它晚來風急？以「人歸後」收束，暗示其無所歸依，更覺孤獨無奈。情境淒苦可知。

（四）虞美人　　李煜

◎ 原詞

　　春花秋月何時了，往事知多少。小樓昨夜又東風，故國不堪回首月明中。　　雕闌玉砌應猶在，只是朱顏改。問君能有許多愁，恰似一江春水向東流。

◎ 題解

　　本詞選自天工書局刊行的《南唐二主詞》。此詞為後主入宋後感懷故國之作。後主早期善寫宮廷的熱鬧繁華，降宋之後生活境遇的轉折使得詞風陡變，綺麗香艷一變而為淒苦多愁，成為後期詞作的基調。

　　〈虞美人〉為後主後期代表作，上片由自問春花秋月之繁華往事起筆，進而寫出幽禁生活裡無可遏抑的家國破滅的哀歎，引出強烈愁思。下片接著寫回憶故國的今昔之感，不堪回首卻又回首，遙想故國，物在人非，更加深胸中的愁恨。最後以自問自答的方式，寫出綿綿不絕的愁思，像春水一般滔滔東流。詞中充滿亡國後沉痛悲傷之情。

◎ 作者

　　李煜，初名從嘉，即立後更名煜，字重光，號鍾隱。生於南唐前主昇元元年（西元937年），卒於宋太宗太平興國三年（西元978年），年四十二。宋太祖建隆二年（西元961年）

嗣位，至開寶八年（西元975年），宋將曹彬攻破金陵，煜降
宋，在位凡十五年。後為宋太祖所逼服毒而死，世稱李後
主。

後主嗣位之初，以愛民為急，蠲賦息役，以裕民力。然
酷好浮屠，崇塔廟，造佛屋，易服膜拜，頗廢政事。雖仁人
愛民，而卒不能保社稷。能詩文、音樂、書畫，尤以詞名。
前期作品大都描寫宮廷享樂生活，風格華豔。亡國後所作，
多寓身世之感，哀怨淒涼，突破晚唐、五代之豔情窠臼。王
國維《人間詞話》說：「詞至李後主，而眼界始大，感慨遂
深，遂變伶工之詞，而為士大夫之詞。」後主作品多已散
佚，後人蒐集其詞，與其父璟之作，合刻為《南唐二主
詞》。

◎ 賞讀

〈虞美人〉這首詞是後主被俘至汴京後所作。自歸宋
後，以淚洗面，緬懷故國，感傷身世，更由於時序轉變，觸
目傷心，引起沉重的亡國之痛。自從倉皇辭廟，「揮淚對宮
娥」之後，繁華皆去，後主便歡顏盡失。起首二句，奇語破
空而來。春花燦爛，秋月明媚，本來給人的是欣喜之感，然
而因為形勢驟變，精神痛苦，後主便覺春花秋月太過惹人傷
懷，美好的事物頓時都成了嘲諷、刺激。雖然並未細說往
事，但多少的華年如夢，多少的春殿笙歌，都已盡在不言
中。原來不堪回首的，現忍不住偏要去想它。「往事」即指
「故國不堪回首」的往事。而「小樓昨夜又東風」，這一句正

是觸發悲愁的根源。所有不堪回首的，所有觸目傷心的，又出現在後主的眼前。

下片緊接著寫回想故國的今昔之感。「雕闌玉砌應猶在，只是朱顏改」二句，承前面的「不堪回首」，但卻又回首。「應猶在」為推臆之詞，因為後主身為階下囚，無法自由地回到自己的家鄉，所以只能說故國宮殿應該還在吧！想到宮殿一切如故，不知不覺之中，後主又將思緒落實到自己身上。以自己朱顏已改的事實，來暗示景物依舊，而人事全非的悲慨。最末二句「問君能有幾多愁？恰似一江春水向東流」，寫悲愁之多且綿延不絕。答語「一江春水向東流」九字，一氣讀下，筆力雄健，大有千迴百轉，雷霆萬鈞之勢。到底心中有多少的愁苦啊？應該就像江水，那樣的浩瀚無窮，也那樣的永不止息。「一江春水」，比喻愁緒之多，「向東流」，是形容愁恨如江水一般無休無止。情意真摯深刻，令人動容。

後主詞中常用「東」字，可能隱指江東，據傳宋太宗為此詞中「小樓昨夜又東風」、「一江春水向東流」兩句，懷疑其意圖恢復，故起意加害。後後主以七夕誕辰，命伎作樂、聲震霄漢，宋太宗聞之大怒，銜其有故國不堪回首之思，遂賜牽機毒藥，迫其自盡。此詞如孤雁哀鳴，字字血淚，撼人心魄。

五、宋詞選

（一）生查子 元夕　　歐陽脩

◎ 原詞

　　去年元夜時，花市燈如晝。月到柳梢頭，人約黃昏後。　　今年元夜時，月與燈依舊。不見去年人，淚濕春衫袖。

◎ 題解

　　本詞選自《歐陽文忠公集》，所依據的版本是臺灣商務印書館印行的四部叢刊本。內容書寫元宵時節因觸景傷懷而引發了今昔之感。〈生查子〉，詞牌名。

　　詞分上下兩片，以元宵為時間主軸，追懷過去一段美好的愛情。上片寫去年元宵時，與所歡相會的欣喜之情，下片寫今宵光景依舊，但是人事已非的惆悵。寫去年的甜蜜快樂，與今年的感傷痛苦，恰為顯著的對比，更反襯出今昔的不同，令人留下鮮明而深刻的印象。

◎ 作者

　　歐陽脩，字永叔，號醉翁，晚號六一居士。宋廬陵（今

江西省吉安縣）人。生於真宗景德四年（西元1007年），卒
於神宗熙寧五年（西元1072年），年六十六。

　　脩四歲而孤，母鄭氏親自授讀，因家境貧困，無紙筆，
以蘆荻畫地學字。稍長，借書於鄰里，益自刻苦研讀，所學
見博。仁宗天聖八年（西元1030年），中進士，為西京留守
推官，與古文家尹洙、詩人梅堯臣交游，日為古文詩歌，聲
名大噪。後為范仲淹遭貶事鳴不平，坐貶夷陵(今湖北宜昌)
令。慶曆五年（西元1045年），范仲淹被誣為朋黨，歐陽脩
為他辯護，因而被貶到滁州（今安徽省滁縣），在滁州日以
詩酒自娛，自號醉翁。至和元年（西元1054年），任翰林學
士，奉命重修《新唐書》。熙寧元年（西元1071年），以太子
少師致仕，退居潁川（今安徽阜陽），於西湖岸畔建「六一」
堂，自號「六一居士」，諡文忠。

　　在宋代文學史上，歐陽脩有多方面的成就：就文而論，
他提倡宗經重道之古文，透過科舉考試倡導平實樸素文風，
積極獎掖後進，王安石、曾鞏、蘇軾等都是他拔擢的，是宋
代古文運動的領袖；就詩而論，致力掃除西崑體浮豔之習，
具有若干革新的意義，為宋詩奠定良好的基礎；至於其詞，
雖因襲成分多，創新成分少，但真情流露，亦富文學價值。

　　陽脩之詞承接花間、南唐之餘韻，意境頗似馮延巳，詞
的內容主要寫戀情遊宴、傷春怨別，風格疏儁深婉，情韻柔
媚綿遠。在詞史上，與晏殊並稱「晏歐」。詞作附見《歐陽
文忠公集》後，通常稱「歐陽文忠公近體樂府」。明人毛晉
收入《宋六十名家詞》，改名《六一詞》。毛本每以意刪削，

臺灣商務印書館另有林大椿校本，據宋刻全集，勝於毛本。

至於流行的《醉翁琴趣外編》，當是宋代書商編成的，今有雙照樓覆刻，收錄不少豔詞，所收諸詞有不見於其近體樂府者，宜是他人偽託，須分別觀之。

唐圭璋《全宋詞》含近體樂府與琴趣外編二者，去其重複，得229首。

歐陽脩生平著作很多，除文集外，有《毛詩本義》、《集古錄》、《歸田錄》、《新唐書》、《新五代史》、《六一詩話》等。關於他的傳記資料，請另參考：宋韓琦〈歐陽公墓誌銘〉、蘇轍〈歐陽文忠公神道碑〉、宋史本傳、胡柯〈歐陽文忠公年譜〉一卷，清楊希閔〈歐陽文忠公年譜〉一卷，及民國梁容若〈歐陽脩的生平和文學〉（刊《新時代》六卷三、四期）、費海璣〈歐陽脩的行誼〉（刊《反攻》第二二六期）等。

生查子（一題元夕）作者考：

本文所選的這首〈生查子〉，情真辭美，千百年來廣泛流傳。但其作者有的本子誤作朱淑真或秦觀。唐圭璋所編《全宋詞》，選錄此詞，置之歐陽脩作品中，並加案語：「此首別又誤作朱淑真詞，見詞品卷二。又誤作秦觀詞，見續選草堂詩餘卷上。方回《瀛奎律髓》卷十六又引『月上柳梢頭』句以為李清照作，亦誤。」唐氏另有宋詞互見考，對作者問題有所辨正。作者究為何人，雖有以上若干說法，但爭議多集中於歐陽脩或朱淑真身上，經過多位學者考辨，幾可確定此詞為歐公之作無疑。對此，我們可以舉以下幾點證據來說

明：

　　第一，此詞收錄於歐陽文忠公集卷一百三十一中。該文集由歐陽脩兒孫及其門生編成，如果此詞乃旁人所作，其子孫、門生應不致編入歐集。

　　第二，南宋方岳《深雪偶談》：「如『月上柳梢頭，人約黃昏後』一詞，正歐陽脩居士所作。」方氏與朱淑真大致同時，其不言此詞乃朱所寫，而謂之歐公手筆，益發證明歐公為生查子一詞之作者。

　　第三，據鄭因百（騫）先生考辨，亦可證明此詞作者是歐陽脩，而非朱淑真，他認為：（一）《歐陽文忠公集》卷一百三十一、明吳訥編唐宋元明百家詞本六一詞、毛晉編印《宋六十名家詞本》六一詞，都載有這首生查子；南宋初年曾慥編選的《樂府雅詞》、明陳耀文編選的《花草粹編》，這首詞也都列於歐陽脩名下（歐集卷一三一、一三二、一三三共三卷，都是他的詞，總題為近體樂府，明人合為一卷，改題六一詞）。歐陽脩的詞，在北宋當時即有真有假，假的都是些所謂「纖佻浮豔」之作，據說是他作進士主考官時，被他黜落的士子製造出來誣衊他的，詳見四庫全書總目提要卷一九八。六一詞提要所引蔡條《西清詩話》及名臣錄諸書，我們現在所見的《歐陽文忠公集》是南宋中葉編印的，其時代不僅在歐陽脩身後，也在朱淑真之後；這首詞自難免有本為朱作而被後人誤編入歐集的可能，所以，單靠今所見本歐集還是不行，最重要最確實的是以下第二第三兩項證據。（二）曾慥編選的《樂府雅詞》（收入粵雅堂叢書）有他的自

序，序尾所署年月是「紹興丙寅上元日」，丙寅是宋高宗紹興十六年，全書六卷，第二卷選錄歐陽脩詞八十三首之多，其中即有這首生查子，自序並云：「歐公一代儒宗，風流自命，詞章幼眇，世所矜式。當時小人或作豔詞，謬為公詞，今悉刪除。」他所選錄詞人有三十四家，而特別對歐詞作此詳細說明，可見他選錄歐作態度之審慎，若非他所見歐陽脩全集或歐詞單行本確有這首詞，他決不會貿然把它列入歐陽脩名下，而他所見的歐集，當然是紹興十六年以前的舊本，朱淑真的時代則在此稍後，她的作品不可能混入。（三）朱淑真的生平事蹟，文獻不足，無從詳考，但根據斷腸詞前邊附錄的一篇紀略，可以確定她是高宗後期到孝宗光宗時人，其生平不會早於紹興初元，紹興十六年樂府雅詞成書作序的時候，朱淑真至多是個十七八歲的少女，作不出這樣情感技巧兩方面都很成熟的好詞，樂府雅詞選有女性作家魏夫人及李易安二人，自序中說：「雖女流亦不廢」，如果把朱淑真的生年提早一二十年，則是與曾慥同時，同在浙西（朱是海鹽人；曾是溫陵人，在臨安作官），曾不會不知道這位女流，而把她的詞誤編入他所審慎選錄的歐陽脩作品。

　　綜合以上所述，生查子此詞出於歐陽脩之手，應該不成問題。

賞讀

　　過完農曆年之後，緊接著的重要節日就是元宵節，延續過年歡樂的氣氛，一般也叫做「小過年」。這個節日由來已

久，每年各式各樣的花燈，爭巧鬥奇，每不勝收，因此又稱為「燈節」。

美好的節日，配上優美的文學作品，相得益彰，更令人陶醉。這首詞是與元宵節有關的名作，廣受眾人喜愛。內容主要是以燈月爭輝的元宵節為背景，描寫一段淒美的愛情，有戀愛的甜蜜，也有失戀的惆悵。

詞的上片是寫去年元宵之夜與戀人相會的歡樂情景：去年元宵時，花市的花燈燦如白晝。在黃昏剛過後，月亮爬上柳樹枝頭，便和心上人約會。歐陽脩在第一句即點明時間，二、三句則用很經濟的特寫鏡頭，捕捉元宵節獨有的景象──「花燈」和「明月」。寫燈，用「如畫」來形容，可見燈火之盛，景況之熱鬧。短短十字，就寫出元宵節夜市如畫、花好月圓、楊柳依依的動人景象，為男女約會加添了幾分綿綿的情意。另外，值得注意的是，是「花市」、「柳梢頭」的「花」和「柳」都是女性化的名詞，歐陽脩將這些景物組合，構成非常揉合、溫馨、甜美的畫面，烘托男女追求愛情的喜悅，而很自然地引出「人約黃昏後」這樣的句子來。

下片寫今年元宵節的孤寂情懷：今年元宵節光景如故，月亮和花燈依舊和去年一樣皎潔、燦爛，可是去年約會的人兒已經不在身旁，此情此景，怎不教人惆悵悲傷？所以感傷的眼淚如泉湧般沾濕了春衫的袖子。下片開頭第一句寫時間，只將上片第一句的「去」字改成「今」字，點名了時間的推移，也暗示了人事的改變。第二句呼應上片二、三句，

以月與燈涵蓋上片的花、燈、柳、月，說明了佳節良宵，景物依舊。第三句與上片第四句形成極強烈的對比，本來燈月依舊，理應人情如昨，但出人意料的是「不見去年人」，只有自己的孤單形影，由這樣的激盪，終於迸出最後一句：「淚濕春衫袖」，把失去愛情的悲傷表現得淋漓盡致。

　　從以上的分析，我們知道這首詞上、下片的文意是並列對比的，上片寫去年相見之歡樂，下片寫今年「不見」的惆悵痛苦，而去年的幸福只不過用來襯托今年的惆悵罷了。整首詞所用的材料也非常簡單，尤其上、下片的關鍵名詞：「元夜」、「月」、「燈」、「人」都重複，使整首詞的材料省得不能再省，但透過相同的景物當媒介，所引發出來的情感卻極為豐富，加上歐陽脩用淺顯明白的語言，每句都像隨口而出，自然流暢，頗有民歌味道，難怪它能至今傳誦不衰。

（二）浣溪沙　　晏殊

◎ 原詞

　　一曲新詞酒一杯，去年天氣舊亭台，夕陽西下幾時回。　　無可奈何花落去，似曾相識燕歸來，小園香涇獨徘徊。

◎ 題解

　　本詞選自明倫出版社的《全宋詞》。〈浣溪沙〉，詞牌名。整首詞描寫作者惋惜流光的消逝，及由此引發的惆悵、

無奈之情。既有傷春之意，也有懷人之情。

詞分上下兩片。上片重在思昔，下片著重寫今日之感傷。上片先寫作者飲酒聽歌，曲曲新詞，杯杯芳酒，而天氣如故，亭臺依舊，這一新一舊相對照，自然觸發作者對往事的追懷。其次就夕陽西下景象，興起時光流逝的感嘆。下片融情入景，就落花、歸燕，寫好景不常、流光無情的無奈之感。末句以獨自在花徑中踽踽徘徊作結，呈現了其心情的落寞。輕柔婉轉中，有淡淡的哀愁，筆姿搖曳，情韻動人。

作者

晏殊，字同叔，宋撫州臨川（今江西臨川）人。生於太宗淳化二年（西元991年），卒於仁宗至和二年（西元1055年），年六十五。

晏殊七歲便能作文，可說天才早熟。真宗景德二年（西元1005年），以神童應試，獲賜同進士出身，授任秘書省正字。仁宗慶曆年間，官至集賢殿學士、同平章事兼樞密史。在位好汲引賢才，提拔後進，一時名士如范仲淹、歐陽脩、富弼、王安石等，都出於其門下。慶曆四年（西元1044年），罷相，降為工部尚書，繼而出任潁川、陳州、許州等地方首長。卒諡元獻，後人因稱為晏元獻。

據《宋史》本傳的記載，晏殊性格剛簡，文章贍麗，詩閒雅而有情思。另外葉夢得《避暑錄話》說：「元獻公喜宴賓客，未嘗一日不宴飲。每有嘉客必留，亦必以歌樂相佐。談笑雜出，……稍闌，即罷遣歌樂，曰：『汝曹呈藝已偏，

吾當呈藝。』乃具筆札，相與賦詩，率以為常。」此段記載，正好說明其詩詞作品產生的環境，泰半出之於酒後歌殘的情境。殊詞甚受馮延巳影響，不脫五代婉麗詞風，表現出一種雍容富貴的氣象，一種嫻雅幽靜的美感。王灼《碧雞漫志》云：「晏元獻公長短句，風流蘊藉，一時莫及，而溫潤秀潔，亦無其比。」馮煦《六十一家詞選·例言》云：「詞至南唐，二主作於上，正中和於下，諧微造極，得未曾有。宋初諸家，靡不祖述二主，憲章正中。晏同叔去五代未遠，馨烈所扇，得之最先，故左宮右徵，和婉而明麗，為北宋倚聲家初祖。」晏詞風格，誠如二人所言。近人葉嘉瑩於《迦陵詞談》一書中，曾拈出四點說明晏詞特色：

1.是詞中所表現的一種「詞中有思」的意境。

2.是他所特有的一份「閒雅」的情調。

3.是詞中所表現的傷感中曠達的懷抱。

4.是寫富貴而不鄙俗，寫豔情而不纖佻。

評析精微，有獨到之見。晏殊詩文甚富，惜全集今不存，僅有輯本三卷。詞集名《珠玉詞》，見明毛晉《宋六十名家詞》，頗有誤字；今以臺灣商務印書館出版林大椿校本較佳。

◎ 賞讀

此詞為晏殊的名作，書寫傷春懷人之情。晏詞善於抒情，且情中往往蘊含一種人生的哲理，常能給人深刻的反思，令讀者動容。此詞即其例也。

　　上片寫晏殊對時光流逝，佳人杳然的惆悵。開頭一句，即寫他聽歌飲酒的歡宴情景。酒是美酒，歌是新詞，然而天氣依舊，亭臺依舊，這一「新」一「舊」，不期然觸發了晏殊對去年類似情境的追憶。「去年天氣」二句，化用鄭谷〈和知己秋日傷秋〉：「流水歌聲共不回，去年天氣舊亭臺。」之詩意，寫自己賭物傷懷的心情。這兩句雖襲用鄭詩，但經其點化，韻味迥然不同，音調亦更和諧，自成一種新的境界。尤其以「一曲新詞酒一杯」一句，領先前置，更加重今昔之感、物是人非之嘆。

　　曲曲新詞，杯杯芳酒，此中想必有當年唱者的動人，聽者的動心，然而流光無情，歲序匆匆，今日景象依舊，風物如昨，人卻杳然，怎不令人觸目神傷，興起「夕陽西下幾時回」的喟嘆？雖然，明天依舊有旭日東升，但流逝的時光會回來嗎？「幾時回」字面上是設問句，在詩詞裡則有否定意味，時光的流逝、人事的變更，顯然是無法再回來、再還原的。這就如劉希夷代悲白頭翁所說的：「年年歲歲花相似，歲歲年年人不同」之意蘊。末句同時亦有豐富的象徵意義，不只代表光陰、佳人，也令人聯想青春、往事、年華、歡樂，這些有如夕陽般一去不回。

　　下片寫對殘春景色的惋惜。「無可奈何」二句寫春花落去、春燕歸來，傷逝懷人的複雜感情。「花落」、「燕歸」是客觀的景物，而「無可奈何」、「似曾相識」是晏殊主觀的感情。面對春殘花落、韶光將逝，這些自然時序的更迭，人力本無可挽回，所以說「無可奈何」；春燕重歸，似舊實

新，所以說「似曾相識」。這兩句融情入景，寄託了花落事已去、燕歸人未歸的深沈慨嘆。此聯除了善用虛字為對聯，精警工切之外，其寓意豐富，可有多方聯想，是北宋以來傳誦的名句。結尾「小園香徑」一句，深刻傳達出作者對往事失落的惆悵和舊日情懷的追思與回味。

這首詞語言明白如話，音調和諧，意蘊豐富，是相當膾炙人口的一首小令，相當程度地表現出晏殊詞的風格和特點。

（三）如夢令　李清照

◎ 原　詞

昨夜雨疏風驟，濃睡不消殘酒。試問捲簾人，卻道海棠依舊。　知否？知否？應是綠肥紅瘦。

◎ 題　解

〈如夢令〉，詞牌名。詞人早晨醒來依稀記得昨夜的聽風疏雨，不禁為庭院嬌弱的花兒擔心。然而侍女卻不解女主人愛花的心情，只是平緩而漫不經心答道「海棠依舊」。因此引發了女主人「知否？知否」的疊問，並進一步說明此時海棠應是「綠肥紅瘦」啊！這首作品透過一問一答與一駁，巧妙地抒發了詞人憐花惜春之情。寥寥數語，但層次豐富，意味雋永。

作者

　　李清照，自號易安居士，齊州章丘（今屬山東濟南）人，約生於神宗元豐七年（西元1084年），卒於高宗紹興二十五年（西元1155年）。父親李格非，官至禮部員外郎，曾「以文章受知於蘇軾」（《宋史·李格非傳》）。母親是狀元王拱辰的孫女，皆工文墨。易安生既得先天遺傳上稟賦的慧根，又得到後天文學藝術的教養薰陶；在文學上打下很好的基礎，努力好學加上才氣卓越，使她成為中國文學史上最出色的女詞人。

　　哲宗元符二年（西元1099年），清照年十八，嫁太學生趙明誠為妻。夫婦二人志趣相投，沉浸文字書畫之間，校讎考訂，誦讀唱和，舒卷摩玩，情深意篤。1126年，金人破汴京，易安、明誠時在山東，急急收拾書籍彝鼎石刻等，搬運金陵，載書十五車，至東海，連艫渡淮，又渡江，至建康。青州故第，尚鎖書冊雜物用屋十餘間，期明年，再具舟載之。十二月，金人陷青州，凡所謂十餘屋者皆煨燼矣！在建康時，猶有書二萬卷，金石刻二千卷。1129年，明誠奔母喪，易安很淒苦地度過她孤寂的生活。金人陷青州時，十餘屋極珍貴的心血藏書被戰火化為灰燼；而生父又遭罷免，更使她悲憤不勝；一方面神馳於明誠，另方面又眷懷於故鄉。這時明誠、易安在江寧。不久，明誠罷官，將家於贛水。而高宗詔令知湖州。明誠隻身前往，感暑疾發。時易安在池陽，急乘江東下，至建康，已病危。明誠之死，對她的打擊非常的大，而局勢又在劇變中，不半載，金兀朮的大軍渡江

攻陷了南京。易安在愴惶中走上了流亡的道途，由南京到杭
州，不多久，杭州又被金兵攻陷！易安渡過錢塘江，到浙東
避難，然而金兵又窮追不捨，她逃到紹興，又逃到金華，到
寧波，到溫州；幸而金兵在海上遇風覆舟，岳飛的軍隊又在
湖北、安徽邊境，打了幾次勝仗，侵浙江的金兵撤退了。等
到臨安光復，易安這才回到臨安居住。這一連串的流亡，使
她的所藏幾喪盡，陷於窮困之境地，幸而她尚能安貧，只是
失去恩愛的丈夫，使她在人間無法自靜，漂泊流浪，風霜驛
路之中，魂牽夢縈的便是趙明誠，她寫了〈御街行〉：「籐床
紙帳朝眠起，說不盡，無佳思。沉香煙斷玉爐寒，伴我情懷
如水。笛聲三弄，梅心驚破，多少春情意。小風疏雨瀟瀟
地，又催下千行淚。吹簫人去玉樓空，腸斷與誰共倚。一枝
折得，人間天上，沒個人堪寄。」相思之深，哀痛之切，由
此可見矣。她寫過一闋〈武陵春〉：「風住塵香花已盡，日
晚倦梳頭。物是人非事事休，欲語淚先流！　　聞說雙溪春
尚好，亦擬駕輕舟；只恐雙溪舴艋舟，載不動許多愁！」詞
中所說的雙溪，是浙江的富陽，那時易安的弟弟在富陽，想
請流亡的姐姐去同住，詞就是回答弟弟的。易安晚年，另有
一闋〈聲聲慢〉，這詞也是她的代表作之一。易安回到臨安
居住，目睹昏瞶的南渡君臣，不能振作，反耽於逸樂，極為
不滿，也表示了她的憤懣，詩句「南渡衣冠少王導，此來消
息無劉琨」，對當朝之士的批評相當嚴竣。可以看出她的心
情是何等的沉痛！

　　由於她對政治不留餘地的評擊，自然得罪了不少人；有

些人製造謠言，說她改嫁張汝舟。不過許多歷史家都替她辨誣清洗，俞正燮的《癸巳類稿》，根據許多理由，證明這種謠言是極謬妄的。李慈銘、陸心源也都曾詳加考辯。

在靖康之難前，她的詞多屬閨情，寫其悠閑生活，如〈一剪梅〉、〈醉花陰〉、〈鳳凰臺上憶吹簫〉，非常的嫵媚輕情，即使抒寫離愁，也不作沉痛之語；靖康之難後，多悲嘆身世，情調感傷，國亡家破與飄零的痛苦，影響了她的思想感情，造成她後期詞作風格的突變，像〈武陵春〉、〈臨江仙〉、〈如夢令〉、〈聲聲慢〉，充滿蒼涼無常之感，這種愁苦之詞其實也廣泛地反映出南渡人士辭別鄉土，亡國破家的共同哀情。清照的詞觸感敏銳，重視音律，語言清麗，善用白描手法，善拈眼前事家常語入詞，偶爾用典，卻不泥古，而能別具風格。

論詞強調協律，崇尚典雅、情致，提出詞「別是一家」之說，反對以作詩文之法作詞。她也擅長詩文，能詩，但留存不多，部分篇章感時詠史，情辭慷慨，與其詞風不同。其詞古今評家均給以高度評價。沈謙云「男中李後主，女中李易安，極是當行本色。前此太白，故稱詞家三李。」《四庫全書總目提要》云「清照以一婦人，而詞格乃抗軼周、柳，雖篇帙無多，固不能不寶而存之，為詞家一大宗矣。」陳廷焯《白雨齋詞話》云「李易安獨闢門徑，居然可觀，其源自淮海、大晟來，而鑄語則多生造。婦人有此，可謂奇矣。」

清照長於音樂、繪畫，工四六文，尤擅填詞，惜作品多已散佚。後人收輯整理的，有李文漪編的《漱玉集》和中華

書局的《李清照集》。今人王學初有《李清照集校注》、徐北文有《李清照全集評注》等。

賞讀

　　這首小詞雖只有33個字，篇幅短小，但曲折委婉，含蓄有致。清照用回憶手法，把昨夜與今晨的生活壓縮在瞬息之內，加以集中描敘，使之起伏多變，委婉含蓄。開頭二句「昨夜雨疏風驟，濃睡不消殘酒」，追敘昨夜驟雨狂風和醉酒、昏沉睡著的情景，初看只是閨中少婦早晨醒來以後，酒意未消，腦海裡還殘留昨夜雨疏風驟的印象；細味之下，卻分明還有含蓄未說的一番語言。暮春時節，傷離的少婦在雨疏風驟中分外容易引起念遠的情懷，借酒消愁，不覺就喝多了。如今一覺醒來，酒意還未全消，離情卻如殘酒仍然壓在心上。隱隱約約，教人捉摸不著，卻耐人尋味。通過這兩句，閨中生活的寂寞及心情的煩悶可見，而惜春之情呼之欲出。於是，下文便帶出少婦和捲簾人（侍女、小丫頭）的一問一答。回憶昨夜的雨疏風驟，「夜來風雨聲，花落知多少」（孟浩然〈春曉〉），她忽然記起窗外的海棠。來不及披衣起床，就先向捲簾人追問。因為捲簾人正在拉起簾子，她一眼就能夠看到階前的景象。不料得到的卻是漫不經心的回答：「海棠花？還不是跟昨天一樣！」小丫頭哪裡懂得女主人的用意，這冷淡的回應，不幸卻加重了女主人的傷感。傷離的人，本希望有人像她關心海棠那樣同情自己，不料身邊的侍女卻木然無動於衷。淡淡兩句，顯出主僕二人不同的內心感

情：閨中少婦說不出來的傷春傷別，小丫頭的天真無邪。於是更進一步逼出了下文：「知否？知否？應是綠肥紅瘦！」在一問、一答、一駁三個詞句間，烘托了自己惜春的心情。這三個語句的語氣均有不同，流露清照與侍女的不同心情神態，十分傳神。

「試問」一句，寫她對花長開、春長在的希望，「卻道」一句，呈現侍女漫不經心的回答。「知否」二句疊用，不僅是一般意義上的設問句式，而是具有豐富強烈的感情，其中有對侍女的微責，以及對花事衰敗的痛惜。接著以「懸想示現」告訴侍女不是海棠依舊，「應是綠肥紅瘦」，含蓄透露清照對春殘花落的深沉嘆息。「應是」只是清照對自然季節變化的客觀認知及想像揣測之詞，從多情的詞人內心深處來說，她是多麼不願意大自然這無情的摧殘。「應是」背後，正隱藏著理智與感情的矛盾。一問一答，筆法靈活，口吻委婉，短篇中藏無數曲折，令人嘆服。作者用「肥」、「瘦」二字摹寫花葉經歷風雨之後的不同意態，是富於形象美的。不過它的真正用意卻是透露自己隱約的心情。思婦本來容易睹物思人，看見階下的海棠，也會聯想到自己，或者比擬著自己。這樣她就把自己和海棠的命運聯繫起來。在一場驟風疏雨之中，給予她的也是青春易老的感觸。自己這樣，海棠何嘗不也是這樣？

這首小詞語言清新自然，渾然天成。其語言優美樸素，讓人只見其樸素，而不見樸素下掩藏的錘鍊工夫。如「綠肥紅瘦」以綠和紅的顏色來借代葉和花。肥瘦本用於形容人的

體態，用來描寫風雨之後，葉茂花稀的凋殘情況，不僅是擬人之法，與人新鮮形象之感，其毫無雕飾痕跡，更是深得前人好評。王漁洋從末四字所影響於全詞神韻的角度批評道：「綠肥紅瘦，寵柳嬌花，人工天巧，可稱絕唱。」黃了翁《蓼園詞選》也說：「短幅中藏無數曲折，自是聖於詞者。」這些批評，都不為過譽。

（四）西江月 夜行黃沙道中　辛棄疾

◎ 原 詞

　　明月別枝驚鵲，清風半夜鳴蟬。稻花香裡說豐年，聽取蛙聲一片。　　七八箇星天外，兩三點雨山前。舊時茅店社林邊，路轉溪橋忽見。

◎ 題 解

　　〈西江月〉，詞牌名；「夜行黃沙道中」是題目。黃沙，即黃沙嶺，在江西省上饒縣西，辛棄疾在此建有書堂。這首詞寫他在黃沙嶺的鄉村中夜行的見聞和感受。上片偏重聽覺的描述，下片偏重視覺的描摩。用語平易，節奏輕快，生動表達了辛棄疾關心農事及陶醉於鄉村夜景的心情。

◎ 作 者

　　辛棄疾，原字坦夫，改字幼安，號稼軒宋歷城（今山東濟南）人。生於高宗紹興十年（西元1140年），卒於寧宗開

禧三年（西元1207年），年六十八。出生時，山東已為金兵
所佔。二十一歲參加抗金義軍，紹興三十一年（西元1161年）
率兩千民眾參加北方抗金義軍，次年奉表歸南宋。歷任湖
北、江西、湖南、福建、浙東安撫使等職。任職期間，採取
積極措施，招集流亡，訓練軍隊，獎勵耕戰，打擊貪污豪
強，注意安定民生。一生堅決主張抗金。曾進奏〈美芹十
論〉，分析敵我形勢，提出強兵復國的具體規劃；又〈上宰
相九議〉，進一步闡發十論的思想；具體分析當時的政治軍
事形勢，對誇大金兵力量、鼓吹妥協投降的謬論，作了有力
的駁斥；要求加強作戰準備，鼓勵士氣，以恢復中原。他所
提出的抗金建議，均未被採納和施行。在各地任上他認真革
除積弊，積極整軍備戰，但累遭主和派的撤肘打擊，中間兩
度落職家居，曾閒居江西上饒、鉛（音一ㄢˊ）山一帶。晚
年韓侂胄當政，一度起用，不久病卒。光復故國的大志雄才
得不到施展，一腔忠憤發而為詞，抒寫力圖恢復國家統一的
愛國熱情，傾訴壯志難酬的悲憤，對南宋上層統治集團的屈
辱投降進行揭露和批判；也有不少吟詠祖國河山的作品。藝
術風格多樣，而以豪放為主。熱情洋溢，慷慨悲壯，筆力雄
厚，與蘇軾齊名，並稱蘇辛。詞作如〈破陣子·為陳同甫賦
壯詞以寄之〉、〈永遇·樂·京口北固亭懷古〉、〈水龍吟·
登建康賞心亭〉、〈菩薩蠻書江西造口壁〉等均有名。部分
作品也流露出抱負不能實現而產生的消極情緒。

今存詞629首，數量為宋詞之冠。詞作題材廣泛，風格
多樣，而以慷慨悲壯的愛國詞為其主調。亦有寫閒適生活的

詞，往往於閑適中流露出莫可奈何的情緒，但其精神仍與其愛國詞一脈相通。如〈沁園春・帶湖新居將成〉、〈水調歌頭・盟鷗〉等許多詞中都帶有這種感情。一部分寫農村生活的詞清新純樸，語言淺近，如〈清平樂村居〉、〈鷓鴣天戲題村舍〉、〈西江月夜行黃沙道中〉、〈浣溪沙常山道中即事〉等都是生動的農村風情畫。辛詞中也有寫愛情的詞，如〈清平樂・春宵睡重〉就寫得纏綿婉轉，頗能動人。

詩今存133首，內容和風格大體上亦如其詞。文今存177篇，多為奏議啟札等應用文字，頗能見出辛棄疾的見解和謀略。辛棄疾詞在宋代即已有多種版本，主要為四卷本和十二卷本兩種。四卷本名《稼軒詞》，分為甲乙丙丁四集，宋刻本已不存，今有汲古閣影宋鈔本及《唐宋名賢百家詞》本。十二卷本名《稼軒長短句》，宋刻本已無傳，今傳本通行者有王鵬運「四印齋刻詞」本。1962年中華書局上海編輯所出版今人鄧廣銘《稼軒詞編年箋注》。另鄭騫《稼軒詞校注》、梁啟超《稼軒詞疏證》，都值得參考。

◎ 賞讀

辛棄疾的詞多以沉雄豪放見長，但這首〈西江月〉寫得很清新淡雅，是他閒居退隱江西上饒時所作。是辛棄疾在仲夏之夜自瓢泉經岩前村至上饒黃沙嶺途中的見聞，反映江南農村幽美的風光和豐收在望的景象，生動體現了詞人關心農業、熱愛農村的心情。（別號「稼軒」初衷可見）

詞的上片，主要是寫雨前夜行黃沙道中所聽到的各種聲

音：起先是「別枝」上的鵲聲，其次是「清風」中的蟬聲，最後是稻田裡的蛙鳴，這是採「由小及大」的形式來寫。下片則是採取「由遠及近」的方式，主要是寫夜行中所見各種景象：先是遙遙天外的疏星，其次是山嶺前的雨點，最後是社林邊溪橋的茅店。「忽見」二字表現出作者驚喜之情。其意境與陸游〈游山西村〉：「山重水複疑無路，柳暗花明又一村」，十分相似。

上片偏重「聽覺」的描述，以各種聲音襯托出鄉村夜晚的寧靜。首二句暗示出季節和時間，鳥鵲因月色明亮而受驚，飛離故枝，不言啼而啼在其中。蟬兒因天悶熱遇上月白風清而鳴叫起來，一「驚」一「鳴」，具體入微寫出夜間的情境。稻花香裡二句，表達了對豐收在望的喜悅心情，但辛棄疾沒有直說，反而是借蛙鳴代他而說。下片偏重「視覺」的摹寫，點出夜「行」所見光景。天頂烏雲密佈，天邊上有星星，之後天空開始下幾點疏雨，最後找到地方躲雨的情景。

詞的上下片末二句皆用倒裝手法。上片末二句應是「聽取蛙聲一片，稻花香裡說豐年」，現將二句倒置，固然和第四句押韻有關，主要的還是強調農業豐收帶來的喜悅，和夜行黃沙道中的愉快情緒。下片倒裝是把「舊時茅店」提到前邊來，這樣既交代了發現茆店的經過，回應詞題，點出「夜行」之意，又突出辛棄疾在大雨將至的時刻，峰迴路轉，忽然發現的喜悅心情。如果直說「忽見舊時茅店」便索然無味了。

辛棄疾詩詞喜用典故，然而此詞純用白描手法、平易語言、常見之意象，隨意寫來，如清水流泉，輕快婉轉，如一幅淡墨，寫出江南夏天夜行之美。讀者似乎見到了夜色朦朧中作者走過山路，穿過田野，跨過小橋，與詞人一起感受到了明月、清風、稻花的幽香。

（五）醜奴兒書博山道中壁　　辛棄疾

◎ 原詞

少年不識愁滋味，愛上層樓。愛上層樓，爲賦新詞強說愁。　　而今識盡愁滋味，欲說還休。欲說還休，卻道天涼好箇秋。

◎ 題解

本詞選自《稼軒長短句》，依據鄧廣銘《稼軒詞編年箋注》本。〈醜奴兒〉，詞牌名，通稱〈采桑子〉。「書博山道中壁」是題目。博山，在今江西上饒東南，辛棄疾閒居江西帶湖時，常往來於博山道中。因他有心報國，卻長期落職賦閒，遂在博山道中壁上題了這首詞，以抒發他飽經憂患後的人生感慨。

辛棄疾長調之作，多恬記家國山河，氣勢翻騰，慷慨悲涼。但有些小詞，寫人生之體驗，往往在平淡中，寓有深沉的理趣。這手作品即典型之作。全篇上下片之間，以人生的兩個時段為對比，除了概括人生由少至老的心境轉變外，也

古典詩詞卷

69

突出渲染了其胸中憂國傷時之愁。末尾「卻道天涼好個秋」，表面看似輕鬆，實則十分沉痛，無限淒清。胡雲翼《宋詞選注》說：「這首詞前後段裡愁字的含義是有區別的：前者指的是春花秋月的閒愁，後者指的是關懷國事，懷才不遇所引起的哀愁。」正說明了「欲說還休」的隱衷，及轉說天氣的隱痛。全篇寫來含蓄蘊藉，對比的運用，尤其使人印象深刻而鮮明。

◎ 賞讀

　　辛棄疾胸懷抗金復國之大志，卻屢遭當權主和者的排擠，未能受到重用。這首作品即是他被彈劾免職，閒居上饒，往來博山時所作，抒發他大半生的經歷感受。

　　詞的上片，寫他少年時代無愁強說愁的情態。詞一開始就說「少年不識愁滋味」，他那時意氣風發，豪情萬丈，根本不了解人間真正的愁苦。接著辛棄疾連用兩個「愛上層樓」，這種疊句的運用，除了具有聽覺上的美感之外，也具有承上啟下的功能。前一個「愛上層樓」承上，和「不識愁滋味」構成因果關係；後一個「愛上層樓」啟下，和「為賦新詞強說愁」構成另一個因果關係。因為喜歡登高望遠，偶而也有創作衝動。但在「不識愁滋味」的情況下，只好勉強說些愁。這樣虛擬出來的愁，必然是無病呻吟的「假愁」。上片寫來率直而真切，既襯托出年少的單純，也為下文的真愁作鋪墊。

　　下片筆鋒一轉，寫現在的知愁。「而今識盡愁滋味」，

用「而今」、「識盡」,說明了他隨著年歲增長,飽歷人間滄桑,真正懂得愁的滋味。接著也是和上片一樣,用疊句的方式承上啟下。前一個「欲說還休」緊承上句,因為真正嘗盡愁滋味的人,很難用言語來表達,所以不太願意說。後一個「欲說還休」則緊連下句。這反映出辛棄疾內心的矛盾,一方面滿懷愁苦,想一吐為快;另方面又有難言之隱,不好說也不想說。在敏感的政治環境下,他不便明講,所以最後轉說天氣。此一結語,看似輕鬆,背後卻掩藏著辛棄疾有口難言的痛苦,頗耐人尋味。

　　這首詞以「愁」為核心,用過去的「假愁」反襯現在的「真愁」,表現了辛棄疾報國無門的萬端愁緒及人生感慨。

六、清詞選

（一）長相思　　納蘭性德

◎ 原詞

　　山一程，水一程，身向榆關那畔行，夜深千帳燈。　　風一更，雪一更，聒碎鄉心夢不成，故園無此聲。

◎ 題解

　　此詞當寫於納蘭性德從京城（北京）赴關外盛京（瀋陽）途中。描寫羈旅荒涼的塞外，思念故鄉的孤寂情懷。上片寫長途跋涉的情景。「山一程，水一程」，寫出了長途跋山涉水之苦，更襯出對家園的留戀。下片寫旅中風雪，更添鄉愁。通篇低徊宛轉，語言平易，流麗自然，意象新穎。輕描淡寫，天生麗質。王國維認為這是納蘭性德「初入中原，未染漢人習氣，故能真切如此。」

◎ 作者

　　納蘭性德（西元1655～1685年），原名成德，字容若，清長白（今安東長白）人，屬滿洲正黃旗。其父納蘭明珠，

為康熙朝武英殿大學士、太子太傅。納蘭性德雖「身在高門廣廈」，卻「常有山澤魚鳥之想」。康熙十五年登進士第，官侍衛。納蘭性德淹貫群書，能詩、工書法，兼善騎射，扈蹕聖祖時，雕弓書卷錯雜左右，日則校獵，夜必讀書。其天性深厚，篤於友誼，愛才好客，尤喜江南文士，所交遊皆一時俊異，坎坷失職之士走京師，生館死殯，於資材無所計惜。詞作獨步有清，純任性靈，哀感頑豔，兼有英特奇逸之氣。年三十一，不幸病卒，有《飲水集》流傳於世。

賞讀

　　清康熙二十一年（西元1682年），聖祖出山海關祀長白山，納蘭性德以侍衛扈蹕巡狩。這首〈長相思〉即寫他遠離家鄉的感傷心情。能擔任侍衛跟隨皇上出巡，本是極榮耀的事，理應興奮才是，然而整首作品卻呈現著凄惋之情。伴君左右，動輒得咎，精神上的壓力實非常人所能體會。若長期在這種壓力下生活，真會讓人心力交瘁。這首詞無豪情壯懷，而有思念家鄉之情，或許就是由於這個緣故吧！

　　納蘭性德一開頭即以「山一程，水一程」說出跋山涉水的艱辛，兩個「一」字有歷經千山萬水的意味。這北行的路途是那麼遙遠，遠到山海關之外，「身向榆關那畔行」一句，點明北行去向是在山海關那邊。「夜深千帳燈」則說明夜晚營帳的燈光似乎有千盞之多。納蘭性德對於旌旗車騎之盛，並不正面描述，而以「千帳燈」來形容隨從軍容之盛。從外界景觀來看，夜深千帳燈的場面是浩大壯麗的，但千帳

燈所照著的卻是許多無眠的鄉心啊！千帳燈是暖和的，思鄉心卻是寒冷的，一暖一寒，兩相對照，心中的憂懷更覺難以排遣了。何況此時耳邊盡是外面風雪交加的聲音，即使想藉著夢境回到家鄉，也難以實現。古來許多詩人詞客想藉作夢來解憂，但愁懷總是愈深愈濃，終究難以排遣。

下片「風一更，雪一更」的句法，和上片「山一程，水一程」相同，兩個「一」字說明了風雪不停的颳，也暗示著納蘭性德孤眠不寐的情景是那樣的久、那樣的深。在難以成眠的深夜裡，他不禁想到自己的故園是沒有這樣的風雪之聲的，「故園無此聲」點出榆關秋來的苦寒淒涼，這句固然是寫風光之「異」，但同時也訴說著羈旅異鄉之情。這首詞只就眼前所見、心中所感，直言以述，語句既未雕琢鍛鍊，結構亦無曲折變化，但讀來卻覺格高韻遠，極纏綿婉約之致，可說是天籟之音。

（二）滿江紅　　秋瑾

◎原詞

小住京華，早又是中秋佳節。為籬下黃花開遍，秋容如拭。四面歌殘終破楚，八年風味徒思浙。苦將儂強派作蛾眉，殊未屑！　　身不得，男兒列，心卻比，男兒烈。算平生肝膽，因人常熱。俗子胸襟誰識我？英雄末路當磨折。莽紅塵何處覓知音？青衫濕。

題 解

　　這首詞表現了作者秋瑾身為女子的英雄襟懷，激越憤慨之情，充溢詞中。也抒發了對清廷腐敗，外國侵略之狀況，內心的憂懷愁思，及宏偉抱負不得實現的苦悶。

作 者

　　秋瑾（西元1875～1097年），字璿卿，又字競雄，自號鑑湖女俠。清浙江山陰（今浙江紹興）人。出身書香世家，自少涉獵經史，吟詠詩歌，賦性豪爽，又好騎馬，善飲酒，有口辯，意氣風發。年二十二，適湖南王廷鈞，後隨夫婿入京，見聞大增，乃醞釀革命壯懷。德宗光緒三十年，留學日本，次年加入光復會與同盟會，不久因反對日本取諦留學生而返國，於上海發刊《中國女報》，提倡女權，宣傳革命。三十二年返紹興，主持大通學堂，組織光復軍，與徐錫麟策畫於皖、浙兩省起義，不幸事洩被捕，英勇不屈，就義於紹興軒亭口。璿卿工詩詞，所作多感懷家國，宣揚民主思想，格調雄壯，慷慨激昂。有《秋瑾集》。

賞 讀

　　秋瑾出生於書香世家，自幼涉獵經史，平日尤喜讀游俠傳，慕朱家、郭解為人，英豪之氣不下於男兒。婚後隨夫婿到京師，更得以接受新知，留心國事，認清世界局勢。這首〈滿江紅〉便是她客居京華時的作品，可看出她沸騰的熱血與苦悶抑鬱的心情。

　　「小住京華」四句，描寫秋色，交待了時空背景。起首「小住」二字，說明了她客居在外的身分，清光緒廿九年（西元1903年），秋瑾的丈夫王廷鈞為戶部主事，她隨之遷居北京。繁華的京師原是行樂忘憂之處，然而京師——這一國勢起伏最敏感之地，帶給她的卻盡是愁情，何況此時已是中秋佳節，客旅異鄉的遊子更是「每逢佳節倍思親」，京師、中秋這樣的時空譜成了她憂國思家的愁緒，「早又是」三字則道盡了她心中的驚訝、無奈。「為籬下黃花開遍，秋容如拭」二句，寫其眼前所見，黃花即菊花，在籬笆下，那傲霜的菊花毫不畏怯地開放著，使得秋天的容顏更加鮮明亮麗，彷彿有人輕輕為它擦拭掉夏天的塵垢。

　　「四面歌殘終破楚」，是對國勢的透視，強烈暗示了腐敗無能的清廷，終究要結束它的政權。「四面歌殘」用項羽與劉邦爭天下的故事，項羽被困垓下，四面受敵，夜聞漢軍四面楚歌，鬥志為之消沉，遂自刎烏江而死，結束了歷時五年的楚漢紛爭。「八年風味徒思浙」一句說明自己多年羈旅在外，不能返回故鄉，這份鄉思情懷也只是徒然的想望罷了。這一句用了晉朝張翰的典故，張氏遊宦洛陽，因見秋風起，乃託辭思吳中菰菜、蓴羹、鱸魚膾美味，因此辭官歸鄉，後人多借用其事言思鄉之情。秋瑾是浙江紹興縣人，寫此詞時又值秋季，可說善於融化典故。此句深刻傾吐了自己的苦悶，秋瑾婚後即遷居京師，至此時已有八年之久，所託非人，婚姻不睦，加上官宦家庭的種種束縛，她內心的痛苦實可以想見，思鄉懷親之情不免常湧上心頭。詞中著一「徒」

字，道盡了她的苦悶、無奈。

「苦將儂強派作蛾眉，殊未屑」二句，明快、斬釘截鐵的宣示了：世人強將她範限於典型的女子，她是不願意也不甘心的，這兩句頗有與命運抗爭，與世俗觀念挑戰的意味。「殊未屑」，一副不以為然的態度，尤其展現了她剛勁挺拔的生命力，女子本也可為國事奔波，誰說一定要將一生消磨在針線繡補之中呢？這兩句同時對過片四句做進一步的說明：「身不得，男兒列，心卻比，男兒烈。」這四句聲調急促有力，一如其憤懣不甘的心情，天生形軀的限制，她不得不被「強派作蛾眉」，雖然不得生為男兒，但她的心志卻超越了一般男子。在現實生活中，她自己也恨不能生為男兒身，時常身衣男裝，飛騎入城，遭世俗無情的非議，雖然如此，她仍更字為競雄，這都說明了她不甘於接受對女子的種種範限，而願與男兒一樣，肩負起救國救民的重任。「心卻比，男兒烈」六字，足見其剛烈的性情，滿懷的雄心壯志。

最後她進一步表露了自己的心跡，想想自己平生，時因志同道合之人而肝膽為之常熱。觀其一生，她確是一位滿懷熱腸的英豪。然而胸襟如此開闊豪壯，世俗之人又有誰真能了解她？的確，英雄本合該孤獨，本有無盡的磨折，在廣大茫茫的紅塵裡，誰能體會英雄末路、有才難揮的心情？秋瑾一生行事嶔崎磊落，積極提倡女權，舊社會的非議、排斥、不諒解，這一切都成了她俗情與孤懷交戰的磨折。「何處覓知音」一句深深道盡了她的落寞。想到此，即使英雄有淚不輕彈，她也不禁淚濕衣衫。

　　這首詞雖是她未獻身革命運動前的作品，但已可看出她
任俠慷慨的豪情壯志及為國獻身的決心。

七、元曲選

（一）沉醉東風漁夫　　白樸

◎ 原曲

　　黃蘆岸白蘋渡口，綠楊堤紅蓼灘頭。雖無刎頸交，卻有忘機友。點秋江白鷺沙鷗。傲殺人間萬戶侯，不識字煙波釣叟。

◎ 題解

　　沉醉東風，曲牌名；漁夫，是題目。作者以黃蘆白蘋、綠楊紅蓼，這些如詩如畫的秋色之美，來寫漁夫的閒適自在，並表現對功名利祿的輕視，對無牽絆、無糾葛世界的嚮往之情。

◎ 作者

　　白樸（西元1226～約1306年）字仁甫，又字太素，號蘭谷。元河北真定人，原籍陝州（今山西河曲）。生於金哀宗正大三年（西元1226年），卒年不詳。伯父、叔父都是詩人，父親白華，貞祐三年（西元1215年）進士，官至樞密院判官，是一位著名的文士。幼年時，正當金、元之交，飽經

戰亂，七歲時遭遇蒙古滅金之難。當時父親隨金哀宗外出就
兵，母親在變亂中失落。白樸只好跟隨父親的好友、著名詩
人元好問一起逃難，後寄養於其家，得元氏教導，文學修養
極為深厚。白樸自幼聰穎，善默記，早年習詩賦，後精於度
曲。其詞風受宋詞豪放派影響，但亦有婉麗之作，內容多為
懷古、閒適。十五歲時父北歸，居於真定。後來白樸的名聲
越來越大，屢有機會出仕，但都推辭不就（如史天澤曾推薦
他為官），無意於仕宦，尤其金亡後，更是鬱鬱不樂，形成
「放浪形骸」、「玩世滑稽」的品格，勸人看破功名，隱居自
樂，表現潔身自愛之作不少。真定是當時北方一個重要戲劇
演出地點。在大都時，他曾和關漢卿共同參加過玉京書會，
並到過汴梁、杭州等戲劇演出較盛的地方。元滅南宋後，徙
家金陵（南京）。他是元代雜劇作家中的重要人物，與關漢
卿、馬致遠、鄭光祖合稱為元曲四大家。所著雜劇十幾種，
今存《牆頭馬上》、《梧桐雨》和《水流紅葉》、《箭射雙雕》
兩個劇本的殘曲。其中以梧桐雨最為著名。劇本寫唐明皇與
楊貴妃的故事，緊密結合當時重大歷史事件，抒發興亡的感
慨。整個劇本飽醮感情，尤其在劇本的最後一折，表現唐明
皇對往日的思憶，表現他的孤獨、愁苦，充滿悲涼的情調。
《梧桐雨》則曲詞清美，時帶感傷，歷來為人所稱道。比如
劇本第二折中描寫秋景的〈粉蝶兒曲〉，就為清代洪昇的
《長生殿》所繼承，可見其影響。《牆頭馬上》受白居易新
樂府〈井底引銀瓶〉一詩的啟發，歌頌青年男女對自由婚姻
的追求與合理要求，塑造了李千金的光輝形象。

有詞集《天籟集》，他的散曲作品附於詞集後，名「摭遺」（清初楊友敬掇拾編輯），散曲開啟了清麗一派之風。今存小令三十幾首首，套數四篇，內容多寫景詠物、嘆世歸隱、男女風情。如：〈天淨沙・秋〉：「孤村落日殘霞，輕煙老樹寒鴉。一點飛鴻影下。青山綠水，白草紅葉黃花。」寥寥幾句，便寫出了秋天的賞心悅目。使斑斕、明朗與寧靜、素淡融為一體。又如本文所選〈沉醉東風・漁夫〉一作，色彩繽紛，在對景物的渲染中表達高潔的胸懷和對濁世的厭棄。

賞讀

在古典詩詞中，詩人往往藉隱居在山水之間的漁夫，來寄託自己清高和孤傲的情感，抒發自己或不願為官、或欲遠離官場、或仕途坎坷等各種鬱悶和苦惱。如唐代柳宗元那首著名的〈江雪〉「孤舟蓑笠翁，獨釣寒江雪」，以及〈漁翁〉「漁翁夜傍西巖宿，曉汲清湘燃楚竹」等詩作都描寫到了漁夫的形象。

幼年國破家亡、流離失所的痛苦經歷，對白樸後來的思想和創作有深刻的影響。在白樸的詞曲創作中，就表現了一種深沉的亡國之痛和黍離之悲。如〈石州慢曲〉云：「千古神州，一旦陸沉，高岸深谷。夢中雞犬新豐，眼底姑蘇麋鹿。少陵野老，杖藜潛步江頭，幾回飲恨吞聲哭。歲暮意何如？怯秋風茅屋！」而戰爭給老百姓帶來的則是巨大的災難和痛苦，「桑梓龍荒驚嘆後，幾度生靈埋滅」（〈念奴嬌・題

鎮江多景樓〉)。面對這樣一個殘酷的社會現實，自身飽受戰
亂之苦而對元蒙統治者深懷不滿的白樸鬱憤不平，他既不願
出仕做官為統治者效力，於是就超然世外來彌合他心靈所受
到的創傷。他由「嘆世」到「避世」，嚮往遠離塵世的「漁
夫」的生活。〈沉醉東風·漁夫〉就是其中有代表性的一首
小令。藉歌詠漁夫生活的悠閒適意，寄託作者隨遇而安、悠
然自得的生活追求，同時曲折地表達了他對時代的無奈和隱
痛。全曲可分三個段落來看：

「黃蘆岸白蘋渡口，綠楊堤紅蓼灘頭」二句描寫了漁夫
所處的自然環境，黃色的蘆花，白色的蘋草，妝點著秋天的
渡口。江堤上一排垂柳迎風飄擺，和灘頭上一片紅花遙遙相
映。繽紛的顏色烘托出此地的絢麗多姿，及人物愉悅的心
情。白樸精心選擇了四種具有明艷色彩的景物，「黃蘆」、
「白蘋」、「綠楊」、「紅蓼」，這四種景物說明了江南水鄉一
個垂釣的大好秋色。這四種景物同「岸邊」、「渡口」、「堤
上」、「灘頭」聯繫起來，展現出「漁夫」所處的自然環境
是那樣的如詩如畫。此二句對仗工整而色彩繽紛，展示了一
幅優美的風景畫。

處在風景如畫的環境中的「漁夫」，也需要有知心朋
友。三、四、五三句，即寫漁夫所接觸的人與事。「雖無刎
頸交，卻有忘機友。」，「雖」、「卻」這一關聯詞語的運
用，凸出了「漁夫」有坦誠相見的知心朋友。「漁夫」與世
無爭，淡泊名利，雖無以性命相許的朋友，實則他也不需
要。他真正需要的是「忘機友」，是那種彼此之間真誠相

待，毫無心機的朋友。那麼，「漁夫」的「忘機友」又在哪裡呢？「點秋江白鷺沙鷗」，這一句表面上看來是白樸在寫江上之景，「漁夫」在色彩明艷、風景如畫的環境中垂釣，眼前他所看到的是，千里清秋碧波蕩漾的「秋江」，尤其是在江上自由展翅飛翔的白鷺、沙鷗。然而，白樸在此的用意卻並非寫江上景致，而是點出「漁夫」的「忘機友」不是別的，而是那些終日在江上飛翔的「白鷺沙鷗」。言下之意，「漁夫」所需要的「忘機友」在人間是難以尋覓到的，因為朝廷、官場中人充滿智巧、詭詐、機變等世俗間的利害糾纏。「漁夫」只得在人世外找「忘機」的白鷺、沙鷗為友。此段中「點」字用的好，極富動感，掠水而起的沙鷗，在水面上留下一個優美的漣漪，寫得極富動態感。

在中國古典詩詞中，鷗鷺也是一種具有特定內涵的意象，如「不羨魚蝦利，惟尋鷗鷺盟」（宋・黃庚〈漁隱〉）、「避虎狼，盟鷗鷺，是個識字的漁夫」（元・胡祗遹〈沉醉東風〉），鷗鷺成為毫無機巧之心的一個象徵。因此，那些遠離塵世、淡泊名利的隱士都願意以鷗鷺為友。「點秋江白鷺沙鷗」一句，可謂一箭雙雕，既形象生動地展現了「漁夫」垂釣時所見的江上景色，又委婉含蓄地表露出「漁夫」的高潔情操，情與景融為一體。

六、七兩句，結尾兼點題。幼遭離亂、終身不仕的作者，對當權統治者始終懷著不屑與反感。「傲殺人間萬戶侯，不識字煙波釣叟。」寫盡了他視權貴如敝屣的心情。萬戶侯莫不是政壇上爭競而來，官場的爾虞我詐，禍福難料，

如何不令人厭煩？白樸刻意強調了「不識字」，愈是強調，就愈露出破綻。這個漁父何嘗不識字？不識字如何能看破俗世名利？如何能欣賞寂寞況味？如何能傲殺萬戶侯？——只是識字又如何？「人間識字憂患始」，識字愈多，閱歷愈豐，愁苦更增？有正義感的知識分子，自古以來就遭受著精神與肉體上的苦難，更何況是在「九儒十丐」的元代社會中？這「不識字」是蘊藏著何等的辛酸與感慨！

這首小令風格放逸，造語明快爽朗，對仗工整，寫景如畫。開頭兩句黃、白、綠、紅四個顏色字，不僅是色彩鮮明，更展現了水鄉秋色之美。靜態、動態的描寫則相得益彰，用字貼切靈動，如「點」字極富動感，掠水而起的沙鷗，在水面上畫成一圈又一圈的漣漪，有如翩翩舞姿，道盡了逍遙閒適。王世貞評為「意中爽語」，劉大杰稱之「蕭疏放逸之至」，均屬恰當。歷來傳唱不絕，成為謳歌隱逸生活的代表作。此外，這首曲的音節安排亦有獨到之處，曾永義先生曾謂：這支曲子的音節形式，有四句是用了上三下四的雙式句，使音節起了波折，配合中間一句六字折腰句和末第二句單式七字句的「激裊」，使聲情顯得頗為抑揚頓挫。「黃蘆岸」、「綠楊堤」、「點秋江」、「不識字」等處停頓，也都有強調的意味，無形中使音調和意境配合得極為勻稱。又再一次證明了白樸曲的特色——用筆明麗，音調諧婉。

〈沉醉東風・漁夫〉這首小令所表現出的淡泊名利、隱逸絕世的「避世」思想，是白樸散曲創作中的一個重要內容，也是元代散曲創作所表現的內容之一。「避世」思想是

中國古代最早的人生哲學思想之一，傳統的儒、道兩家都有不同方式的「避世」。而元代散曲中所表現出的「避世」思想卻是元代特定的歷史條件下，文人對於現實的一種否定意向和批判精神，是文人自我地位失落、自身價值難以實現的一種痛苦抉擇，也是他們心靈得到慰藉的一種歸宿。白樸這首小令所表現出的「避世」思想，雖說是消極的，但它卻是當時特定社會環境中文人的一種真實的心態。它是對元蒙統治者的無聲的抗議，是對達官貴人的極大蔑視，也是白樸心跡的真實坦露，這些使這首小令就有了它豐富的內涵。

（二）天淨沙秋思　　馬致遠

◎ 原曲

　　枯藤、老樹、昏鴉。小橋、流水、人家。古道、西風、瘦馬。夕陽西下，斷腸人在天涯。

◎ 題解

　　天淨沙，曲牌名；秋思，是題目。作者藉秋天蕭條淒清的景物，襯托出遊子漂泊異鄉的悲苦情懷。情景交融，渾然一體，是作者最著名的一首小令。

◎ 作者

　　馬致遠，字千里，號東籬，元朝大都人。能考知的生平事蹟不多，大約是生於宋理宗寶祐四年（西元1255年）左

古典詩詞卷

右，卒年約在元英宗至治元年以後，年壽在七十歲左右。

出身富豪家庭，飽讀詩書，滿腹經綸，少年時追求功名，未能得志。在〈女冠子套〉中云「且念鯫生自年幼，寫詩曾獻上龍樓」。他曾經在大都待過二十年，有謂的「九重天，二十年，龍樓鳳閣都曾見」〈撥不斷〉，但於還是「困煞中原一布衣」，「恨無上天梯」（〈金字經〉）小令，後來元朝統一全國後，他南下江淮，任江浙省務官（據《錄鬼簿》言），這只是一個小小的副職官，地位卑微，常受正職的蒙古官吏牽制。從他的〈四塊玉·恬退〉二首之二：「酒旋沽，魚新買。滿眼雲山畫圖開。清風明月還詩債。本是箇懶散人，又無甚經濟才。」來看，他對黑暗的政治圈感到失望，對當時政治環境有些微辭。到了五十歲左右，他終於看破了官場浮沉榮辱，自稱「世事飽諳多，二十年漂泊生涯」，帶著滿腹牢騷與怨意，辭去官職，從此寄情山水，過著「酒中仙、塵外客、林間友」的生活，不再與蒙古的統治階層同流合污。晚號東籬，即採陶淵明詩句「採菊東籬下，悠然見南山」之義，效法其歸隱田園的志向。

馬致遠、白樸、關漢卿、鄭光祖並列為「元曲四大家」，馬致遠在曲壇中的地位，一如唐詩的李白，宋詞的蘇軾，皆能代表一個時代的精神。他的散曲頗出色，曲作形象鮮明，意境高遠，善於鍛鍊詞，也有清麗細密、閒適恬靜之作。前人對於馬致遠在散曲上的貢獻，都一致認為他擴大了曲作的創作內容和提高了曲作的意境，譬如本曲〈天淨沙·秋思〉以及〈壽陽曲·山市晴嵐〉：「花村外，草店西，晚

霞明雨收天霽。四圍山一竿殘照裡，錦屏風又添翠。」這些
曲作中的文字，除了具有藝術之美以外，還透過文字所形成
的意象，反映出馬致遠心中對周圍情境的感觸。這種曲文的
創作功力，可以說是雅俗共賞，一致的推崇馬致遠在散曲上
的貢獻。

　　馬致遠的雜劇創作，也是非常精工，他的雜劇題材是多
方面的，其中以寫文人學士的不得志和神仙故事居多，所以
有人稱他為「馬神仙」。「神仙道化劇」在那時很風行，主
要是宣揚「浮生若夢」的思想，要人們擺脫現實世界的人
我、是非的紛爭，歸隱山林，尋仙訪道。他的雜劇著作約十
六種，今傳世者有《漢宮秋》、《岳陽樓》、《任風子》、
《陳摶高臥》、《薦福碑》、《青衫淚》、《黃粱夢》等七種。
其中以《漢宮秋》描寫漢元帝思念王昭君的故事，曲文優
美，是其代表作，被譽為元劇冠軍。近人盧前所輯《東籬樂
府》，收小令百有四首，套曲十七。

　　《漢宮秋》描寫漢元帝以妃子王嬙和番的故事，創造了
毛延壽投敵獻策、王嬙為國投江等情節，鞭撻了賣國奸臣毛
延壽，歌頌了王嬙的美麗、正直和愛國，在民族矛盾尖銳的
元代有其重要的現實意義。對元帝和王嬙間深情的描寫加強
了作品的悲劇效果。此劇不少曲詞相當優美，且能貼切地傳
達出人物的心情，其中第三折〈梅花酒〉、〈收江南〉尤為
著名。他的《岳陽樓》等四個「神仙道化」劇，雖流露了對
現實不滿的情緒，但主要是宣揚道家度人出世及人生如夢的
思想。《青衫淚》依白居易〈琵琶行〉敷衍而成，寫白居易

與裴興奴的愛情故事。《薦福碑》寫書生張鎬的不幸遭遇。詛咒了社會上「這壁攔住賢路，那壁又擋住仕途」，但充滿了宿命論觀點。《陳摶高臥》則歌頌了逃避現實的隱士。《黃粱夢》、《岳陽樓》、《任風子》等三種寫道家度人出世的劇本，更極力宣揚道教的教義，代表雜劇創作中的一種消極傾向。由於作家同時是撰寫散曲的高手，劇中有些曲子寫得很好。

賞讀

　　秋天是容易令人產生感觸的季節，黃昏是人們歸家休息的時分；當烏鴉已經歸巢，村居的人家共聚天倫，而遊子卻只能瘦馬相隨，天涯飄泊時，心情怎能不落寞悲苦呢？這首小令深刻傳達了這種孤獨淒楚的情懷。

　　「秋思」是這首曲的小標題，就是秋天的情思。但曲不在「感情」上直接落筆，只是羅列九相景物，句法簡單，語言精簡，卻有悲涼之情充塞其間，所謂「景中帶情，其情自見」，正是文學中自然渾成的最高境界。

　　首三句的用字精簡凝煉，有著相同的句子結構，每句分別由三個名詞構成；句中雖無關聯詞語和動詞，但卻能使人把句中所說的各種景物連繫起來，想像出一幅靜中而帶有動感的畫面。這十八個字，平列出幾組畫面：首先映入眼簾的是「枯藤」、「老樹」、「昏鴉」，「枯藤」點出時令是深秋，「昏鴉」點出時間是傍晚黃昏時。「枯」、「老」、「昏」等字，給景物塗上無限衰殘蕭條及無邊蒼茫的感情色彩。隨著

鏡頭移動，讀者可以看到，近處是一道小橋，一彎溪水，溪邊有兩三戶人家。而遠處，在西風凜冽的吹颳下，古舊的官道上，出現一匹瘦馬，此時夕陽漸漸西沉，落日餘暉，映著瘦馬遲遲的腳步，也映照著馬上那個天涯淪落的。遊子。此情此景，怎不叫他愁腸萬斷啊！「小橋流水人家」及「古道西風瘦馬」兩個畫面中，前者是賓，後者是主。「小橋流水人家」六字寫景甚美，亦帶有一種溫馨甜美之感，但正因如此，使得西風殘照下，漂泊天涯的遊子更為凄寂悲涼，烘托出「人在天涯」的無家可歸或有家不能歸的悲苦惆悵，暗示了曲中人斷腸的原因。最後一句畫龍點睛，揭示出全文的主旨。

　　遊子思鄉是自古以來詩人筆下一個永恆的主題。秋天是容易令人產生感觸的季節，黃昏是人們歸家休息的時分；這時烏鴉已經歸巢，村居的人家共聚天倫，而遊子卻只有瘦馬相隨，天涯飄泊。凡此種種，都襯托出遊子落寞悲苦的心情。

　　這首小令在藝術上頗富盛名，元人周德清譽之為「秋思之祖」，清人王國維稱美它「寥寥數語，深得唐人絕句妙境。有元一代詞家，均不能辦此也。」（《人間詞話》）但曲論家對其仍有微詞，認為它「詞境多而曲境少」，「非曲之本色」。平心而論，這些批評都有一定的道理。詞曲雖都依聲填詞，但表現手法、意境仍有區別。詞以深隱婉約為尚，曲則質樸鬆快為貴（其語言往往質樸自然，尖新潑辣），過於凝蓄，便失其本色，秋思這首小令之所以為人所指摘，原

因或在於此。當然，這是曲境、詞境之爭；正、變之爭，作為一篇文學名著，這首作品給予人深刻的藝術感染及美學感悟，則是令人難以忘懷的。

古典散文卷

一、論語選

（一）孔子論仁

◎ 原文

子曰：「剛、毅、木、訥，近仁。」（〈子路〉第一三·二七）

◎ 析論

孔子以剛、毅、木、訥近仁之質，示人當因而更加修為，以成其全功。「仁」是人與人之間相處的道理，孔子認為「仁」是一切道德最高的標準。對於其門弟子，無一輕許其為「仁」，對於顏回亦祇是說：「其心三月不違仁。」本章是孔子指示一條達到「仁」之大路。

「剛、毅、木、訥」四者與「仁」之關係如何？何以孔子說「近仁」？〈公冶長〉篇記載孔子批評弟子申棖說：「棖也欲，焉得剛？」欲念多的人無法剛正，反之，「剛」者無欲，所以不自私，近乎「仁」。〈泰伯〉篇載曾子之言：「士不可以不弘毅，任重而道遠。仁以為己任，不亦重乎？死而後已，不亦遠乎？」（士人志向不可不宏大剛毅，因為他的責任重大，行程遙遠。以弘揚仁道為責任，這責任

不重大嗎？到死後才算完成責任，這行程不是很遠嗎？）所以士不可以不弘毅，任重而道遠。仁以為己任，不亦重乎？死而後已，不亦遠乎？「毅」者，果斷堅定，能不屈不撓勇往直前，為人謀福利，能近乎「仁」。〈學而〉篇載孔子之語「巧言、令色，鮮矣仁」正與「剛、毅、木、訥」形成強烈對比。剛毅者絕無「令色」，木訥者絕不「巧言」。所以說討人喜歡的話來諂媚人，裝出討人喜歡的臉色來奉承人的，這種人很少具有仁心的。反之，質樸敦厚、不巧言令色的人，就不會弄虛作假，而與本心大相違背，所以也是近乎「仁」。

剛則無欲，毅則能果敢堅忍，木則率真篤實，訥則真誠力行，具有這四種氣質的人，能漸自完成最高的人格。

◎賞讀

在孔子道德思想體系中，「仁」是最基本、也是最高的德性的準則，因為「仁」是發自人類內心深處最真誠無私，最純潔無瑕的一份關懷。

由於孔子平時不輕易以仁者的美名讚許人，所以門弟子總覺得「仁」是遙不可及的理想人格典型，其實仁德並不遙遠，孔子說：「為仁由已，而由人乎哉？」（〈顏淵〉第一二）又說：「仁遠乎哉？我欲仁，斯仁至矣。」（述而第七）都是說明了仁道之求取並不難。本章亦是孔子指示門弟子一條達到「仁」之大路的期許。

怎樣的性情行為，可以據之判斷其為仁或不仁。孔子何

以說：「剛、毅、木、訥，近仁？」我們從論語中其他篇章記載來看，可以更加明瞭孔夫子之意。在〈公冶長〉篇，孔子說：「棖也欲，焉得剛？」說明了多欲念的人，容易貪求個人利益，斤斤計較，患得患失。這樣的人在緊要關頭，能不為聲色財利所動，是不容易的；為達到個人目的而不徇私情，不乞求人，也是不大可能的。只有淡泊寡欲、不忮不求的人，才能做到「貧賤不能移」、「富貴不能淫」。這即是「無欲則剛」。

「欲深谿壑」的人，如無法填滿像無底洞般的欲望深淵，便常常諂求詐騙，寡廉鮮恥，人心腐化，見利而背義，一心只圖個人私欲之滿足。所以拾獲巨金難以不昧；賄賂在前，難以嚴拒；高官厚爵之利誘，難以置之不理。利令智昏，欲望令人失去仁心。在這物欲橫流的現實社會，如何屏絕外界誘惑，提升精神生活層次，應是值得我們深思的。

果敢為毅，毅則強而能斷，這樣的人是接近仁者的。〈泰伯〉篇載曾子之言：「士不可以不弘毅，任重而道遠。仁以為己任，不亦重乎？死而後已，不亦遠乎？」

毅，乃是擇善固執，堅忍不拔，百折不回，以竟全功。如此，方能任勞任怨，不畏艱難，經得起考驗。歷史上許多忠貞有為之士，即是有此堅強、剛毅的意志與弘大寬廣的胸懷，所以能「先天下之憂而憂，後天下之樂而樂。」（如宋代名臣范仲淹）。又如大禹治水，在外十幾年，三過其門而不入，即是有為民除災的仁心，所以任何事情無法動搖他的意志與毅力。

〈學而〉篇說「巧言令色，鮮矣仁」，與本章適成強烈對照。前者「鮮矣仁」，後者「近仁」。因為為了某種目的，諸如一點蠅頭小利，或者一個芝麻綠豆的小官，就可以滿嘴花言巧語，滿臉和顏悅色去逢迎拍馬的人，也就喪失了率真和純厚善良的仁德之心了。所以巧言令色之徒，多如牆頭草般的順勢俯仰，在偽善矯飾之餘，不免只求自己的利益，最後甚至做出不仁不義的醜行。

知乎此，我們應該正視人性弱點，喜聽一些令自己心花怒放的甜言蜜語，因此平時要對這些在言語、態度上投人所好者，留心其內心的真誠度，同時也應以此自我警惕，避免自己流於巧言令色之徒。否則，就會有損於自己的本心之仁了。

◎ 原文

子貢曰：「如有博施於民，而能濟衆，何如。可謂仁乎？」子曰：「何事於仁，必也聖乎！堯舜其猶病諸！夫仁者，己欲立而立人，己欲達而達人。能近取譬，可謂仁之方也已。」（〈雍也〉第六·二八）

◎ 析論

孔子明示子貢行仁之方，在於推己及人，不必好高騖遠。子貢想從博施於民、濟助眾人等事功去求取仁道，孔子認為那是聖人的事功，恐怕聖王如堯舜，都不一定做得到。

其實求仁之道不必捨近求遠，所以孔子勉子貢從淺近易行的
恕道做起。己立立人，己達達人，就是推己及人的恕道，也
是孟子所謂的「擴充」。「仁」是愛的擴充，所以由愛自己
而擴充其父母、愛其兒女，推而愛一切年老的人、幼年的
人。人我一體，以自身為喻，推及他人，即是行仁之道。

　　孔子所施的教育，總是從平易、尋常的地方入手，而不
求好高騖遠，這是孔子思想最可貴的特色，從本章可以得到
印證。

賞讀

　　子貢想從博施、濟眾等事功方面去求取仁道，孔子認為
那是聖人的事功，連堯、舜都怕辦不到。因此勉其不必捨近
求遠，好高騖遠，而當從淺近易行的恕道做起。

　　在答問中，孔子最後指點子貢為仁之方，正是一條由仁
致聖的入門途徑：「己欲立而立人，己欲達而達人。」這與
博施濟眾都涵括著愛人。孟子說：「強恕而行，求仁莫近
焉。」將心比心，視人如己，己立立人，己達達人，這即是
行仁的不二法門。忠恕，是孔子的一貫之道，忠恕相互為
用，擴而充之，推之極致，自然能夠博施於民，而能濟眾。

　　恕道是將心比心，凡事設身處地，為他人著想，也就是
孔子所說的「己所不欲，勿施於人」。這是從消極方面表現
愛人原則。朱熹說「推己之謂恕」，則所謂恕道不僅要獨善
其身，還要推己及人，以求兼善天下，也就是孔子所說的
「己欲立而立人，己欲達而達人」。這是從積極方面表現愛人

之道。

誰都不願意被人肆意譏評，可是我們周遭偏有不少閒談專論人非；誰都不願意家中財物被竊，可是社會上宵小歹徒層出不窮，像這些己所不欲，卻偏施之於人的行為，都是缺乏恕道的。反之，篤守恕道的人，絕不會把自己的快樂建築在別人的痛苦上，所以居官不貪，處困不偷。古往今來，所有聖哲，無一不是能充其愛己之心，推以及人，以親愛父母，仁愛兆民。禹思天下有溺者，猶己溺也；稷思天下有飢者，猶己飢之也，這都是能發揮仁恕積極意義的。范仲淹幼罹孤苦，為秀才時，即以天下為己任，及任相以後，不忍見家苦親戚、孤貧士子，陷身凍餒，於是推其俸祿，廣設義田。不忍人之心即是仁心，推恩救助貧困親疏即是恕道，范仲淹能成一代清流人物在此。

孔子一生「學而不厭」，是為立己、達己，所以能成己；「誨人不倦」，是為立人、達人，所以能成人。孔子這樣說，也這樣身體力行，同時要求弟子也要如此努力，這是一條行仁最具體、最切實的有效途徑。

下面這一則故事，或許可讓我們省思：

某年隆冬時分，齊國接連下了三天三夜的大雪，仍未有停歇的跡象。齊景公穿著輕暖的狐裘，倚在窗邊欣賞雪景。愈看愈喜歡這片景致，心想若能再下幾天雪，景色可能更動人！這時，大夫晏嬰走進來，立在景公之側，若有所思地望著似牡丹花瓣的朵朵雪花。

景公笑著對晏嬰說：「今年的天氣真怪，連下了三天大

雪，地面的積雪已有一尺多深啦！怎麼一點也不冷，倒像春江水暖的日子。」

晏嬰率真地答道：「我聽說古時候的賢君，在吃飯時總會想到是否還有人挨餓；穿著皮衣重裘時，總會掛念是否有人受凍；過著舒適生活時，總會懸念是否有人仍在受苦，你怎麼一點都不替別人著想呢？」景公被晏子說得面紅耳赤，啞口無言。

原文

子曰：「仁遠乎哉？我欲仁，斯仁至矣！」（〈述而〉第七·二九）

析論

孔子言仁道不遠，求仁不難，行之在我。由於孔子平時不輕易以仁者的美名讚許任何人，所以弟子們總覺得「仁」是如此遙不可及的理想人格典型，其實，仁德並不遙遠，就存在我們自己的心性之中，不假外求。所以孔子又說：「為仁由己，而由人乎哉？」（行仁須靠自己，那能靠別人？）（〈顏淵〉第一二）可見仁德的體現全由自己主宰，不可能由他人代勞。

欲或不欲，是意志的問題，一念欲仁，斯仁已至。我「欲仁」不僅是一種內心願望的表現，也是一種肯求取仁道的努力傾向，有了這種願望表現、這種努力傾向，仁道自然當下呈現。只要一心嚮慕仁德，便可專心自善，行為自然不

會發生偏差，壞念頭亦無從興起。

在《論語》中，孔子一再勉人努力實踐仁道，實在是「仁」為人類內心深處最真誠無私、最純潔無瑕的一份關愛，只要有適當的機緣，便應讓它發芽而萌生仁愛的行為。

◎ 賞讀

世上想發財致富的人不少，想獲有知名度的人也不少，但真正能如願的人卻不成比例。相反的，一個人如能真心願意行仁，「仁」卻是想要就必可得，是「求則得之」的。「仁遠乎哉」，說明了內心存仁，見之於行，則一分耕耘，一分收穫。如有不能成為仁人的，並非能力不足，或資質不好，而是沒有在行仁上下工夫。所謂「有能一日用其力於仁矣乎？我未見力不足者。」

「我欲仁，斯仁至矣。」告訴我們人的高尚價值，其實是掌握在自己的手中，不是別人能代為決定的。社會上作奸犯科者，如能讓仁心自覺進而付諸行動，那麼社會便能呈現一片祥和之氣，自己也能擁有真正的快樂。如不再為賺錢罔顧道德良知，經營非法的行業，不再為追求享受，犯案累累。

被尊稱為「非洲之父」的史懷哲博士，他擁有神學、哲學、音樂、醫學四種博士學位，卻能放棄世人羨慕的高薪待遇，以半世紀的歲月，深入非洲蠻荒叢林，為那些飽受疾病折磨的土人醫療、傳道，並教育他們。這種無私、偉大的仁者胸懷，使他成為二十世紀的愛心典範。他回憶少年時，有

天與玩伴比賽摔角，不費力地把對方摔倒。被摔倒的玩伴站起身來，拍拍身上的塵土，不服氣地說：「我若像你一樣，每天都有肉吃的話，絕不會輸給你。」這段話像一把利刃，刺進史懷哲心裡，發願要為人類、社會做一些有意義、有價值的事。

宋朝范仲淹在江蘇買地準備蓋房子，有一位看風水的地理師告訴他，這塊地的氣脈極佳，住在這裡，將來會出名人高官。范仲淹立刻想到，既然這樣，何不用這塊地蓋座學堂，將來好栽培出更多的人才，做為國家的棟樑。於是，他真的這麼做了。他不把風水好的地方佔為己有，而能割捨出來興辦學堂，與史懷哲都是同樣能真心「為仁」的仁者。如果范仲淹興辦吳學的地方被別人搶先一步，蓋了秦樓楚館，必定會製造出一批又一批的敗家子。

孟子說：「挾太山以超北海，語人曰：『我不能』，是誠不能也。為長者折枝，語人曰：『我不能』，是不為也，非不能也。」我們每個人都有愛人的能力，為人群服務的能力，只看我們願不願意而已。讀了本章，我們可以體會到人不可妄自菲薄，每個人都有與生俱來的無形礦藏——仁愛之心，只要願意行仁，必能有所得。

（二）論修養：自省

本目共選錄十三章。首章孔子勉人修德、講學、徙義、改過，為全類綱領。第二章曾子自述省身之大端，第三章孔

子戒人勿恃才而驕吝,皆修德之要項。第四章子夏論為學首重人倫,第五章之法賢自省,亦屬講學、修德之內容。至於第六章之「見其過而自訟」,第七章論「君子之過」,第八章論「小人之過」,第九章之「過而不改,是謂過也」,則由自省其過,而勇於改過,以期於不貳過,皆屬改過、徙義之事。第十章之「患所以立」、「求為可知」,與第十一章之「病無能焉」、「不病人之不己知」,第十二章之「不患人之不己知」,義理可以互相闡發;第十三章「君子疾沒世而名不稱焉」,為孔子勉人及時進德修業,以期名揚於世之論,適足收束本類各章。

◎ 原文

　　子曰:「德之不修,學之不講,聞義不能徙,不善不能改,是吾憂也。」(〈述而〉第七‧三)

◎ 析論

　　孔子以不能修德、講學、徙義、改過四事為憂,並藉此勉人。人生在世,難免會有遠憂和近慮,但一個人所憂者,如不是自己可以掌握的,那麼不僅於事無補,反而容易怨天尤人,甚至灰心喪志。反之,所憂者自己有能力去改善,那麼只要奮發圖強,躬行實踐,效果必然可以預期。

　　孔子所舉四事:修德、講學、徙義、改過,都是人人能自勉,亦應努力去做的。他所憂的,不是個人處境之窮達順逆,而是有關修德講學之事。因道德不加以修養,人格必然

日加卑劣，也就有為惡的可能；學如不講求，必不能精，則難於融會貫通，長進不大，孔子於此勉人要力求內在學問道德的修養。而聞義不能遷善，見義不能勇為；知道自己有不善，而不能勇於改過，這是孔子所憂之事，這也是勉人於外在的行為上要能徙義、遷善。如果不能做到徙義、遷善，當然也就談不上修德，而講學亦無用。只有內、外兼修，才能成為一位君子。

賞讀

　　人生在世，難免會有一些憂慮，青少年擔心書念不好，成年人擔憂事業不能騰達。沒有憂慮，就不會自我警惕，也不易奮發圖強，而只能安於現狀，得過且過。我們從一個人的憂慮，可以看出其志趣所在。人生中最令人憂慮的，應是不從事進德修業，這也是孔子深自以為憂的。本章即就此說明所憂之四者。

　　德業的進修，是終身不可停留、無可取代的努力方向，這是人人能自勉，亦應該好好自勉去努去做的。如果知德而不修──道德修養沒有寸進；求學而不力──學問講習日就荒廢；見義而不徙──義之所在不能不以身相從；知過而不改──行為不善不能悔悟改正。這樣的人就有如朽木不可雕，難以造就了。孔子遇到這樣不求長進的人，也不得不搖頭歎息，為其前途擔憂。

◎ 原文

曾子曰：「吾日三省吾身：為人謀而不忠乎？與朋友交而不信乎？傳不習乎？」(〈學而〉第一‧四)

◎ 析論

曾子自述每日省身慎行之事。曾子每天都拿三件事情來檢討反省自己，這三件事是：替人謀劃事情是否盡心盡力？與朋友交往是否信實誠懇？對老師所傳授的課業是否確實溫習？

曾子每日三省吾身，不僅表現出他的人文素養，也可以看出他克己復禮的精神，一步也不放鬆，緊緊守住義理之要，這也是我們所能自主的，不是別人強使之才能做到的，值得人們自勉。

◎ 賞讀

曾子至忠至信，事父母至孝，其為人兢兢業業，最注重個人的道德修養，「吾日三省吾身」，正是他身體力行的名言。

本來個人道德修養的方法，除了朋友間的切磋互勉以外，切實的自省工夫，也能使自己進德修業。曾子每日以三件事來自我反省，為人謀與朋友交這兩件事，是與人相處的進德修養；「傳不習乎」是自我鞭策的修業努力。《論語》開宗明義所講的「學而時習之」，是求學問的自勉工夫；孔

古典散文卷

子以「文行忠信」教弟子，忠與信是重要的社會道德，可見曾子頗能實踐老師平日的教誨。

「忠」是竭盡心力而為的態度；「信」是指對人誠實、講信，是說一不二的為人原則。「信」除了與朋友交往要講信用，信守諾言外，事實上，在人際交往（父子、夫妻、師生……）、國際交往，也都要做到言而有信，如做君主的要「無戲言」，開工廠的要「貨真價實」，經商的要「童叟無欺」，否則背約食言，將不能取信於民、於國，就個人來說，也將不能立足於社會。

一位成功的企業家，他隨時不忘檢討自己的營業方式、盈虧情形。一般人在日常生活中，也常常錙銖必較，念茲在茲，個人財富又增加多少？又虧損多少？其實，在進德修業上也是有盈虧可以算的。品德學問增進了，便是盈，盈了便可以鼓舞自己精益求精，以期百尺竿頭，更進一步。品德學問退步了，便是虧，虧了就要警惕自己，切實檢討反省，避免重蹈覆轍。如果能保持這種逐日審察改進的態度，日子久了，自然可以累積相當的成果，而臻於進境。明代袁了凡以「功過格」記載自己善行和過錯，以此督促省察自己，促使自己不斷往理想目標追求，終於創造了自己的命運。

曾子所反省之事，都可以從自我省察中自知，而別人卻未必知道，如是否將老師傳授的課業溫習熟練，則非他人所能知道的。反省這些事更不是別人強使之才能做到的，這一切全操之在自我，值得人們自勉自惕。

原文

子曰：「如有周公之才之美，使驕且吝，其餘不足觀也已！」（〈泰伯〉第八·一一）

析論

孔子戒人勿恃才而驕矜鄙吝。根據《韓詩外傳》所載，周公代成王攝政七年，制禮作樂，功勞很大，後來，成王以魯國封其子伯禽，周公深深以驕吝誡子伯禽，要他謹守恭儉謙卑之德。可見做領袖的人，並不是以錢財、權力來服人的，而是以謙德，使人信服。

周公如此的多才多藝，尚能一飯三吐餔，一沐三握髮，以求賢才，因他能虛懷若谷，所以獲得眾人的讚美認同。如果他既驕且吝，則一切的才藝，都將淹沒不見。王陽明教誨學生，亦切戒驕傲。譬如身為長官的人，在會議席上，只要有人開口建言，他就說：「我早已知道啦！」這種心高氣傲的態度，足以拒人於千里之外。久之，損失的便將是自己。

能夠克己復禮，便能不驕；能抱仁者之心，推己及人，便能不吝。周公說：「不驕不吝（同「吝」字），時乃無敵。」（待人不驕傲，對財貨不慳吝，這樣就可以無敵於天下。）（《周書·寤儆》篇）即是此意。不矜己傲物，不慳吝財貨，如此便能容人容物，建立功業。孔子反其語，以為恃才驕吝者說法，實在有其深意。千言萬語，總是不離要我們從仁愛之心樹立根本。

◎ 賞讀

　　周公曾制禮作樂，求賢才若渴，是位才德兼備的人。但如果有周公的才藝美質，卻恃才傲物、鄙吝自私，那麼即使還有其他長處，也都失去其價值，不值得一顧了。足見態度驕傲和心胸鄙吝，這在孔子看來是很不好的習氣。

　　由本章可見孔子強調德比才還重要。「驕」和「吝」是德中最會影響事業失敗，和難於贏得人心的重要因素，因為驕者恃才傲人，不謙虛；吝者當予不予，器度狹窄，做為一個領導者，其部屬臣下將不堪忍受其「驕且吝」，而相率逃離。做為部屬，如果他「驕且吝」，且其縱有美才，亦將因人際關係惡劣，難以大用。子曰：「驥不稱其力，稱其德也。」日行千里的馬，所以稱讚牠為善馬，並不是因為牠為善馬，並不是因為牠能日行千里，而是因其德性馴良，善解人意，為人所用，如果德性不好，是一匹不通人意的悍馬，那麼，縱使力能遠行千里，亦難於為人所駕御，自然也稱不上為良馬了。

　　當然，德性好，也需才能好，否則也只是一匹駑馬罷了。德是本，有德無才，固然不能大用；有才無德，也同樣是難於大用，因為「不仁不智而有材能，將以其材能以輔其邪狂之心，而贊其避違之行，適足大其非而甚其惡也。其強足以覆過，其禦足以犯詐，其慧足以惑愚，其辨足以飾非，……此非無材能也，其施之不當而處之不義也。」（董仲舒《春秋繁露》）

　　周公能成就其功業，不僅因其才美，更重要的是他有寬

宏的胸襟、謙虛禮賢的作風，一沐三握髮、一飯三吐餔，正說明他對賢才的重視，他不以高高在上而驕矜自滿，反而能卑己禮賢。而三國中的曹操，表面上唯才是用，多方延攬賢才，但曹操本人卻心胸狹窄，沒有容人的雅量，賢才能力太遠，曹操不免嫉恨，以致禰衡、孔融等人皆死其手。

不矜己傲物，不慳吝嗇財，如此便能容人容物，建立功業。本章孔子反其語，以為恃才驕吝者說法，實有深意，值得我們在為人處事上引為借鑑。

◎ 原文

子夏曰：「賢賢易色，事父母能竭其力，事君能致其身，與朋友交言而有信；雖曰未學，吾必謂之學矣。」（〈學而〉第一・七）

◎ 析論

子夏教人為學從實踐人倫之道入手。子夏的觀念中，認為為學的根本目的在實踐倫理道德。他認為「學」之大要是：用尊敬賢人之心來替換愛好美色之心；侍奉父母能盡心竭力；為君主效力能盡忠獻身；與朋友交往，說話誠懇負責。能實踐這些做人道理的，雖然說沒有進過學，也一定要說他已經學過了。

這段話反映了孔門施教中關於人格理想的一個重點是：克制自己本能的欲望，而能盡孝、盡忠、盡信，知識多少並不重要。當然孔門之學，並非輕視知識，而是德行為本，知

識為末，以本貫末，以道德統知識，融學問於生命中，此一為學的本質並不同於一般的經驗知識，這是需加以分辨清楚的。能做到賢賢易色、事父母竭其力、事君致其身、與朋友交言而有信的人，必是能時常反省、不斷克己復禮的人。孔門之學，既以感就德行為目的，所以能真正做到以上各點，其人雖未曾學，但其實其「學」已成矣。子夏這番話正凸顯了學是以成德為終極目標之義。

　　拿本章和《論語》中孔子論學的篇章相比較，可以知道子夏是深得孔子真傳的人。

◎ 賞讀

　　子夏這一段話闡發了為學之根本、內容，即在實踐倫理道德。首句「賢賢易色」四字，朱熹認為是以敬重賢人之心，代替愛好美色之心。《漢書·李尋傳》引「賢賢易色」句，唐人顏師古注說：「賢賢，尊上賢人；易易，輕略於色，不貴之也。」則「易色」意指不重美色。清人宋翔鳳《樸學齋札記》以為事父母、事君、交朋友三句，各指一定的人倫關係，則「賢賢易色」一句，也應代表一種倫理，即是夫婦之倫。因而後來解此章者，或認為此章四句分指夫婦、父子、君臣、朋友四倫所各應遵從的道德規範：夫婦重賢德，事父母在孝，事國君在忠，交朋友重信，這是一種說法。但朱子所說範圍較廣，包含了對妻子的態度，所以這裡採朱子之說法。尤其「食、色，性也」，當時人又普遍愛好美色，誠心愛好道德的人極少。孔子曾感慨說：「吾未見好

德如好色者。」又說：「由，知德者鮮矣！」

這樣的感慨，在《論語》中出現過次。國君和卿大夫沉迷女色，當時邪風盛行，如魯定公十二年，孔子在魯國司寇，並代理相國事務，一時政績卓著，鄰邦齊國以美女餽贈魯國，執政的季桓子三天未上朝，孔子見他如此好色，遂憤然辭職，前往衛國。不料衛靈公也是好色之徒，常與妖艷的夫人南子同車，招搖過市。他們好色成性，不但對個人道德有損，國家政務必然也荒廢。子夏深得孔子真傳，希望大家能轉移好色之心以愛好道德修養。

接下來是父子、君臣、朋友間的關係，如各能盡孝、盡忠、盡信，能實踐這些做人的道理，就是掌握了為學的大要。在孔門中，「學」之意，不僅在知識之學，尤其重在德性之學。如子曰：「君子食無求飽，居無求安，敏於事而慎於言，就有道而正焉，可謂好學也已。」（〈學而〉第一・一四）又如雍也篇之記載，子曰：「有顏回者好學，不遷怒，不貳過，不幸短命死矣，今也則亡，未聞好學者也。」由這些話，可知孔門所看重的「學」，乃是學做人，而不只是讀書。孔門之學，是德行為本，知識為末，以本貫末，以道德統知識，融學問於生命中，此一為學之本質並不同於一般的經驗知識，這是需加以分辨清楚的。

能尊敬有道德學問的人而輕視美色；侍奉父母盡心竭力；為君主效力能盡忠獻身；與朋友交，能誠懇信實，這樣的人必是能時常反省、不斷克己復禮的。孔門之學，既以成就德行為目的，所以能真正做到了以上各點，其人雖未曾

學，但其實「學」已成矣。子夏這番話正凸顯了學是以成德為終極目標之義也。

◎ 原文

子曰：「見賢思齊焉，見不賢而內自省也。」（〈里仁〉第四·一七）

◎ 析論

孔子勉人效法賢者，及自我反省。一個人一生之中做人做事都圓滿周至，絕對不會有任何錯誤、過失，具有修養的最高境界，非常的困難。所以在孔門中並不希求人根本不犯錯，而是要人從檢點過失中學習長進。因此孔子在《論語》中屢屢勉人要勇於改過，如「過而不改，是謂過矣」（有過失而不悔改，這叫做真正的過失）（〈衛靈公〉篇）、「過則勿憚改」（有了過錯，就不要怕改正）（〈學而〉篇）。

當然，人不必要親自歷經一切過失，方能成己達德。人除了可以深切反省自己的過失外，也可以借重別人的經驗來從事反省，所以見賢思齊，見不賢而內自省，以避免自己亦有是惡。孔子說：「三人行，必有我師焉。擇其善者而從之，其不善者而改之。」（三人同行，其中必有可做我老師的，選擇他們的長處去學習效法；他們的缺點就作為反省改正的借鏡。）（〈述而〉篇）正是此意。本章深刻說明了孔子教人見賢與不賢，皆可使人反省學習。

本來改過遷善，也可以借助朋友的規勸誘導，但人總習

慣於聽好話，對於別人的指摘，卻多半聽不進去。所以假借外力發覺自己的過失，不如靠自己。能「自訟」，自己反省自己的行為，那麼便可像顏淵「不貳過」，像子路「聞過則喜」，走向良善的道路。

◎ 賞讀

看見賢德的人，就想向他看齊，希望自己亦有此賢德；看見不賢德的人，就反躬自省，是否亦有此缺點。這兩者工夫都能使自己得到長進。

一般人最怕見到比自己高明的人，就生妒忌之心，加以諷刺、挖苦，甚至謾罵、抨擊，企圖貶低別人以抬自己，這種心畫地自限，故步自封，終至損德害己。《大學》中說：「人之有技，媢疾以惡之。人之彥聖，而違之俾不通。」即是說明了妒忌招恨。

「見賢思齊」這句話尤應體會「力行」的精神，也就是說我們見了賢德者，不但是「想」和他相等，而且要確實身體力行，才有可能與他相等。如果不能將心裡所想的付諸實踐，那就是空想、冥想，對自己不但毫無助益，恐怕終生都要不如人了。至於「見不賢而內自省」，說明了他人的不賢，也可作為自己的借鏡，以便有所改正。孔子教導學生，不但循循善誘，更強調學生應善於思考，不僅就自己生活經驗去反省，同時也觀察別人的行為，以資取法仿效或以之為借鑑。

清末曾國荃與彭玉麟交惡，國荃書告乃兄國藩說：「雪

琴聲色，拒人於千里之外。」其兄復信問他，雪琴（彭之字）有此聲色時，老弟你的聲色又如何？一個人很難自己看到自己的面目，所以能反躬自省，才能化戾氣為祥和。這樣，在自我道德學問之涵養，及人際關係中，無論賢與不肖，都可以從他們身上得到進益。可以說是「三人行，必有我師焉。擇其善者而從之，其不善者而改之。」（〈述而〉第七）的進一步闡發。「擇」字是有所分辨揀擇，能「擇」才能聞善則從，不善則改，與「思」齊、內「自省」意同。

◎ 原文

　　子曰：「已矣乎！吾未見能見其過而內自訟者也。」（〈公冶長〉第五‧二七）

◎ 析論

　　孔子感嘆世人有過失而不能自責。孔子因為尚未見過能發覺自己的過失，而內心自我責備的人，所以發出「已矣乎」的感嘆。「已矣乎」這三字是表示沒有希望的嘆息語氣，而「吾未見」則有強調的意味，足見孔子對於「能見其過而內自訟」的重視。孔子這番話看似說得太重些，實則不然，而是我們平時把過錯看得太輕了。從孔子這一番感慨，可知當時可能充滿了有過錯卻不認錯的不好現象。

　　人能自見其過，很不容易；見其過而內自訟，更不容易。如能見其過而內自訟，則可以省察自己，改正過錯，日有進境。但人性之常，有了過錯，為了顏面，不是加以強

辯，便是設法找藉口，原諒自己，歸罪他人，以減輕自己的咎戾。殊不知如此一來，過錯愈犯愈多，變成習性時，那麼要改也就不容易了。

◎ 賞讀

劉寶楠《論語正義》：「人凡有過，其始皆藏於意，故能自見。能自見而內自訟，則如惡惡臭，必思所以去之。夫子言惡不仁之人，不使不仁者加乎其身，所謂內自訟者如此，所謂誠其意者如此。否則見其過而不能自訟，即是自欺。自欺則非誠意矣。夫子嘆未見好仁惡不仁者，及此又有未見能自訟之嘆，蓋改過為學者之至要，而亦至難。故非慎獨，不克致力矣。」

從「已矣乎」、「吾未見」的說話語氣，足見孔子對於「能見其過而內自訟」的重視。孔子這番話看似說得太重些，實則不然，而是我們平時把過錯看得太輕了。所以魏環溪《寒松堂集》說：「見過內自訟一種人，見過難，內自訟尤難，顏氏之不貳，子路喜聞，不亦庶乎？」的確，人之能見其過，很不容易；見其過而內自訟，更不容易。如能見其過而內自訟，則可以省察自己，改正過錯，日有所進境。但人性之常，有了過錯，總設法找藉口，原諒自己，歸罪他人，以減輕自己的咎戾。殊不知，如此一來，過錯愈犯愈多，變成本身氣質的一部分時，則要改也不容易了。

原文

子貢曰：「君子之過也，如日月之食焉：過也，人皆見之；更也，人皆仰之。」(〈子張〉第一九‧二一)

析論

子貢讚許君子勇於改過。孔子的學生顏回不貳過，過而能改，因此備受世人稱道。孔子教人謹言行，但一個有高尚品德的人，也不免會有犯過的時候，重要的是能對自己的過錯，勇於承擔，勇於改正。本章即說明了在位的君子處理過失的光明態度。當他犯過，他不會文過飾非，他會勇於面對自己的過失，對於別人善意的批評，能心平氣和地接受，願意誠心去檢討自己犯錯的原因。因有決心改過，故不必懼人知其過。而當他真改過了，其人格也將因此次犯過的教訓更為成熟。猶如日蝕、月蝕時，人們都看得見，也都仰望它恢復光明，所以能改過，不但不會降低威信，還會更加受人敬重。

而心術不正的小人，就不是這樣了。他顧慮這、顧慮那，既擔心丟失面子，又怕失去威信，所以面對自己的錯誤，總是抵賴閃躲，不惜做假掩飾過錯，或諉過他人，甚而嫁禍他人，一錯再錯。因不肯勇敢面對現實，承認錯誤，更不願坦誠正視現實，改正過錯，因而人們對他，也就不是仰望的態度，而是鄙夷的神色了。

所以心地光明磊落、肯修養道德的君子，不必擔心犯

過，也不必擔心別人看見自己的過錯。知過而又能改，那才算是真正的君子。

☺ 賞讀

犯錯是每一個人都有的經驗，善於把握的人，就能在改過的歷程中獲得益處。子貢說一個君子不怕有過失，錯了就要坦承錯誤，不故意去掩飾。能這樣做，豈只不會被人卑視，相反的，只會更加受人尊敬。猶如日蝕、月蝕時，那只是短暫的，而日月的光輝卻是永恆的，暫時的「食焉」，絲毫無損於它永恆的光輝。所以在位者不要怕改過，錯了不知悔過，錯了不知悔改，才是真正的過錯。

其實不但在位者如此，一般人也應如此，要勇於自新改過。以上這兩則故事，大家一定很熟悉：周處年少時，遊手好閒，欺壓鄉民。一日，無意中得知地方上有三害，其中赫然包括自己。於是他立志除害，殺了猛虎、蛟龍，又回到家中發憤讀書，終於為眾人尊敬。孟子小時候曾偷懶逃學，回到家後，看到孟母正在織布，孟母見兒子不肯求上進，就將已織好的布截斷，來告誡孟子為學如不能持之以恆，終將前功盡棄的道理。孟子領悟，終於痛改前非，努力向學，而成為大家所尊敬的思想家。二人這種勇於改過的精神，迄今仍被誦。

避免犯錯是應該的，不肯改過，卻不應該。因文過飾非，一味的因循逃避，敷衍塞責，不但不能解決問題，反而造成怯弱自私、怠惰苟且、不負責任、積非成是的不良性

格。在工作上，偶犯的無心之過，如送錯貨品，或誤將瑕疵品送出，此時，如能坦然認錯道歉，適當的補救，就不算過失，而且常因此贏得對方的感動，誠意的善後處理，反使自己的收穫更大。反之，一再掩飾的結果，為了圓謊，常使謊上加謊，終逼得自己無路可退。

孔子說：「過則勿憚改。」人非聖賢，孰能無過？惟有勇於改過的人，才能開創更美好的人生。

原文

子夏曰：「小人之過必文。」（〈子張〉第一九‧八）

析論

子夏指摘小人文過飾非，勉人應力行君子之道。〈雍也〉篇曾記載孔子稱讚顏回「不遷怒，不貳過。」《孟子‧公孫丑》也說：「子路，人告之以有過，則喜。」（子路，人家告訴他有過失，他就很高興。）這說明了即使賢如顏回、子路，仍會犯過錯，但他們知過能改。本來誰能無過，過而能改，也就善莫大焉。問題是一般人是否能如此坦誠、勇敢去承認錯誤，並且勇於改正錯誤呢？事實上，為了面子，並不是每個人都能這樣勇於面對過錯的。這也難怪子夏要指責小人有過不改，反而加以掩飾的現象。

然而君子之所以能人格光潔，是來自不斷改過，小人之所以陷溺為惡，是來自不斷文過，因為一而再、再而三的犯

錯，往往是從偶犯到屢犯，從無意犯錯到明知故犯，越犯越大，越陷越深，終致難以自拔，斷送一生前程。

因此認真、嚴肅地面對自己的過錯，堅決做到「過則勿憚改。」，我們才能從錯誤中去學習而得到長進。

賞讀

李容《四書反身錄》：「君子之過如日月之蝕，過也人皆見之；小人之過也必文，此其所以為小人歟！吾人果立心欲為君子，斷當自知非改過始，若甘心願為小人，則文過飾非可也。庸鄙小人不文過，文者多是聰明有才之小人；肆無忌憚之小人不文過，文者多是慕名竊義偽作君子之小人。蓋居恆不檢身，及有過又怕壞名，以故多方巧飾，惟務欺人，然人卒不可欺，徒自欺耳，果何益哉！」

君子豁達開朗，有了過錯就坦承認錯，並且設法馬上改正，所以無損於君子的崇高形象。而小人，有了過失，就顧慮名譽受損，牽掛身分、地位、財利有所影響，因此，自欺欺人，不僅不承認犯過，還要千方百計的為自己的過錯掩飾。縱使已經曝光，也是能賴就賴，在迫不得已承認時，仍然忸怩作態，不肯痛下決心改正，最後，終於愈陷愈深，身敗名裂而悔之莫及。

日本軍閥對中國的南京大屠殺，鮮血的鐵證歷歷在目，而日本當權硬是狡辯，而且教科書上篡改歷史。其殺之兇殘暫且不說，而其文過飾非、用心之狠毒、手段之卑劣、作風之無恥，更是曠古未見。

　　古今中外成功的人物，莫不是在挫折中奮起，在失敗中記取教訓，在過錯裡汲取寶貴的經驗。惟有經歷無數的淬勵磨鍊，嘗試從錯誤中改進缺失，才能創造美好的人生，而那些不肯改過和文過飾非的人，縱然一時得意，但其面目、居心最終為人所識，佔不到任何便宜。

◎ 原文

　　子曰：「過而不改，是謂過矣。」（〈衛靈公〉第一五・二九）

◎ 析論

　　孔子勉人改過。在孔門中，是不強求人無過的。孔子在本章更明確點出過不足畏，而「不改」本身才是過失，他所要求於人的，只是改過。犯錯不改，反而找理由掩飾，過錯總是存在的。

　　犯錯之後，如不能斷然改過，便會對所犯過錯，千方百計去抵賴、否認，不惜做假證據、找假證人來強調自己的清白；如果事實俱在，不能狡賴，就只好諉過他人，或搬出萬般理由，來證明自己為情勢所逼，不得不然；或乾脆嫁禍他人，推得一乾二淨，甚至顛黑為白，強詞奪理。因而過錯愈積愈重，積重而難返。

　　孔子這兩句話，真值得我們縈繫心頭，時刻反省。

◎ 賞讀

　　明儒呂心吾說：「犯了錯，是一過；不肯認錯，又是一過。若能改，則兩過俱無；不能改，則兩過不免。」如此算法，算得最清楚。《易經》說：「人非聖賢，孰能無過。過而能改，善莫大焉。」所以，過重在「改」。能改才能自新，重新出發，反之，則過錯終究仍是過錯，永遠無法改善自己。

　　但是人卻常常文過飾非，自欺欺人。明明知道自己不對，卻死不承認，硬把過錯推諉到別人身上。不然就是絞盡腦汁，編出一套理由，東拉西扯，把過錯遮掩起來。像這種惡性循環的結果，必使人日趨下流，沉淪為惡的淵藪而無力自拔。如「賭博」一事，嗜賭如命之賭徒也知道因賭博傾家蕩產者很多，但總是不肯改，以為可以靠好手氣，一本萬利，以致日甚一日，沉陷其中。又如考試作弊，雖僥倖逃過師長耳目，卻明知其錯而故犯，以致越陷越深。於是出社會後，一旦為官便貪瀆，經商便詐欺，總是抱著投機取巧的心理，什麼事都做得出來。

　　我們患那種過失，就如身上患著那種疾病。了解病源，將病治好，就是沒有病的健康者。有過的人，也是如此，過而能改，即是沒有過錯的人。只有那「過而不改」，才是所謂的過錯，所以《韓詩外傳》引孔子之言曰：「過而改之，是不過也。」可與此章相發明。

◎ 原文

子曰：「不患無位，患所以立；不患莫己知，求為可知也。」（〈里仁〉第四‧一四）

◎ 析論

孔子勉人充實自己，不必憂愁無人知己及謀不到職位。孔子有好幾則言論，教人不必憂愁別人不知道自己的才德，這是孔子思想體系中重要的一部分，這一思想在《論語》中曾反覆提到，雖然各處之論述，側重各有不同，但中心思想卻是一致的，都是說明一個有修養的人應反求諸己，不應苛求、奢求別人。

孔子教人不要一味追求名位，不要妄想不勞而獲，要憂慮的是自己以何種才德立於此職位上。換言之，無非教人充實自我才學，實至以後，名自來歸。反之，名實不副，無才無德，縱然求得高職高位，也難勝任，「有位」也會成為「無位」，空歡喜一場罷了！猶「濫竽充數」的南郭先生，遲早總會感到羞愧不已，而悄悄地自己溜走。

此一嚴於責己，盡其在我的律己態度，在今天尤值得人們去深思和學習。

◎ 賞讀

本章所說，前後可分兩層意義來看：第一層是勉人不要求名位，而應求自立；第二層是教人有所表現，人家自然會知道你。「有位」或「無位」，關鍵在於自己有無立於那職

位的本領。如果有才德,「無位」,也能轉而為有位;如果無才無德,縱然求得高職高位,也難勝任,「有位」也會成為「無位」,猶「濫竽充數」成語中的南郭先生一樣,無真實本領,卻混在吹竽樂手之中,等到齊湣王欲每人輪回演奏時,他怕露出馬腳,只得趕緊溜走。

或以為孔子這兩句話,未必切合實情。部屬自認能力、操守,不比主管差,然而人家得其位,我則依然故我,因而認為世間盡多不平之事,甚而埋怨別人不理解自己,認為自己大材小用,倍感委曲,但人家知不知我們,基本上操之在別人,我自立不倦、自強不息,以充實自我才學,則操控在自己,別人不可奪取的。所以君子一切只求盡其在我,不計較社會上一般的榮枯,而只憂愁自己沒能有在職位與之相稱的才德。

所以我們不要怕沒有人了解、沒有知己,只要有真實的才學,不求人爵之位,只管天爵的修養,在社會上做人做事,自然可贏得別人的敬重。

◎ 原文

子曰:「君子病無能焉,不病人之不己知也。」(〈衛靈公〉第一五‧一八)

◎ 析論

孔子言君子學以為己,不憂愁別人不知,勉人努力進德修業。此章大意是說有修養的人在意的是自己沒有能力,而

不在乎別人不理解、不知道自己。這是孔子很強調的觀念。在孔子看來，人之所以應當力學勵行，原是為了提高自己的人格，與他人的知否本不相干。所以君子以「無能」為病，恨自己無能、不長進，不會去計較旁人是否知道自己。

現實中，有些人總是埋怨別人不理解、不賞識自己，認定自己懷才不遇，生不逢時，因而牢騷滿腹，怨天尤人。其實，人如能反求諸己，盡其在我，便可過得踏實而自在，不會天天活在別人的看法裡而痛苦愁怨。我們今天所處的是一窩蜂追求知名度的時代，急於成名，急於獲得外在的肯定，但是如果有名無實，或名過其實，那麼，即使享有名氣，那個名也是假相，並不值得貪戀，不如充實自我，在修養上精益求精。久之，個人的才智道德自能逐漸為人所理解和賞識。

◎ 賞讀

「君子病無能焉」，說明了君子之心深以「無能」為病，「病」有恨自己無能、不長進之意，因而必然將奮起直追，為日後之「有能」而痛下決心，力學勵行。然而君子的胸懷，不會去計較別人是否知道自己。

充實自我，不求聞達，與此相類似的話在《論語‧學而》篇有「人不知而不慍，不亦君子乎？」「不患人之不己知」，〈憲問〉篇有「古之學者為己，今之學者為人」、「不患人之不己知，患其不能也」，〈里仁〉篇有「不患莫己知，求為可知也」等記載，可知這是孔子很強調的觀念。

　　人如能苦幹實幹，充實自己的才學，何愁他日不被肯定、不受賞識？然而一個真正有才能的人，遇與不遇對他而言並不是最重要的。因為別人是否了解我們、認同我們、肯定我們，基本上是屬於「機緣」的問題，它畢竟不是「操之在我」的。易言之，不管學問多好、德行多好，也有不被了解、認同、肯定的時候，所以孔子在〈學而〉篇說「人不知而不慍」，能不怪別人，這才是具有君子的修養與風度。為什麼能夠如此？除了修養工夫之外，主要是認識到：為學本來只是為充實自己，使自己能夠堂堂正正做一個人，至於別人知不知、了解不了解、接受不接受，那已不重要了。如能有這樣的認知，我們的生活、生命才有真正的喜悅與快樂。

◎ 原文

　　子曰：「不患人之不己知，患不知人也。」（〈學而〉第一・一六）

◎ 析論

　　孔子教人不當強求人知，而應當力求知人。孔子說：「不患人之不己知，患不知人也。」意為：不要擔憂別人不知道自己，而該憂慮的是你不知道別人。吾人為學做人，人之不知己原於己無損，毋需以此為患，但一般人多半反其道而行，總是考慮到自己，而擔憂別人不知道自己。

　　其實，如果能凡事不那麼自我本位的話，我們自能知人，亦能為人所知。譬如現代社會，人際關係日漸疏離，鄰

居間甚至形同陌路。如果我們能先肯定對方，主動向對方招呼，通常也會得到回應，如此相互認可的關係便能建立。如身為主管者，更要憂慮對屬下的不了解，劉寶楠《論語　正義》說：「己不知人，則於人之賢者不能親之用之；人之不賢者，不能遠之退之，所失甚巨，故當患。」（自己不知道別人，對於賢能的人就不能親近他、任用他；對於不賢能的人，不能疏遠他，摒退他，這種損失很重大，所以應當擔憂是不是知道別人。）

　　孔子又曾說：「不患不己知，求為可知也。」（〈里仁〉篇）勉人充實自己，不要憂慮人家不知道自己，而應該要求自己具有可為人家知道（賞識）的才德。可與此章相發明，引人深思。生命如能自我充實，自然能顯現出光輝，照射、溫暖別人，影響別人，久而久之，自然近者聞風，遠者也會嚮往，所以不必去憂慮別人不知自己。

◎ 賞讀

　　〈衛靈公〉篇載孔子之言，曰：「君子病無能，不病人之不己知也。」說明了君子之心深似以「無能」為病，而不埋怨別人不理解自己。一個有修養的人，凡事都虛心地自我檢討，但從「求諸己」的角度來反問自己。如能這樣，必可以「不患」人之不己知。本章即進一步說明所患者是自己「不知人」，至於人家知不知我，那並不重要，不值得去擔心。為什麼呢？

　　「人之不己知」，是求別人不了解自己，雖說責任在人，

但可由此自我反省，可使自己奮起直追以求長進。別人不知己，所帶來之損害，充其量是個人的不得志。但「不知人」，責任在己，所失亦在己，所帶來的損害，小則遇事多磨難，大則殺身毀家。蓋人心不同如其面，有人篤實厚道，有人奸刁狠毒，二面三刀，如不知人，難免被欺騙、被蒙蔽而不自知。如果做為一個領導者而不知人，那麼便不能知人任用，薦賢舉能。以劉寶楠《論語正義》說：「己不知人，則於人之賢者不能親之用之；人之不賢者，不能遠之退之，所失甚巨。」

孔子賦予理想人格的君子，對「人之不己知」，始終是「不患」、「不慍」、「不病」的態度；而對「不知人」，卻是「患」和「病」，憂心忡忡。所以孔子又勉人「不患不己知，求為可知也。」欲人要求自我具有可為人家知道的才德。孔子這些話，實令人深思。

原文

子曰：「君子疾沒世而名不稱焉。」（〈衛靈公〉第一五·一九）

析論

孔子勉人及時進德修業，以期名揚於後世。俗語說：「豹死留名，人死留名。」又說：「名譽是人的第二生命。」一付皮囊使用不滿百歲，但是聲名卻可以留傳千古。有才德的君子怕的是生前無人稱揚，死後亦無人稱道，所以「疾沒

世而名不稱焉」的「名」，並非指浮名虛譽，而是指真正為
人民立德、立功、立言，做出非凡貢獻，為人所崇敬懷念的
善名實譽。孔子說：「四十、五十而無聞焉，斯亦不足畏也
已。」（一個人到了四、五十歲，還沒有一些建樹聲望，那
他也就沒有可敬畏的了。）（〈子罕〉篇）君子在有生之年，
即應努力追求能為世世代代傳頌的美名，而不是遭人唾棄的
惡名。

　　正因疾沒世而名不稱，所以君子能勤勤懇懇、兢兢業
業，修養品德，孜孜為善，謹言慎行，將一已所能發揮到極
致，以求萬世芳名。

　　歷史上如諸葛亮、岳飛、文天祥等人，雖已逝百千
年，但精神萬古長存，聲名永垂不朽，但相對的也有人為
求名，不擇手段，他們認為善名難得，惡名易求，雖不能
留芳百世，也要遺臭萬年，這種行徑，是我們應當鄙夷摒
棄的。孟子說：「舜何人也？予何人也？有為者，亦若
是。」（舜是什麼樣的人呢？我是什麼樣的人呢？只要努
力，我也能和舜一樣啊！）所以我們不要先存小看自己的
心理，只要下定決心，努力不懈，總也會有值得他人稱道
的地方。

◎ 賞讀

　　人生一世，應該進德修業，以建立好的名聲，否則德業
無成，功業未立，又無著作傳世，姓名不被後人稱述，豈不
枉度一生，這是君子深為愧恨的事。所以孔子不時以進德修

業勉人，以期名揚於世。

　　孔子所謂之「名」，並非一般沽名釣譽，在門面上下工夫修飾，借以欺名盜世之「浮名虛譽」。因為這些虛名，一待人歿，蓋棺論定，也就裝點不得，一文不值了。他所求之「名」，乃是萬世美名，能為人民所崇敬和懷念的英名實譽。

　　歷史上偉大的人物，如鞠躬盡瘁、死而後已的諸葛亮，精忠報國的岳飛，正氣浩然的文天祥。他們雖已逝世百千年，但是精神萬古長存，聲名永垂不朽，令人興起「典型在夙昔」的無限景仰。所以我們不宜妄自菲薄。孟子說：「舜何人也？予何人也？有為者，亦若是。」只要下定決心，時時鞭策自己，不論是立德、立言，還是立功，總也會有值得他人稱道之處。

　　君子因深怕生前無建樹，死後無人稱道，所以戰戰兢兢，修養品德；孜孜矻矻，努力不懈，堅決不向下流同俗。讀了這一章，我們是不是也應深自期許，砥志勵行呢？

原文

　　子曰：「躬自厚而薄責於人，則遠怨矣！」（〈衛靈公〉第一五・一五）

◎ 析 論

　　孔子教人立身處世之道，在於嚴以律己，寬以待人。儒家講「修身」，是從自身做起。「嚴以律己」，就是自我要求的具體表現。如果與他人發生爭執，首先即需反省自己，這便是「嚴以律己」。想想看，我們用一根手指頭指著別人的時候，豈不是還有幾根手指正指著自己嗎？如果我們自身都沒有修養好，又憑什麼去嚴責他人呢？《新約聖經·馬太福音》第七章說：「為什麼看見你弟兄的眼中有刺，卻不想自己的眼中有梁木呢？」譬如同儕分工合作，看見別人的工作沒有做好，若能先反省自己究竟做好沒有，不對別人妄加批評，自然不會招致別人的埋怨。像這樣多多要求自己而少苛責他人，與人相處時，自然不會引起別人的怨恨，而能和諧共處了。

◎ 賞 讀

　　儒家講「修身」，往往是從自己做起。自己如有過失，應嚴格自我責備，對他人則宜常存寬恕之心，如此與人相處，自然遠離怨恨，不致與人搆怨，而能和諧共處。這是孔子的一貫思想，教人「嚴以律己，寬以待人」，要像「君子求諸己」，而不「求諸人」。

　　董仲舒《春秋繁露·仁義法》說：「以仁治仁，義治我，躬自厚而薄責於外。」《呂氏春秋·舉難》：「故君子責人則以仁，自責則以義。責人以仁則易足，易足則得人；自責以義則難為非，難為非則行飾。故任天地而有餘。」如

此，就可以一任自己優游天地之間，而無所不容了。反之，「責人則以義，責己則以仁。責人以義則難贍，難贍則失親；自責以仁則易為，易為則行苟。故天下而不容也。」如此，必然是人怨己，而己亦怨天尤人。孔子此章所述，除勉人責己求全可免見怨於人（即招怨）外，亦有免除自我抱怨，避免心情不快之意。

以生活經驗來說，如果自己與他人發生爭執，或行事遇有挫折，首先即需先反省自己，多責怪自己的修養不足，考慮不周或用力不足，少責怪旁人的不是，或不予援助，這便是「嚴以律己」。清代曾國藩致國荃（九弟）和國華（季弟）的信函有言：「沅弟（國荃）所詆雪（彭玉麟，字雪琴）信稿，有是處，亦有未當處。弟謂雪聲色俱厲。凡目能千里而不能自見其睫，聲音笑貌之拒人，每苦於不自知。雪之厲，雪不自知；沅之聲色想亦未始不厲，特不自知耳。」所說的道理和本章意旨相通。能嚴格要求自己而少苛責他人，自然不會引起別人的怨恨，那也就是遠離怨恨了。

（三）記孔子

下十一章彙記孔子之為人、日常生活的情況，從中可窺見孔子閒居時的儀容、態度與神色。由於其內在心性修養深厚，所以外在氣象自然中正和平，在待人處世方面，也都能趨於中庸，不偏極端。他戒絕毋、必、固、我四事，不語怪、力、亂、神，敬慎齋、戰、疾，從這些可見其性格、懷

抱與修養。他的惻隱之心，處處隨客觀境遇而自然流露於日常生活中，如「問人不問馬」、「釣而不綱，弋不射宿」、「食於有喪者之側，未嘗飽也。」在鬼神信仰盛行的時代，他抱持重人道的理性精神，一切盡其在我，為其所當為，俯仰之間，無所愧怍。這些都充分彰顯其平凡中的不平凡，值得我們細細揣摩，深深領會。

◎ 原文

　　子之燕居，申申如也，夭夭如也。（〈述而〉第七‧四）

◎ 析論

　　記孔子閒居時的和適。孔子閒居時的儀容、態度與神色，在《論語》中頗有記載。這一章提到孔子在家閒居時，「申申如也」，心中無事，容顏舒展，不是一天到晚皺起眉頭在憂愁。表示孔子的心安理得和坦蕩胸懷。同時「夭夭如也」，表現了溫柔愉快的心情。

　　孔子生活時有所樂，亦時有所憂，不過，他所憂的不是個人的利祿窮通，而是德業的進修、仁政的施行否？因此他雖憂國憂民，但始終有自己執著的信念，所以能達觀開闊，安寧愉快。這樣的氣象，正可看出孔子的為人，縱然一生挫拆果厄，但不以個人為憂，故能自得其樂。

◎ 賞讀

　　從《禮記》、《孝經》、《論語》等書籍中，可以看到，凡是孔子閒空居家之時，正是討論問題的時候；孔子對於許多理論之發揮，弟子們向孔子之請教，都出於這個時間。——本章，學生記載孔子燕居時的態度，「申申如也，夭夭如也。」

　　孔子在閒居的時候，其態度即常是如此舒暢愉快，很少憂愁煩悶的。——這種「申申、夭夭」的氣象，不但當時弟子們看到其老師的態度如此；即是今日我們讀論語，在孔子的言論之中，也從也讀不到一句牢騷的話或是一句刺激人的話，總覺著天朗氣清、惠風和暢的景色，很少遇到疾風迅雷的時候。

　　但是我們如從自己來體念，綜覈孔子的生平，三歲喪父，幼時為人看牛、管帳；二十歲結婚，家中毫無恆產；二十四歲起教書，五十以後才出仕，服官沒有幾年，又再過流亡國外的生活。生於貧困，長於坎坷，一輩子也沒有過著舒服的日子，環境並不比我們好。可是他「申申夭夭」，始終是安寧愉快，遠離煩惱。孔子如何能養成這種氣象，最是值得我們研究之處。（節錄自趙龍文論語今釋，正中書局印）

◎ 原文

　　子溫而厲，威而不猛，恭而安。（〈述而〉第七·三七）

◎ 析 論

　　記孔子容態中和，莊嚴、恭敬而自然。內在的心性養深厚，表現在外的氣象自然中正和平。本章即記孔子的學問修養，展現出的容色神態：溫和中帶有幾分嚴肅，使人感到親切、可敬，但不敢放肆、輕慢。威嚴而剛猛，使人感到神聖不可侵犯，但絕無兇猛暴戾之色。對人恭敬而又安詳，不做作也不呆滯，活潑而自然。這與前章「申申如」、「夭夭如」意思相近，都是說明孔子表現的儀容、態度和神色，總是那麼剛柔適中、溫和舒泰。這是「修於內而發於外」而逐漸達到的境界，由此亦可想見孔子修養功夫之深厚。

◎ 賞 讀

　　在《論語・子張》篇另記載了子夏之語：「君子有三變：望之儼然，即之也溫，聽其言也厲。」說明了君子的修養達到仁德渾然一體的境界，可以從外在表現出來的容色、神態、言語、行動上見其修養之工夫。這裡的「君子」雖未直指「孔子」其人，但對照本章所述來看，這樣的君子形象，不就是在描寫孔子嗎？君子的容貌端莊、嚴肅、威而有禮，使人感到肅然起敬；到了跟前，接近他時，又覺得其容色態度，溫和可親；待聽其言，則辭嚴義正，有凜然不可侵犯的氣概。

　　一般人的表現，通常是溫和親切，就不嚴肅，因此，自己容易流於鄉愿式的老好人，而別人也就放肆、輕慢起來。威嚴太過度了，又往往顯得兇猛，使人望而生畏，不敢親

近。對人恭敬而有禮，則使人舒坦。孔子由於內在心性修養深厚，所以外在的氣象自然中正和平、安和舒泰了。

原文

　　孔子於鄉黨，恂恂如也，似不能言者。其在宗廟、朝廷，便便言，唯謹爾。（〈鄉黨〉第一〇·一）

析論

　　記孔子在鄉黨、宗廟、朝廷中，所表現的語言、容態各有不同。居家鄉時，與鄉親、宗族父老相處，他總是信實恭慎，謙遜得像不大會說似的。然而在宗廟、朝廷之上，卻能侃侃而談，辨明事理，但是態度非常謹慎。

　　一般人或許以為孔子在鄉里和在宗廟朝廷上怎麼兩付面孔？其實這正是孔子謹慎誠敬的具體表現。在鄉里之中，因有許多長輩在，孔子恆以晚輩自抑，謙遜木訥，絕不賣弄口舌、妄自尊大，也絕不以賢德驕於長者。但在宗廟朝廷上，因負有職責，所以要知無不言，言無不盡，要說理明白、不含糊。在不同場合，有不同的表現，並無矛盾。

賞讀

　　在整部《論語》中，〈鄉黨〉篇是相當特殊的一篇，即使置之諸子百家的著作中，它也仍是最特別的一篇。但很可惜的是，民國以來所編纂的四書教材中，頗不多見。其實，

古典散文卷

要認識孔子的全人格，〈鄉黨〉篇絕對是不可忽視，略而不談的。

〈鄉黨〉篇記錄的，簡單的說就是孔子的私生活。古今中外偉人不少，但有關私生活的記載能公然呈現在陽光底下，讓人無可指摘，且能垂範千秋的，畢竟不易，而孔子則是中之典範。從〈鄉黨〉篇中可窺見孔子一切依禮而行的平實態度，居家時居、飲食、衣著、齋祭、饋送等日常生活的情況，以及學問、修養、容態、神色等風貌，是篇深刻動人的生活寫真。從鄉黨篇我們才能真正看到有人情味的孔子，如何優游於禮樂之中，從心所欲而不逾矩。

本章選自〈鄉黨〉篇，記孔子居家鄉與在宗廟、朝廷時，所表現的語言、容態各有不同。據趙龍文《論語今釋》所說：「孔子是在家鄉做事，鄉里間的人物都很相熟稔的。『鄉黨序齒』，各人地位的分別，以年齡為主，年長者為尊。孔子在家鄉時，有年長者在座，則態度非常恭順，好像不能講話似的。後來孔子出仕為大夫，在宗廟中行禮、在朝廷中執事，如本篇以後各章中的記載，孔子曾擔任過『擯』的職務。『擯』即『儐』，為國君之陪客；在宗廟中行『聘禮』時，即需要陪客。國際間的貴賓訪問，應行『聘禮』，陪客需要禮節最熟諳的人士來擔任的。孔子在宗廟與朝廷之中，則說話很有理由，不過態度仍是很恭謹。」

我們在本章中，可以觀察到孔子說話的態度。他在鄉里之中，因為有許多長輩在，所以「恂恂」如不會講話似的。但在宗廟、朝廷上，他負有職責，必須講話，他講話的理由

很充分，不過態度仍是非常恭謹的。

從這一章我們可以獲得啟發，在為人處事上應言語謹慎，尤其是在長輩面前，口無遮攔，講得天花亂墜，常常會因言行不一而令人生厭，這都是應避免的。

◎ 原文

　　子絕四：毋意、毋必、毋固、毋我。（〈子罕〉第九·四）

◎ 析論

　　記孔子所戒除之四種態度。本章記載弟子平素觀察老師立身、處世的態度，從中可見孔子的修養境界，也可以想見弟子平時觀察的細密。

　　孔子所要棄絕之事是：意、必、固、我這四種毛病。「意」是事情未至時，以己意妄加臆測。「必」是主觀武斷極強，不重客觀發展來看事情，便執定主見，毫無理由認定必然如何。「固」則是一味固執成見，拘泥而不知變通。「我」則是處處以自我為中心，唯我獨尊，在狹窄的個人天地之中自我封閉。如此一來，其生命當然也就乾澀貧瘠，不可能豐富，不可能進步與成長；處事則足以敗事，自處則不能進德修業。孔子之所以戒除意、必、固、我，豈無由哉？

　　從弟子們記下孔子所戒絕的四件事來看，孔子對於認識、判斷外界事物，特別強調要嚴謹、客觀、靈活；主張尊重事實，不自以為是，重視別人的存在。這種開明先進的態

古典散文卷

度與行事風範，頗值得後研究、借鑑。

◎ 賞讀

臆測、武斷、固執、自我本位，是最容易觸犯的四種毛病。

本章記載孔子平時立身、行事與處世的「四毋」，是指「*毋意*」、「*毋必*」、「*毋固*」、「*毋我*」。「*毋意*」，是說不憑空揣度，不作無可徵驗的猜測。在日常生活裡，我們常可看到總有人喜歡隨意猜度，對事情未加充分了解就無的放矢，對別人無端懷疑，說些捕風捉影未加求證的話。猜對了、說中了，就沾沾自喜，以為有先見之明；猜錯了、說反了，就企圖掩飾，以為事有蹊蹺，所以孔子勸人要「*毋意*」。

「*毋必*」，則是說不武斷，不作以偏概全的論斷，堅持一定要如何。因天下事物隨時隨地在變化著，說話或做事，如絕對的肯定或否定，常常會予人難堪，無台階可下，而自己也沒有餘地可立足。如孩子或學生課業表現不好時，父母或師長動輒責罵道：「像你這樣子，鐵定考不上大學。」這對孩子既是一種挫傷，也沒有為彼此留下轉圜的空間。我們應堅持自己的原則，但在涉及他人時，就必須要有寬容的心胸。

「*毋固*」，是說不拘泥固執。人的習慣，不論在思想上或行事上，一旦形成之後，就不容易更改，即使時空已改，對象已易，我們也常習以舊有模式來面對，而不能及時修正或通權達變。其實任何事情都有正反兩面，能同時把兩邊的情

況考慮清楚，再下判斷，再來執行，才能面面俱到，無所遺憾。

「毋我」是指不自以為是，事事唯我是從。這是一種尊重別人、包容別人的自我修養。人不能沒有自主抉擇的智慧和能力，人也必須對自我負責。所以「毋我」是不以自我為中心，能處處為別人設想，但非刻意討好別人、迎合別人，如父子騎驢的故事，沒有自己的主見、立場，不能自我肯定，那並不是「毋我」之真義。據《宋史》所載，宋將曹彬鎮守徐州時，有個官吏犯罪，於定案以後，經過一年始對他用刑。人們都不明白其中道理，曹彬說：「我聽說這個人剛娶妻子，如馬上對他用刑，那麼做公婆的一定認為那新婦不吉利而憎惡她，早晚都會鞭打、責罵她，使她無法生存，所以我延緩了對他的刑罰。」曹彬對事能自我抉擇，又能充分替別人設想，可謂體現了「毋我」之精神。現今民主社會自我意識高漲，凡事以自我為中心，有不少人只知爭自己的利益，只顧自己的方便，全然不替別人著想，「目中無人」，因此爭執不斷、衝突迭起，如果人人能做到「毋我」，自然能心平氣和，社會自然安和樂利。

說到這裡，我們是不是也要反省一下，在日常生活中，我們又做到了多少呢？

◎ 原文

子之所慎：齊、戰、疾。（〈述而〉第七・一二）

析 論

記孔子所敬慎之三事：齋戒、戰爭、疾病。本章記載孔子平生敬慎的三件事，那就是齋戒、戰爭、疾病。孔子於祭祀之前，要謹持齋戒，畢恭畢敬，以示對神靈虔誠的心意。否則就無以對神明，尤其祭祀是面對天人之際，必須「心誠」才能靈。

戰爭和疾病前者是面對敵我之際，關係國家存亡、人民安危，所以對戰爭要謹慎處理。至於疾病是攸關個人生命及孝道的精神，所以孔子的態度仍是十分慎重，不敢掉以輕心。從這三件事也可看出孔子凡事盡人事而為的態度及仁者的胸懷。

賞 讀

本章記錄孔子所慎的三事：齋、戰、疾。

古代祭祀前的齋戒，是指清心寡欲的意思，因此要沐浴、變食、遷室，以示虔誠。這在〈鄉黨〉篇有更完整的敘述：「齊，必有明衣，布。齊，必變食，居必遷坐。」說明了孔子在參加祭祀之前，誠心齋戒沐浴之後，必然穿上布料做的潔淨的內衣，表示不敢褻瀆神靈的虔誠心意。齋戒時必然要改變平常飲食的習慣，同時也要改變平常居處的地方，從內寢（內室）遷移到外寢（外室），不與妻子同房。用意都在表示對神靈的誠敬，強調「心誠則靈」。如果齋而不慎，就無以對神明，猶「吾不與祭，如不祭」，等於沒有祭。在《論語‧八佾》篇之記載：「孔子謂：『季氏八佾舞

於庭。是可忍也，孰不可忍也？』」又說：「季氏旅於泰山。子謂冉有曰：『女弗能救與？』對曰：『不能。』子曰：『嗚呼？曾謂泰山不如林放乎？』」（旅，祭封內山川。）季氏家祭時，僭用八佾之舞；以一個大夫的身分，而明目張膽祭於泰山，即是不慎於「齋」。孔子認為祭祀要虔敬，所以對季氏這種行為，深惡而痛絕。

至於戰爭和疾病二事，國家的存亡，人民的安危，有時繫於一戰；個人的生死，有時也繫於一病。尤其戰爭之開啟，對個人、家庭都是一大傷害，兩軍交戰，非死即傷，因此孔子十分「慎戰」，對戰爭之態度是臨事而懼的。

「疾」是與衛生、保健有關之事，平素能做到個人清潔事項，保重自己身體健康，不使父母唯其疾之憂，是我們每人應謹慎去做到的。

◎ 原文

子不語：怪、力、亂、神。（〈述而〉第七・二〇）

◎ 析論

記孔子不談論怪異、勇力、悖亂、鬼神之事。孔子之所以不談荒誕不經的怪異之事、驚世駭俗的暴力之事、亂倫敗德的悖亂之事、崇尚迷信的鬼神之事，因為這些事情無益於人生教化，反而有害於世道人心。因此儘管一般人愛講、愛聽，孔子卻不願也不忍引人入於歧途，故寧可閉口不談。

古典散文卷

　　謝良佐曾注解說「聖人語常而不語怪，語德而不語力，語治而不語亂，語人而不語神。」這意思是孔子只談正常的自然現象，而不談怪力；談道德教化之事而不談勇力；談為政治理國家之事和應盡的人事，而不談鬼神迷信玄遠難知之事。拿現在的社會風氣來看論語，孔子不談這些事，不也很正確的嗎？目前社會上流行談怪、力、亂、神，但社會風氣不是愈來愈糟嗎？悖德亂倫、好勇鬥狠、裝神弄鬼、悖倫犯上的事情，不也時有所聞嗎？這一章闡述了孔子理性開明的人文精神，言簡意賅，深具啟迪作用。

賞讀

　　孔子平時的言論教化，一向中庸平易，注重生活的正面意義與價值，如倫理道德的實踐、言行品格的修養、立身處世的原則等。一般人雖然喜聽樂聞怪力亂神諸事，但孔子平時是不易談論的。

　　四者之中，勇（暴）力與悖亂是現實中存在的，自然應棄絕；怪異與神道的存在，人不易確知，人的智也有限，這不免使人想入非非，更加愚昧、迷惑，思想混亂，遂產生不當的行為，因此孔子對這兩者也持不輕易談論的謹慎態度。那麼孔子平時談什麼呢？根據朱熹《論語集注》引謝良佐之語，「聖人語常而不語怪，語德而不語力，語治而不語亂，語人而不語神。」說明了孔子只談正常的自然現象，而不談什麼幽靈鬼怪，以避免人民迷惑蠢動，行為怪異。同時不談勇力、暴力之事，「以力服心，非心服也。」他崇尚道德之

教，講求仁心仁政。只談有關為政，如何治理國家、平天下
之事，而不談悖倫亂紀之事。只談應如何盡人事，而不談鬼
神迷信之事。孔子之所以不願意輕易談怪力亂神，主要原因
還是在於這些事情無益於世道人心，而且有妨進德修業。

目前社會流行談怪力亂神，新聞媒體所報導的新聞，亦
多充滿此類悖離常軌的奇聞怪事，舉行嬰靈作祟、亂倫、毀
容、劫財、棄屍、裸奔、飆車等等，不僅大肆報導結果，而
且詳細敘述情節過程，以致仿效者層出不窮，令人匪夷所
思。此外相命、風水之說亦煞有介事，口耳相傳，整個社會
充滿八卦新聞、看相算命、求神問卜之風。然而大肆傳播之
結果，社會風氣更加敗亂，人民心志迷亂，胡作非為，手段
更殘酷，更聳人聽聞者，不也日有所增嗎？藉宗教之名以行
斂財之實者，不也日有所見嗎？

從這一章的記載，我們可以看到孔子在傳道授業的態度
上，是極其謹嚴，一絲不苟。對照於當前的社會風氣，實值
得吾人再三省思。

原文

子釣而不綱，弋不射宿。（〈述而〉第七·二
六）

析論

記孔子取物有節，以見其仁心。孔子以禮、樂、射、
御、書、數教人，在生活中他也從事一些射、釣的活動。但

其射、釣，並不在於貪多務得，因此釣魚時只用釣竿垂釣，只取生活所需，而不用魚網捕魚；射鳥時也只用絲繫在箭上射擊飛鳥，而不射擊正棲息在巢中的鳥。

以現代經濟生產觀念來看，如光用釣竿去釣魚，漁業公司一天都無法生存。以愛護動物來說，射飛鳥之舉，今日亦難苟同。但我們要了解孔子所處的時代並無自然保育的觀念，本章之要旨在於取物的原則與態度。

釣魚用釣竿，只取生活所需要的，而用魚網捕魚，貪欲之心將日增。射飛鳥，亦是不濫捕獵物，而射宿鳥，有如乘其不備時的偷襲行為，不夠光明正大。這樣的射、釣方式，是一種生活樂趣，也是一種仁愛的之心的表現。因為垂釣所得有限，捕魚則可能一網打盡；射飛鳥，鳥有躲避的機會，射巢中的鳥，則鳥因毫無防備而喪生。從這裡頭可以看出孔子的仁愛之心。較諸現代人以鏟魚方式捕魚、遍布陷阱以網鳥的行徑來看，孔子也必然於心不忍的。

◎ 賞讀

孔子在日常生活中，處處心存仁愛。他在釣魚時只用釣竿垂釣，卻不用魚網捕魚，因為垂釣只取所需，捕魚則可能一網打盡，貪多務得，從而這裡頭可看出孔子不忍之心。

射鳥時只用絲線繫在箭上射擊飛鳥，而不射擊正棲息在巢中的鳥。因為射飛鳥，鳥有躲避之機會，射宿鳥，有如乘其解除戒備時的偷襲行為，有失仁人君子光明正大的行為。由這兩件事，可見出仁者的心懷。

人類不可能不依恃萬物即可以維生，因此要緊是取之有時、有節，這一章基本上即借射、釣二事以明孔子仁者之心。閱讀時不適合以孔子垂釣射鳥之舉駁之。王夫之《四書訓義》說：「以萬物養人者，天地自然之利。故釣也弋也不廢也。釣不必得而綱則竭取，戈勞於得而射宿可以命中。不盡取者，不傷吾仁；不貪於多得而棄其易獲者，不損吾義。曲全萬物而無必得之心，豈非理之不遺於微，而心之無往而不安者乎？」足以解茲疑惑。

南懷瑾《論語別裁》說：「中國人打鬥很不喜歡用武器，常用的暗器是所謂『鏢』。萬不得已要用鏢時，必定同時大喝一聲：『看鏢！』表示先打了招呼，通知了。這雖然是一個小動作，也就是民族的特徵。」他又說現在提倡禁獵，其實我們過去也認為愛護動物是應有的道德，如相傳「勸君莫打三春鳥，子在巢中望母歸。」春天，是鳥剛孵出小鳥的季節，不要去打母鳥，否則母鳥死了，小鳥將在巢中活活餓死，非常悲慘。

◎ 原文

顏淵、季路侍，子曰：「盍各言爾志？」子路曰：「願車、馬、衣、輕裘，與朋友共，敝之而無憾。」顏淵曰：「願無伐善，無施勞。」子路曰：「願聞子之志。」子曰：「老者安之，朋友信之，少者懷之。」（〈公冶長〉第五・二六）

析論

孔子與顏淵、子路各言其志。本章記敘孔子引導弟子顏淵、子路各自表達他們的志向，而孔子也在子路的請教之下，抒發自己的抱負。孔子利用與弟子相處的機會，引導弟子說出各自的心願，除了可以了解弟子的志願、專長、性格外，也可使弟子們相互學習、砥礪，更可隨時給弟子們的指點、引導，鼓勵他們立定志向，堅定信念。這是孔子經常實施的循循善誘教育方式。師生之間在和諧的氣氛下。有切磋，有請益，很自然的把孔門教與學的情境呈現出來，令人十分嚮往。

從對話當中，可見子路性情豪爽，很重朋友情誼，個人財物願與朋友共享。顏淵富於德性修養，樂意發揮自己的才幹，為大眾服務，而不誇耀自己的長處，不張揚自己的功勞，具有肯奉獻而又謙虛的美德。至於孔子，則願老年人都有人孝敬，生活得到安養；朋友之間都能以誠信相待；少年人之間得到關懷愛護。其關注的層面更為廣闊。

從所呈顯的境界來看，子路較偏重朋友之間的義氣；顏淵已能擴大層面，為他人服務，又具有謙和的態度，但仍局限在自我的修養；孔子則自然流露出各得其所的仁者懷抱。

師生三人的志願雖有不同，境界也有高下，但都充分顯現高尚的人格與寬宏的懷抱，足以做為我們的楷模。

賞讀

本章記錄孔子與子路、顏淵師生三人的志願。從文中可

以看出孔子循循然善誘人的教學精神，在《論語》中幾則弟子侍坐的記載裡，經常可見到此一「詢志」方式之教學。孔子以此讓弟子們在為人、為政上相互切磋、砥礪，而且藉此可了解弟子們的興趣、專長和性格，隨時指點、引導他們，鼓勵他們自我完善道德修養。從本章可體會孔門氣氛融洽、感情真切的教學情境，其弟子多能成材達德，亦由本章可以略窺其一斑。

子路小孔子九歲，又素有「好勇」的人格特質，就人倫應對上來說，當然子路先說自己的志向，而「願聞子之志」一語，必然也是由子路來詢問請教老師。從三人的志願來看，子路願意將自己的車、馬、衣、輕裘等與朋友共同享用，即使用壞了也無所謂，可見是位胸懷豁達、開朗豪邁，不斤斤計較的人，他所重視的不是身外之物，而是內心的情誼。不過他所關注的層面比較偏重於同輩，和顏淵相較，略有遜色。顏淵樂於奉獻，能不誇耀自己的優點，也不張揚自己的功勞、貢獻，這種不矜誇、不居功，具有謙虛的美德，視所當然的情操，實在是難能可貴。至於孔子，則不論對長輩、同輩或晚輩，都希望他們能得到適當的安頓，各得其所，各遂其生，使整個人群社會呈現一安和樂利的景象，其關注的層面更為廣闊，具有「萬物一體」的胸襟。

師生三人所志雖有不同，境界亦有高下之別，但都充分顯現高尚的胸懷，足以做為我們的榜樣。

◎ 原文

　　季路問鬼神。子曰：「未能事人，焉能事鬼？」
「敢問死？」曰：「未知生，焉知死？」（〈先進〉
第一一・一一）

◎ 析論

　　記孔子不道死亡與鬼神等幽明難知之事。本章由人事和
鬼神問題，觸及到人生的生死問題，由此可見孔子的態度。
因「鬼神」和「死亡」的問題，都渺茫而難以知曉，所以孔
子採存而不論的態度，既不言其有，亦不言其無，而回答子
路：「未能事人，焉能事鬼？」「未知生，焉知死？」強調
要注重現實的人生，這兩句話實際上暗示了鬼神、死後之
事，是不如倫理道德的實踐與實際生活的需要來得迫切的。

　　孔子何以不談鬼神之事？因其學說研討的都是人生切要
的問題。在現實裡，人對於鬼神是無法加以徵驗的，有些人
舌燦蓮花，自以為知道，因此添油加醋，講得神奇眩目，令
人著迷。這樣的情形多了，便容易使人放棄原本應擔當的責
任，遇到事情，不用自己的智慧去判斷，不花自己的心血去
努力，以為敬鬼神就能求福。這麼一來，人還需要做什麼
呢？孔子認為與其敬鬼求福，不如先做好現實生活中自己該
做的事，先探求活著如何昂首闊步人生，使人活得有意義、
有價值。

◎ 賞讀

人死後有知無知？有鬼無鬼？如何事奉鬼神等等，都是幽邈難明的。也都是難於回咎，無法回答的問題。本章記錄了孔子回答子路之問，孔子所答，含蓄幽默，既富哲理，且發人深省。

關於鬼神之事，除了本章外，另〈雍也〉篇有「樊遲問知。子曰：『務民之義，敬鬼神而遠之，可謂知矣。』」〈八佾〉篇有「祭如在，祭神如神在。子曰：『吾不與祭，如不祭。』」〈為政〉篇有「子曰：『非其鬼而祭之，諂之。』」等記載，可相互參看，以進一步掌握孔子對事鬼神的態度。

孔子在回答子路的問題時，說：「未能事人，焉能事鬼？」「未知生，焉知死？」這兩句話都是反詰語氣，一方面他既不想多談鬼神之事，另方面，恐怕是要子路對現實人生多加思索吧。《中庸》說：「事生如事死，事亡如事存」，表示應該以事人的態度來事鬼。孔子之意應是強調若是近在咫尺的人際關係（如父母之與子女、部屬之與長官）尚且還不得其善，又如何去了解遙遠的事奉鬼神之事，妄求鬼神的福祐呢？

至於人死後的世界如何？這是很多人生前想知道的，但因為沒有人能親自經歷其死後的世界，所以有關死亡總是留下種種傳說。宗教家則藉此以設教說法，如《聖經》上說死後有「末日的審判」，佛教有「六道輪迴」，善人得善報，惡人得惡報。但儒家重視「天道遠，人道邇」的思想，所以孔子並不直接答覆子路之問，而說「未知生，焉知死？」人生

時活得人不像人，又如何去懂人死後如何的事？譬如有人作奸犯科，欺壓良善，醉生夢死徒具人的軀殼，其生且不知如何生，何能知其所以死？因此，人還是實際一點，先探求如何做個頂天立地、俯仰無愧的真正的人。

　　本章充分體現了「天道遠，人道邇」的思想觀念，對於生死問題、人生問題，孔子之回答正提醒了我們應注重自己的在現實世界的一切作為。

◎ 原文

　　子食於有喪者之側，未嘗飽也。子於是日哭，則不歌。（〈述而〉第七‧九）

◎ 析論

　　記孔子弔喪盡哀之至情。本章記錄了孔子發自內心的哀戚之情，及真誠的同情心。孔子在正有喪事的人身邊進食，因為哀傷氣氛的感染，惻隱之心油然而生，所以食不甘美，未曾吃飽。孔子平時絃歌不輟，但於這一天弔過喪，因餘哀未忘，縈縈於懷，便沒有心情唱歌。孔子對生活中悲歡情緒的節制調和，總是入情入理，自自然然體現仁者胸懷。

　　現代人辦喪事，往往大肆鋪張，甚至歌舞助興、花車表演，而弔喪的人更是賓客喧嘩，忘記哀戚，這實在是對死者的悔辱，也是對生者的一大諷刺。本章對於那些不懂得表示哀戚沉痛之情，反而嘻笑歌舞以取樂的人來說，應具有鞭策、啟迪作用，值得人們借鑑。

◎ 賞讀

　　孔子對生活中歡樂與悲傷情緒節制得宜，並自然表現他深厚的同情心。此章即記孔子對有喪事在身的人，表示深切的哀戚。「未嘗飽也」，是說從來未曾吃飽過，並非偶然如此。「則不歌」，是說平時弦歌不輟，但由於這一天弔喪哭泣過，就不唱歌了。前者因食於喪者之側，受哀傷氣氛的感染，所以食不甘味，自然「未嘗飽也」；後者餘哀未忘，無意為樂，自然「不歌」了。

　　這些事有人認為是小事，何足稱道？其實，這是做人應有的態度，也是有仁心的人自然而然會流露出來的真情，從這裡正可以看出孔子發乎至誠，與人同哀的仁者胸懷。

　　臺灣目前物質生活浮靡不少，辦喜事固然極講究排場，辦喪事亦多如此，賓客喧嘩，毫無哀戚之情者有之，喪主以電子花車，歌舞助興，外帶色情表演者，更司空見慣，這實是對死者的悔辱，也是對生者的一大諷刺。本章確值得當代人借鑑，並存養此忠厚、惻隱之心。

◎ 原文

　　廄焚。子退朝，曰：「傷人乎？」不問馬。（〈鄉黨〉第一○・一二）

◎ 析論

　　記孔子對人命的重視。孔子學說以「仁」為本，所謂「仁者愛人」，這一個「仁」字，不但屢見於孔子言論當中，

也經常在生活中自然而流露出來。

「傷人乎？」這句話十分生動勾勒出孔子仁者的形象。馬房失火，孔子退朝回來，乍聽之下，第一個反應是：有無人員傷亡。可見他重視人的生命甚於物價。宋儒朱熹注解說：「非不愛馬，然恐傷人之意多，故未暇問。」

這一章所闡述的道理，其實不難懂，一般人也都同意朱子的看法，認為孔子問人不問馬是對的。但是有多少人肯知而能行呢？比如說兩車相撞，我們是先關心自己的車子撞壞了沒？還是有無人員受傷？車房起火了，是先問燒到自己的車沒有？還先問燒到人沒有？有人對愛車侍候得無微不至，又擦洗、又打蠟，對自己的親人卻不聞不問。這些都是值得我們深省的。

雖然這些「問馬不問人」的現象令人難過，但也有不少人胸懷仁心，如消防隊員之衝入火場救人，真正體現了孔子這種「問馬不問人」的精神，在逐漸物化的今日社會，予人無限溫馨。

◎賞讀

本章所載在《禮記》中有更詳明的說明，謂：「廄焚，孔子拜鄉人為火來者。拜之，士一，大夫再，亦相弔之道也。」《禮記》講究禮節，以記載此方面之事為主，這裡可以看出孔子拜謝來救火的人，對於士是一拜，對於大夫則是再拜。從孔子親自拜謝救火的人來看，「廄焚」應該是孔子家裡的馬棚著火。

本章亦是如此說：「廄焚。子退朝，曰：『傷人乎？』不問馬。」馬房起火時，孔子還在朝，退朝後回來，才知道這件事，因救火最易使人受傷，所以先問傷了人沒有。在這種地方，可見孔子之為人，很可以使我們體念做人的道理。

或許有人認為這有什麼了不得，只不過是一句隨意的話，但如依當時社會情況來看，卻是意義深長。春秋末年，仍是奴隸制度時代，奴隸並無人權可言，經常是貴族的陪葬品。而馬在當時可以說極為貴重，為馬而殺人者不乏其人，所以孔子這種重人輕馬的作為，在當時的確是不同凡響，因此值得一寫。

在現代社會中，有些人動輒口出「管他去死」，但也有像消防隊的人員，奮不顧身，衝入火場，救火救人者，這種仁者襟懷或正是孔子這種「問人不問馬」精神的體現。讀本章除了令人感動外，亦值得大家省思警惕。

原文

子夏為莒父宰，問政。子曰：「無欲速，無見小利；欲速則不達，見小利則大事不成。」（〈子路〉第一三·一七）

析論

孔子告訴子夏為政不可求急功，好小利。子夏出任魯國莒父的縣官，想在任內有所表現，見出治理的績效。孔子看出他急於求效的心情，乃示他「不能只求速效」、「不要貪

圖近利」，期勉子夏要有遠大的眼光，著眼於長遠的目標。然後又分述「只求速效」、「貪圖小利」的後果，不但達不到預期的目標，而且不能成就大事。

　　行事草率，則不能洞燭機先；只見眼前利益，則往往忽略隱藏在背後的禍患。所以為政必須循序漸進，並從大處著眼，不可急求近功。

　　現在社會，一切講究效率，追求快速，因此漸漸形成人們只求成效、不問工夫的風氣。但是一心求快，卻往往達不到預期的進度和目標。為政、求學都是如此，躐等躁進就無法有成效，無法透徹明瞭道理。

　　所以我們無論做事也好，求學問也好，都應該平心靜氣，不急遽無序，不一味求快。按照既定的計畫，做好充分的準備，循序漸進，平平穩穩、踏踏實實去做，最後一定能達到目標，實現理想。

◎ 賞讀

　　本章記載孔子告訴子夏為政之道，不可急求近功，要從遠大處循序漸進；亦不可貪圖小利，要從根本處貫徹始終。因為求速效，勢必躁進而手忙腳亂，反而不能達到預期的目標；圖小利，勢必因陋就簡，本末倒置，反而不能成就遠大的事業。

　　《史記‧晉世家》記載一則「假道滅虢」的故事，相信很多人都聽過。春秋時代，虞國和虢國是相鄰的兩個小國家，而虞國又和晉國接鄰。晉獻公想吞滅虢國，便以良馬賄

賂虞國的國君,向虞國借路,出兵穿越虞國的國境而滅了虢國,回師又順便滅了虞國。這故事頗發人深省。虞國的國君如果不是短視近利,貪圖眼前小利,也不會遭到亡國之禍。如果他能高瞻遠矚,不要目光如豆,就不會吃虧上當了。

《韓非子》一書有一則〈衛人嫁子〉的故事,令人發笑之餘,還有深刻的感受。故事是這樣的:衛國有人嫁女兒,再三叮囑女兒道:「你一定要偷偷地積一些私房錢,以備不時之需。因為嫁了之後,被夫家休掉的情形太多了,能夠與丈夫白頭偕老的,實在是不多見。」女兒謹記父親教誨,暗自積蓄私房錢,婆婆認為她多斂私財,就把她給休了。女兒回娘家,帶回的私房錢竟比出嫁時的嫁妝,足足多出一倍;而她的父親並不認為自己的教導失當,反倒慶幸自己有先見之明,使自己的財產不致損失,反而增加。那些命令人臣去搜刮百姓的人君,不都是這類自私短視的人嗎!

這則故事假託短視近利的人教導女兒去婆家私聚錢財,因而使女兒被休掉,斷送婚姻幸福;諷刺當時的國君,驅使臣子聚斂人民的財物。如此只見近利的行徑,必將導致悲慘的下場。這故事實足以為所有執政者引為鑑戒。「螳螂捕蟬,黃雀在後」的故事,也同樣警惕為政者不要只「瞻前」而不「顧後」,貪圖眼前小利,利令智昏,最後吃大虧的還是自己。

「見小利則大事不成」,似乎是句很容易體會的話,但一遇到現實,就往往為小利而迷失方向,看不到長遠的發展,或縱然看見了,也顧不得了。在台灣經濟蓬勃發展的現今,

古典散文卷

若干人短視近利，濫伐、濫墾山坡地，為建商謀得短暫的利益，而致山崩水患，換來長久的禍害，付出更大的代價。孔子這番話用諸今日的教育、政治、國防、經濟、自然生態等方面，也都是深具啟發意義的。

原文

哀公問曰：「何為則民服？」孔子對曰：「舉直錯諸枉，則民服。舉枉錯諸直，則民不服。」（〈為政〉第二・一九）

析論

孔子答魯哀公問政，說明為政重在舉用正直之士。用人的適當與否，關係著國家的治亂，社會的安危，不可不謹慎。國君治理國家，首重舉用正直的賢士。如果正直之士、賢能之臣，都居於上位，自能弊絕風清，國泰民安。那些奸邪小人不但無法為非作歹，並且還會受到居上位的正人君子人格的感化，而改邪歸正呢。如此一來，人民自然心服口服，紛紛向上向善了。

如果舉用奸邪之徒，讓他們居於上位；他們不但傾軋正人君子，還會欺壓善良人民，使得是非不分，黑白顛倒，價值觀念混淆，道義法理毀棄。北宋王安石重用呂惠卿、章惇等品行不端之徒推行新法，使得良法美意無法落實，令人惋惜！普天之下的為政者都應以此為殷鑑。

◎ 賞讀

〈顏淵〉第二二章，樊遲問知，孔子先答以「知人」，樊遲不了解，孔子又說：「舉直錯諸枉，能使枉者直。」樊遲退下了之後，見到子夏，拿「舉直錯諸枉，能使枉者直」請教子夏。子夏是這樣詮釋的：

> 富哉言乎！舜有天下，選於眾，舉皋陶，不仁者遠矣。湯有天下，選於眾，舉伊尹，不仁者遠矣。

子夏陳述了虞舜、商湯「舉直錯諸枉」的例子詮釋孔子的話，可謂知言。《孟子·公孫丑上》篇第八章記錄孟子的話：「尊賢使能，俊傑在位，則天下之皆悅而願立於期矣。」也可和本章互相闡發。舉用正直賢能之士，讓他們適才適所，展現其人品才學；就能使君子道長，小人之道消；就能撥亂返治，使國泰民安。如此「舉直錯諸枉」，自然使人民心服口服，而且還能延攬更多志之士，為國效命。

李延壽《北史·楊機傳》記載：北朝元暉任河南尹，拔擢「少有志節」的楊機，把一郡的政務都交給楊機處理。有人對元暉說：「您不親理政務，人民怎麼會信服呢？」元暉答道：「君子勞於求士，逸於任賢（求才須慎，故勞；任賢既專，故逸。），吾既委得其才，何為不可！」而楊機也不負所託，《北史》說他「方直之心，久而彌厲。奉公正己，為時所稱。」舉用正直賢能之士，則領導者可以省下許多時間，為國家與人民作更多的規畫，不只是安逸而已。

《戰國策·燕策》記載燕王噲將政權交付子之，三年，燕國大亂，人民都痛苦而怨恨，離心離德。這個例子可以說

明「舉枉錯諸直，則民不服」的道理。

李中孚《四書反身錄》說：「諸葛武侯有云：『親賢臣，遠小人，此先漢所以興隆也；親小人，遠賢臣，此後漢之所以傾頹也。』言言痛切，可作此章翼注，人君當揭座右。」其實所有的領導者都應該把孔子和諸葛亮的話揭之座右。

◎ 原 文

子貢問政。子曰：「足食，足兵，民信之矣。」子貢曰：「必不得已而去，於斯三者何先？」曰：「去兵。」子貢曰：「必不得已而去，於斯二者何先？」曰：「去食。自古皆有死，民無信不立。」（〈顏淵〉第一二‧七）

◎ 賞 讀

足食、足兵、與人民誠信相感，都是維繫國祚民脈的必要條件。若在承平時期，這三者都是不可或缺的。古代科技不像現代那麼發達，依憑傳統方式來足食、足兵，使民富國強，已是難能可貴的事。當然，天時不如地利，地利不如人和；而人和的基礎，就在於全國上下，以誠信相感召，同心一德，形成堅毅無比的精神力量。這是立國的要素。

現代科技昌明，農業、工業的生產，一日千里；先進武器的研發與充實，也是日新月異。只要政策無誤，國民勤奮，自能足食、足兵；自然「無恃敵之不來，恃吾有以待

之」。然而現代民主國家尤需以誠信立國。主政者必須「敬事而信」，必須「為民所信」，必須與人民「誠信交孚」！必如此，才能形成沛然莫之能禦的精神力量，搏凝億萬人民的信心，善用強大的經濟、軍事等力量，保國衛民，以雄立於斯世。這是我們研讀本章所應有的體認。

司馬遷史記晉世家記載周成王「桐葉封弟」之事，商君列傳記載商鞅「徙木立信」之事，可以和本章義理相印證。周成王曾削桐葉為珪，賜給他的弟弟叔虞，並說：「把這個封你。」「珪」是古代王者封諸侯的瑞玉。官員史佚於是請求選過吉日，立叔虞為諸侯。周成王說：「這是我和叔虞遊戲的話，怎麼能當真呢？」史佚說：「天子無戲言！天子說的話，史官都要記錄下來，而且要依禮實行的。」於是把叔虞封在唐這個地方。

秦孝公任命商鞅為左庶長，擬定了變法的政令。商鞅恐怕人民不信任他，於是在國都的南門樹立了一根三丈長的木頭，同時下令懸賞：「誰能將此木頭移到國都的北門，就賞給他千金。」大家都覺得很不可思議，沒有一個人敢去移動木頭。商鞅重申前令，並且把賞金提高為五十金。有一人移木於北門，商鞅賞了他五十金，以明不欺。如此昭信於民之後，商鞅才下令變法。十年之後，秦國道不拾遺，家給人足；人民勇於公戰，怯於私鬥。秦國終於成為富強的國家。

趙龍文在《論語今釋》一書中，主張民眾對於政府的信仰，政府對於人民的信用，大致有三項：其一是法信，政府制定法律，應該公平實行；其二是幣信，政府必須維持貨幣

的信用；其三是恩信，民眾有困難，遇災荒、流離失所時，政府應該加以賑濟。除此之外，政府或為政者在執法、行政、面對人民時，都應誠信不欺，才能孚於眾望，獲得人民的支持。

◎ 原文

齊景公問政於孔子。孔子對曰：「君君，臣臣，父父，子子。」公曰：「善哉！信如君不君，臣不臣，父不父，子不子，雖有栗，吾得而食諸？」（顏淵第一二・二）

◎ 析論

孔子告訴齊景公治國之道，在於君臣父子皆須盡其分。魯昭公末年，孔子前往齊國向他詢問為政治國的道理。由於齊景公怠惰政事，又多內寵，遲遲不肯立世子，再加上寵信大夫陳氏，造成陳氏專權，君臣、父子之間失去應盡的本分，國政日趨紊亂，所以孔子答以「君君，臣臣，父父，子子。」

景公當時對於孔子之說，非常贊成，也了解君臣、父子之間的倫理綱常如果失序，國家必然大亂，雖有糧食，也不可能安享。可惜景公未能反躬自省，國事聽任陳氏，放任陳氏專權。數世之後，遂篡齊國。足見孔子的話，確有先見之明。

事實上，不僅君、臣、父、子各有其所應盡之職，以此

類推，當醫生的要像個醫生，當店員的要像個店員，當學生的要像個學生，扮演什麼角色，都要稱職、守本分，一切自然上軌道，孔子這一番話，今日看來仍負積極意義。

賞讀

依據《史記》的記載，魯昭公二十五年，昭公討季氏不克，出奔齊。孔子適齊，當在此時，即齊景公三十一年。本章記載了景公向孔子問政的情形。

孔子的回答，是與齊國當時情況有關的。齊景公荒廢政事，又與佞臣親近，寵愛大夫陳氏，而陳氏一家，又沽名釣譽，結納民心，收田糧時，小斗糧入，大斗糧出。其時已有權勢抬頭的趨勢。再者，景公已年老，寵愛的妃嬪很多，兒子也很多，但又遲遲未立世子。世子未立，政權自然不穩，國本亦為之動搖。所以孔子回答以「君君，臣臣，父父，子子。」

可惜景公徒善孔子之言而不能用，後來立孺子荼，陳乞在景公初薨，即將孺子荼弒殺，而迎立公子陽生為悼公。到魯哀公十四年，孔子年七十二，返居魯國時，陳恆（田常）又弒其君齊簡公。〈憲問〉篇中載孔子沐浴而朝，告訴魯哀公，「請封之」。齊國亂機，孔子很早就識見，已經向齊景公說明，無奈景公不悟，未能聽用。（孔子此對，與晏子路寢之對同，可另參《左傳·昭公二十六年傳》）

按照名分，各盡其職，君像君，臣像臣，父像父，子像子，這應是情理之中、本分之內所當做的事。但現實情況有

時又不如此，為君的荒淫、暴虐，窮奢極欲；為臣的對上不忠不信，對下不仁不義；為父的沉緬酒色，棄家庭子女而不顧；為子女的任意打罵、遺棄父母，以此類推，如果醫生不像醫生，只知謀利；店員不像店員，態度傲慢，一問三不答；學生不像個學生，玩歲愒時，不努力用功……那麼這個社會、這個國家，還有救嗎？

有一句話說：「如果我們是橡樹，就以濃蔭覆罩大地；如果我們是小草，就為階前增加綠意。」卑微的小草和高大的橡樹，都在盡它們的本分去美化大自然，造福人群。我們人類何嘗不該這樣呢？當然也要站在自己的崗位上，扮演好自己的角色。是教師就認真教學；是公務員就奉公守法；是將士就保家衛國；是商人就流通貨物；是農人就努力耕作……。若能如此，自己可以問心無愧，活得心安理得，而國家的前途也才會光明美好。

◎ 原文

子路曰：「衛君待子而為政，子將奚先？」子曰：「必也正名乎！」子路曰：「有是哉，子之迂也！奚其正？」子曰：「野哉，由也！君子於其所不知，蓋闕如也。名不正，則言不順；言不順，則事不成；事不成，則禮樂不興；禮樂不興，則刑罰不中；刑罰不中，則民無所措手足。故君子名之必可言也，言之必可行也。君子於其言，無所苟而已矣！」（〈子路〉第一三・三）

◎ 析論

孔子教子路為政之道，首重正名。魯哀公六年（出公輒
四年），孔子由楚國回到衛國。那時衛靈公已薨，其孫出公
輒代立。他的父親蒯聵因得罪靈公夫人南子，流亡國外，請
求晉國派兵護送他回國，而出公輒藉祖父遺命，拒絕父親歸
國。父子為爭君位，竟動起干戈，真可謂父不父、子不子。
而出公正想任用孔子，孔子就此借題發揮，告訴子路正名的
重要。孔子從「名不正，則言不順」、「言不順，則事不成」
——推論下來，由名分不正，最後造成的後果，將使人民生
活不安。末了，孔子又補述：名必可言，言必可行，君子必
須出言謹慎。這等於教訓了子路。本章對師生二人精彩的問
答、子路出言直率的性格，和孔子正言斥責的語氣，都有相
當生動的描述，讀者可以善自體會。

◎ 賞讀

《論語》的記載，往往比較簡要；我們研讀本章必先了
解當年的情況、歷史的背景，方能知曉問題的所在。孔子五
十六歲離開魯國，所到的第一個國家即是衛國，當時衛國的
國君為衛靈公。孔子初次適衛，約居留了十個月，始行離
去。第二次到衛國，就是見南子的那一次，居留的時間很短
暫。而他在這次離衛之後，過曹，去宋，旅寓在陳、蔡兩
國，有五年之久；後來絕糧於陳、蔡，而至楚國。楚昭王本
來想封以書社之地七百里，但是令尹子西表示反對，又未能
實現。不久，昭王去世，孔子無法在楚逗留，又第三次到衛

國，孔子已六十三歲。此時，衛靈公已謝世，而太子蒯聵，出亡至晉國。衛國人本想立蒯聵之弟公子郢繼位，但公子郢卻說：「有亡人之子輒在。」太子雖不在，而有太孫輒在。結果還是立太孫輒繼君位。衛靈公少於孔子十二歲，死的時候只有四十七歲，他的孫子年齡自然很小；繼位為君時恐祇有八、九歲。《左傳》稱之為「出公」。孔子這次到衛國時，出公已即位四年。出公初即位，晉國的趙簡子即派兵護送蒯聵回衛，但為衛國所拒絕，趙簡子乃攻擊衛國鄰近晉國邊境的戚邑，奪取城池，將蒯聵暫時安置於戚，於是形成父子相持的局面。蒯聵非但不能返回衛國，衛國政府派遣部隊，聯合齊軍，進攻城地。孔子回到衛國，知道衛國人士分為兩派：一派是擁立出公的；另一派則嫌出公年紀過小，希望太子回來執政。孔子此時聲譽日隆；他的學生如子路、子貢等都在衛服公職；故在衛國朝野有舉足輕重之勢。衛國的兩派人士，都希望孔子發表意見；孔子的弟子也希望孔子表明態度。所以〈述而〉篇記載，冉有和同學共處時說：「夫子為衛君乎？」子貢就挺身出來說：「諾！吾將問之。」他進去見孔子，卻繞個圈子問道：「伯夷、叔齊何人也？」孔子說：「古之賢人也。」子貢說：「怨乎？」孔子回答道：「求仁而得仁，又何怨？」子貢已由此探測到孔子的態度，伯夷、叔齊兄弟相讓，是孔子所讚許的；如今蒯聵與出公，父子爭位，孔子怎麼會贊成呢？於是出來對同學說：「夫子不為也。」

　　本篇記載子路問：

「衛君想請您去執政，您有什麼條件嗎？」

衛出公年紀還小，怎能知道孔子之賢，而加以延攬呢？這還是因為擁戴出公的一派人士，想引孔子以自重；同時因子路在衛國的關係很好，如其連襟彌子瑕、內兄顏讎由，皆在衛國佔重要地位，所以勸子路出面邀請，而有此一問。但是孔子回答說：

「假如有這一回事，我一定要先正名分的。」

孔子對當時「君不君，臣不臣，父不父，子不子」的不正風尚甚為憂心，因此提出「正名」的主張。王向榮《論語二十講》就說：「此見明倫為為政之本。正名二字，是通章主腦，首二節言為政先正名；下因子路迂之，而詳示以名不正之弊害。言不順至禮樂不興，害之及於身也，刑罰以下至民無所措手足，害之及於民也，末又重申正名之主張，名必可言，則言之順無疑；言必可行，則事成而禮樂興，刑罰中，亦在其中。最後又總結曰：『君子於其言，無所苟而已矣！』則其綜核名實，不肯遷就苟同於人己上下之間，而至誤國誤民，固彰彰也。正名之見，果迂乎哉？方朴山云：『此夫子杜亂源之意，數「則」字正破一「迂」字。』」

即使在今天，「正名」仍然是十分重要的。有名無實，常是尸位素餐，占著茅坑不拉屎；有實無名，則又不能充分授權，盡展才能。《呂氏春秋‧審名篇》說：「夫名不當其實，而事多不當其用者，故人主不可以不審名分也。今有人於此，求牛則名馬，求馬則名牛，所求必不得矣；而因用威怒，有司必誹怨矣；牛馬必擾亂矣。為官，眾有司也；萬

物，群牛馬也。不正其名，不分其職，而數用刑罰，亂莫大焉！故名不正則人主憂勞勤苦，而官職煩亂悖道矣。」

　　從前一章及本章可以看出孔子對為政之看法，常因公卿大夫或弟子的發問，針對當時不同的情境，而有不同的回答；但為政先求正名，則是最重要的大原則。

二、孟子選

（一）生於憂患，死於安樂

◎ 原文

孟子曰：「舜發於畎畝之中，傅說舉於版築之間，膠鬲舉於魚鹽之中，管夷吾舉於士，孫叔敖舉於海，百里奚舉於市。故天將降大任於是人也，必先苦其心志，勞其筋骨，餓其體膚，空乏其身，行拂亂其所為：所以動心忍性，曾益其所不能。人恆過，然後能改；困於心，衡於慮，而後作；徵於色，發於聲，而後喻。入則無法家拂士，出則無敵國外患者，國恆亡。然後知生於憂患，而死於安樂也。」

◎ 題解

本文選自《孟子》。藉聖賢興起、國家存亡的事例，說明「生於憂患，死於安樂」的道理。首先舉歷史上著名人物，說明成大事業的人都歷盡艱辛磨鍊，論證人才造就於憂患中。接著指出人往往在過錯、逆境中得以進德修業，國家卻在安逸享樂中滅亡；並點出結論：在憂患中奮鬥進取則

生，在安樂中沉淪墮落則死。

◎ 作者

孟子名軻，字子輿，是戰國時代鄒國人。鄒國的舊址就在現在山東鄒縣東南方。他大約生於西元前372年到西元前289年之間。是孔子孫子子思（孔伋）的再傳弟子。他拒楊朱墨翟，辟農家許行，一生致力於發揚孔子的學術思想與政治主張，被稱為「亞聖」。

早年遊歷齊、宋、魯、滕、梁等國，見過梁惠王、齊宣王等君主。雖然受到了尊敬跟禮遇，可是因為被認為思想保守，不合當時潮流，沒有得到重用。只有滕文公曾經試圖推行他的政治主張，可是滕是一個很弱小的國家，朝不保夕，對於孟子宏偉的規畫，沒有能力全面性的去實施它。

到了晚年，孟子只好回鄉講學，和他的弟子萬章、公孫丑等，從事著書的工作，寫成了《孟子》七篇。篇次為〈梁惠王〉、〈公孫丑〉、〈滕文公〉、〈離婁〉、〈萬章〉、〈告子〉以及〈盡心〉。由於每篇的分量很多，又分成上、下兩篇，因此全書共有十四卷，孟子的言論和事蹟差不多都保存在這七篇之中。孟子在人性論和道德觀上，主張人性本善，仁、義、禮、智為人所固有；在政治觀上，貴王賤霸，提倡行仁義，反對兼併，主張以民為本；在義利觀上，重義輕利。《孟子》一書也是先秦散文的代表作，文章氣勢雄偉，論事析理，滔滔雄辯，詞鋒犀利，語言流暢，感情強烈真摯；善於運用淺顯、確切而生動的比喻和類推的邏輯方法，

充分反映了戰國時代雄辯家的氣概，對後代散文發展有很大影響。他提出「知言養氣」、「以意逆志」、「知人論世」之說，對後世文學理論批評亦頗有影響。在漢代，《孟子》一書有一定影響，但在《漢書‧藝文志》中列於諸子略‧儒家類。宋代，朱熹將《孟子》列入「四書」，地位由此昇入經部，並成為科舉考試的必讀書之一。《孟子》版本甚多，但主要的有《十三經注疏本》、朱熹《孟子集注》和今人楊伯峻《孟子譯注》等。

賞讀

　　本文主旨是「生於憂患，死於安樂」。文章一開始並未直接進入議題，而是先列舉歷史上六位著名人物的事例，每一位人物的事蹟只用一句話來概括，說明他們從卑微到顯貴，並成就一番豐功偉業的貢獻。孟子對此提出相當深刻的闡釋，他認為這是上天有意的磨鍊，在飽受憂患、備歷艱困之後，方能忍一般人所不能忍，擔一般人所不能擔的重責，最後終成大器。

　　緊接著論述一般人也是需在逆境中經受磨鍊，從「人恆過」到「而後喻」八句，即是針對一般人而言。一般人還未成為聖賢，自然難免犯過，初逢困境，心中鬱結，經過深思，然後奮起振作。他們從別人的不滿、怨怒之氣，察覺別人的辭色，於是心中有所警悟，從而知過、改過。因此雖原非聖賢，但假以時日也能發憤進取，有所作為。孟子繼而從反面假設，推論到治理國家，如果耽於安樂的環境，則往往

古典散文卷

群小當道，君臣怠懈，遭致國滅家亡。人生如此，國家的興盛衰敗亦是如此。最後得出結論：在憂患中能發憤圖強而得以生存，處於順境易沉湎於安樂而招致敗亡。

本文用了很多排比句式，說理透徹，讀來一氣呵成，淋漓痛快。而正反對比的論證，也使文章更有說服力，感染力，充分體現了孟子散文的風格：氣勢磅礡，感情充沛。

先秦對憂患意識或憂患精神論述最為深刻的思想家，就是孟子。「人之有德慧術知者，恆存乎疢疾。」（《孟子·盡心上》）孟子認為有的人之所以有很高的德行、智慧、本領、知識等，乃是因為他經常有災患的伴隨，所以「其操心也危，其慮患也深，故達」（《孟子·盡心上》）。由此，孟子深刻地認識到憂患對一個人乃至一個國家的重要性，從而認為憂患以生、安樂以死。

在本文裡，他先舉說舜、傅說、膠鬲、管夷吾、孫叔敖、百里奚等賢達人士最初都是生活在艱辛困苦之中，受到極大的打擊和屈辱，但他們卻能愈挫愈勇，從而使他們能在日後大有作為，或成為仁民愛物的帝王，或成為輔弼君王的賢臣，對國家、歷史文化有卓越深遠的貢獻。孟子進一步闡釋其因，認為虞舜、傅說等聖賢之所以飽經憂患，備歷艱困，是上天「將降大任於是人也」，必須接受的磨鍊。上天「苦其心志，勞其筋骨，餓其體膚，空乏其身，行拂亂其所為」（給人以困苦、饑餓、人貧困、疲乏、憂慮），這番肉體至精神的人生錘煉，其主要目的即是「動心忍性，曾益其所不能」。越是環境艱困，越是橫逆當前，就越能激發出潛藏

生命深處的能力與智慧。

　　緊接著孟子以一般人知過、改過的歷程來說明人需要歷經磨鍊，才能有所作為。他說「人恆過，然後能改」，是因為大多數的人都是學而知之，或是困而知之。一般人都有惰性，非經困難打擊，不知奮發圖強；平時安於現實，昧於自知，甚至驕矜自滿，自以為是，所以從犯錯中，看到別人的指責臉色，心中才有所警悟，像這樣不斷的「困於心，衡於慮」、「徵於色，發於聲」，雖然非聖賢之資，但是假以時日，也能有一番成就。個人人生固然是「生於憂患，死於安樂」，國家的興亡，也是同樣的道理。一個國家如果缺少堅持法度的世臣，缺少忠肝義膽、骨鯁端方的輔佐君主的賢士，必然是小人道長，日益沉淪。在國外，如果沒有強敵環伺，虎視眈眈，那麼這個國家便易滅亡。最後得出結論：在憂患中能發憤圖強而得以生存，處於順境易沉湎於安樂而招致敗亡。

　　孟子這種憂患以生、自強不息的人生精神，與他自承先賢、身任天下的人生精神是一致的，與《周易‧乾》表達的「天行健，君子以自強不息」的精神是一致的，與孔子「發憤忘食，樂以忘憂，不知老之將至」（《論語‧述而》）乃至是「知其不可而為之」（《論語‧憲問》）的樂觀、進取的人生精神，也是一致的。孟子「生於憂患、死於安樂」的認識，深刻地揭示了人生成長乃至是國家發展的特定規律。

　　本文用了很多排比句式，對於同一論題，多角度多層次地加以闡述，行文如江河直下，一瀉千里，說理透徹，使文

古典散文卷

章富有氣勢。多用短句，且句式整齊，讀起來琅琅上口。而正反對比的論證，也使文章更有說服力，感染力，充分體現了孟子散文的風格：氣勢磅礴，感情充沛。

在生命過程中，挫敗打擊或許殘忍，但那也正是人生風景最瑰麗美好的經驗。失去了一步一腳印的汗水，同樣也失去了品味生命的真實點滴，何況在奇峰險境裡的遭遇，可能也正是往康莊大道邁進的墊腳石，在我們無法預知的未來，如果有機會吃苦，不如當作是「吃補」，如果遇上困頓，也無須怨尤由人，也許通過考驗後，將會是柳暗花明又一村。

（二）循序漸進，專心致志

◎ 原文

（1）奕喻

今夫奕之為數，小數也；不專心致志，則不得也。奕秋，通國之善奕者也。使奕秋誨二人奕，其一人專心致志，惟奕秋之為聽。一人雖聽之，一心以為有鴻鵠將至，思援弓繳而射之，雖與之俱學，弗若之矣。為是其智弗若與？曰：「非然也。」

（2）揠苗助長

宋人有閔其苗之不長而揠之者；芒芒然歸，謂其人曰：「今日病矣，予助苗長矣。」其子趨而往視之，苗則槁矣。天下之不助苗長者寡矣。以為無益而舍之者，不耘苗者也。助之長者，揠苗者也。

非徒無益，而又害之。

⊙ 題 解

　　第一則以學下棋為例，說明做事情要專心一致。第二則以宋人揠苗助長的故事說明做事必須循序漸進，如果急於求成，勢必未蒙其利反得其害。這兩則都是以淺顯的事例來論說深刻的道理，可說是言近而旨遠，屬於寓言方式的撰寫。寓言採用故事或小說的形式來諷喻世人，達到諷勸諫戒的目的。為了使人易於接受並提高諷喻的功效，經常將主題藉由生動有趣的故事呈現出來。如果改用直接的議論，雖然是同樣的用意，卻可能使讀者有刻板說教的感覺，效果必然不大，寓言則能兼顧故事的情節安排及趣味性，扼要而強烈呈現主題。中國文學中有不少寓言，已被提煉成約定俗成的成語典故，千年來一直被人們廣泛使用。例如。畫蛇添足、守株待兔、三人成虎、狐假虎威、鷸蚌相爭、賣櫝還珠、掩耳盜鐘（後改為掩耳盜鈴，見《傳燈錄》）、井底之蛙、東施效顰、刻舟求劍、唇亡齒寒、葉公好龍、愚公移山、揠苗助長、朝三暮四、南轅北轍、一傅眾咻、望洋興嘆等。

⊙ 賞 讀

　　戰國時代，百家爭鳴，游說之風，十分盛行。一般游說之士，不但有高深的學問、豐富的知識，尤其是以有深刻生動的比喻，來諷勸執政者，最為凸出，他也是當時的著名辯士。本文所選二則短文都是以淺顯而生動的故事寄託了深刻

的道理。

第一則選自《孟子‧告子篇》。本文為節選，省略以下這一部份：孟子以「無惑乎王之不智」來發端，孟子對齊王的昏庸，作事沒有堅持性、輕信奸佞讒言很不滿，便不客氣的對他說：「王也太不明智了，天下雖有生命力很強的生物，可是你把它在陽光下曬了一天，卻放在陰寒的地方凍了它十天，它哪裡還活著成呢！我跟王在一起的時間很短的，王即使有了一點從善的決心，可是我一走，那些奸臣又來哄騙你，你又會聽信他們的話，叫我怎麼辦呢？」這裡他先以「一暴十寒」為比喻。

本文所選為孟子繼續打了一個生動比喻的部分。他說「下棋看起來是件小事，但假使你不專心致志，也同樣學不好，下不贏，奕秋是全國最善下棋的能手，他教了兩個徒弟，其中一個專心致志，處處聽奕秋的指導；另一個卻老是怕著有大天鵝飛來，準備用箭射鵝。兩個徒弟同是一位師傅教的，一起學的，然而後者的成績卻差得很遠。這不是他們的智力有什麼區別，而是專心的程度不一樣啊。孟子強調學習不如人的原因，並不是資質比人差，成敗勝負的關鍵所在，常是專心與否，能否持之以恆。

這是一個很有教學意義的故事，我們要學習一樣東西、做好一件事情，非專心致志、下苦功夫不可。若是今天做一些，把它丟下了，隔十天再去做，那麼事情怎樣做得好呢？後來的人便將孟子所說的「一日暴之，十日寒之」精簡成「一暴十寒」一句成語，用來比喻修學、做事沒有恆心。

　　本文第二則原是孟子對公孫丑提出的「敢問何謂浩然之
氣？」的問題所作回答的一部份。孟子說浩然之氣很難講清
楚，它既廣大又剛強，如果用正當的方法培養它，不妄加殘
害，就能充塞在天地間。這種氣是配合著正義和天理的，而
且是由正義的長久累積才產生，可不是只憑偶然的善行義舉
便能獲取。孟子進一步以「揠苗助長」的故事來強調：培養
浩然之氣必須時時進行，但不可急切求速效，像那愚昧的宋
國人一般，做出異想天開的傻事來。然後孟子指出那些認為
養氣沒有好處因而放棄的人，好比是不肯努力耕耘的懶人。
孟子以「揠苗助長」這個故事來比喻急切躁進、強求速效的
結果是愈速不達，反受其害。用虛構的故事作比喻，以說明
道理，甚至諷刺一些不合理的現象，這就是寓言了。這故事
先敘述一個宋國的農夫，老是擔心他田裡的禾苗長不快，於
是花的好大功夫，費了好大力起，把禾苗一株一株地拔高，
好讓它看起來可以快快地長大。他做完這些工作，累的半
死，回家把這事跟他兒子說了，他兒子趕到田裡一看，禾苗
全枯死了。

　　這則寓言很短，故事卻很完整，告訴我們做人行事不能
急切強求，違背客觀的定律，如同種植莊稼，不能違背自然
規律去做助長的傻事，只能在平時努力耕耘，讓禾苗自然地
長成。

　　這故事看起來有些荒謬，也許有人會這麼說：天下哪有
這麼傻的人？可是孟子卻認為：「天下之不助苗長者寡矣。
以為無益而舍之者，不耘苗者也；助之長者，揠苗者也。非

徒無益，而又害之。」不錯，天下笨到真去「揠苗助長」的
農夫大概不會有，但是在其他的事情上會做出類似於「揠苗
助長」的舉動的人絕對不少。有些人慣會偷懶、取巧，妄想
不勞而獲，坐享其成，這可以說是「不耘苗」的人；而有些
人太過急切，一心想追求速成，不願意按照一定的程序、漸
進的步驟，作什麼事都想一蹴而及，「坐直昇機」，「跳三
級跳」，結果常常欲益反損，不但不能如其心意，甚至還要
大大壞事，就像寓言中的農夫，不但不能使禾苗真正的長
高，反倒把禾苗給弄得枯死了。

　　孟子的這一則寓言，生動而精警地把人心中因急切求成
而如實暴露的愚昧，深刻的呈現出來，文字精鍊有力，又具
有豐富的啟示與相當的普遍性，所以不僅僅是一個荒謬好笑
的故事而已，它值得人人反思與檢討。

（三）人性本善

◎ 原文

（1）人皆有不忍人之心

　　孟子曰：「人皆有不忍人之心。先王有不忍人
之心，斯有不忍人之政矣。以不忍人之心，行不忍
人之政，治天下可運之掌上。

　　所以謂人皆有不忍人之心者，今人乍見孺子將入
於井，皆有怵惕惻隱之心。非所以內交於孺子之父母
也，非所以要譽於鄉黨朋友也，非惡其聲而然也。

由是觀之，無惻隱之心，非人也；無羞惡之心，非人也；無辭讓之心，非人也；無是非之心，非人也。惻隱之心，仁之端也；羞惡之心，義之端也；辭讓之心，禮之端也；是非之心，智之端也。人之有四端也，猶其有四體也；有是四端而自謂不能者，自賊者也；謂其君不能者，賊其君者也、

凡有四端於我者，知皆擴而充之矣，若火之始然，泉之始達。苟能充之，足以保四海；苟不充之，不足以事父母。」（〈公孫丑〉上·六）

◎ 題解

孟子勉人擴充其四端，即足以保四海而王天下。本章是孟子闡述「性善論」基本理論的一章。他認為人性皆具有善端，人生一切善行，國家一切善政，皆此四善端擴而充之的結果。若善端盡失，則無禮無義；無禮無義，則與禽獸何異？人性的完成，道德的完備，在於後天不斷的持養擴充。所以善端雖小，如能推擴充實之，以仁善之心行仁善之政，則見民之凍餒罹災患，必然憐恤之、振救之、保愛之，這即是不忍人之政。人世間一切有益人類之偉大功業，其起源可說不外是一點善端，但能擴而充之，則世人並受其福。

星星之火，可以燎原，涓涓之水，可以成河。這裡孟子以泉火為喻，極寫了擴充之後，日新又新不能自己的情形。

至於善端的擴充，可以從兩層面來說：就個人來說，能擴充善端，從事於個人的修養，就可以做到富貴不能淫、貧

賤不能移、威武不能屈的大丈夫，這是獨善其身的表現。就國家來說，從事於人群的服務，就可以推行王政，功至於百姓，而保安四海之民。所謂「老吾老以及人之老，幼吾幼以及人之幼，天下可運於掌」，這是兼善天下。

其實，不僅政治上要以不忍人之心行不忍人之政，我們平時生活也應該時時有惻隱的仁心，隨時替人設想。眾人總愛說現今社會的諸多亂象，多所感慨，如果我們深一層探究，是不是由於大部分人都沒有擴充這一分不忍人之心呢？

◎ 賞讀

孟子以為人性本善，這性善說便是孟子學說理論的核心，其行為哲學、教育哲學及仁政學說，都是根據此性善學說推衍而來。孟子的性善說立論於人具有四種善端，這四端有如人的四肢，是生而具有的，不是後天外加的。而這四端也就是不學而能、不慮而知的「良知」「良能」。不過孟子雖然主張仁義禮智四端，乃人本心所固有，但人之所以不純乎善，或化而為惡者，往往是因後天為物慾所蔽或受不良環境的影響，而喪失善心。因之，孟子以為人必須存養善心，擴充善端，這樣才能挽救人心的陷溺，建立王道的政治。清人陳澧《東塾讀書記》上說：「孟子道性善，又言擴充。性善者，人之所以異於禽獸也。擴充者，人皆可以為堯舜也。人能充無欲害人之心，而仁不可勝用也。人能充無穿窬之心，而義不可勝用也。人能充無受爾汝之實，無所往而不為義也。此三言充，即擴充之充也。充實之謂美，亦即擴充之充

也。此外擴充之義，觸目皆是。親親敬長達之天下，擴充也。推恩而保四海，擴充也。」陳氏之說甚是，

人的善端甚微，必須經過自覺反省，始能使人的德行圓滿無缺。

惻隱之心等都只是善端，並非善的完成，善的完成還需以實際行動去實踐。人最怕的是萬一此心喪失，麻木不仁，無從感受別人的遭遇、痛苦，那就是「非人」了。麻木和不仁可說互為表裡，如果我們對人漫不在意，對社會病象麻木，就會被盲目的自私所支配。反之，能擴充善端，從事於個人的修養、人群的服務，就可以推恩足以保四海。

劉向《說苑》有一則〈叔敖埋蛇〉的故事，這是大家耳熟能詳的，當時相傳看到兩頭蛇的人會死，孫叔敖看到兩頭蛇後，因怕別人也看見，遭受跟他一樣的命運，於是把蛇打死埋起來。看到兩頭蛇會死，當然只是傳說中的迷信，孫叔敖不可能因此而死，他成年後，做了楚國的令尹，但由於他的不忍人之心（惻隱之心），從小就肯替別人著想，在他還沒到任治理政事的時候，楚國的百姓就已經相信他是一位愛民的仁官了。史上堯舜禹湯文武等聖君賢主，本著「人饑己饑，人溺己溺」，保民如保赤子的精神，發政施仁，以仁德治理天下，所以受天下百姓愛戴，

治天下自可運之掌上。相反地，國君如只顧本身物慾享受，對人民苦痛棄之不顧，

人民必然怨聲載道，民心浮動不安，自然不能得民心，暴政終必要覆滅。

　　其實，不僅政治上要以不忍人之心行不忍人之政，我們平時生活也應該時時有惻隱的仁心，隨時替人設想。清人顧仙根〈買僕〉詩：「我家得一僕，人家失一子。同是父母心，還當慎驅使。」晉人陶淵明替兒子僱用童僕時亦交代兒子說：「此亦人子也，可善遇之！」雖寥寥幾句，卻充滿了替人著想的高貴同情心。很多事我們能做的就應自己動手，如果花錢僱人來幫忙，使喚時也應該有分寸。不知謙虛辭讓的人，一切都以自我為中心，狂妄自大，根本不把別人放在眼裡，又怎麼會去敬重他人呢？以開車為例，如果駕駛能謙虛禮讓，尊重行人，不搶黃燈、闖紅燈，那麼自然交通有序，人與人之間也就能謙沖而和善。

　　就分辨是非、行己有恥來說，很多人不願庸庸碌碌過一輩子，總希望在最短時間創造一番事業，但如為了達到目的，不擇手段，甚至厚顏鮮恥，不惜貶低人格、出賣，悖離常軌，則榮華富貴可迅速迷亂他的心志，改變他的節操，失去辨別大是大非的智慧，迷失了本有的羞恥之心。試觀古今，能成就一世英名，供後人景仰的志節之士，有哪一位不是在眾生忙於逐利，失卻羞恥之心時，獨能擇善固執，走出一片屬於自己的天地？今日知識水準普遍提升，讀書即在啟發是非之心，我們應從中汲取良善言行，以期臻於善境。

　　孟子說如果不能保有善端、擴充善端，那便不足以事父母。看看那玩命的飆車手，如能替父母想想，萬一這一飆失了手，丟了寶貴生命，白髮人送黑髮人，多麼悲慘、不孝！喜好賭博的人，為父母親人想一想，若是輸了，傾家蕩產，

身敗名裂，父母生活何依何靠？搶劫綁架的想一想，一旦失風被捕，身繫囹圄，父母蒙羞，為了須臾之快，換來永劫之痛，這豈值得？

原文

（2）良知良能

孟子曰：「人之所不學而能者，其良能也；所不慮而知者，其良知也。孩提之童，無不知愛其親者；及其長也，無不知敬其兄也。親親，仁也；敬長，義也。無他，達之天下也。」（盡心上·一五）

題解

孟子言愛親敬長，乃人之良知良能，欲人擴充而達於天下。四端是孟子性善說的基礎，是人與非人的區別所在，與四端相應即是仁義禮智四種道德。然則四端從何而來？依孟子所言，四端有如人的四肢，是生而具有的，不是後天外加的。本章所說的不須經過後天學習、思慮的天賦的本能（良能良知），亦即孟子性善說裡的四端。這是善的萌芽，還不是善的完成，善的完成有待後天的擴充。

儒家肯定人與人之間必有某種適當關係，再由此界定倫理上的道德規範。人與人之間的關係，最直接的是家庭中的親子關係與手足關係，這兩種關係正是「孝」與「悌」的基礎。孟子此章特別說明孝悌是每一個人的良知良能，是不經學習就能行，不經思慮就能知的。小孩子的生命經驗極為單

純，完全依賴父母的照顧和兄長的呵護成長，所以等到年齡稍長，自然對父母孝愛，對兄長尊敬。行孝守悌，可說是十分自然的事，並不須絞盡腦汁去學習，有子曾說：「孝弟也者，其為人之本與？」人如蒙蔽本心，不孝不弟，必然無法立身處世，反之，如果人人都能擴充這種良知良能，那麼親子關係自然和諧圓滿，社會自然和諧安定。

◎ 賞讀

　　本章談到「良知良能」，表現了孟子對人性的基本觀點。良知與良能是不能分開來看的，知與行是一件事。良知之知是一種直覺之知，是不待思辨而直接明覺的，所以見父兄知孝弟，即是良知。良知一旦呈現，便一定會引發道德的行為，因良知本身便有沛然末之能禦的要求實現的力量，這力量便是良能。任何人的本心皆可呈現，如小孩見父母而知孝愛，見兄長而知友悌，孝弟之心一呈現，便有種種孝的行為，這是且知且行、即知即行。所以任何人都有實踐道德的能力，人如不實踐道德，是不為也，非不能也。何以如此呢？

　　人類的生命來自父母，而人類的幼稚期較一般動物為長，小孩的生命經驗又極為單純，必須靠父母的養育提攜，兄長的呵護，才能長大成人。看那蹣跚學步，一不小心，摔了碰了，輕則留疤破相，重則落下殘疾，小孩就在這跌跌撞撞、磕磕碰碰中，依恃父兄的扶持照顧長成。這種生理上的長期依賴，必然在心理上形成影響，對於父母兄長產生自然的關懷與情感。等到年齡稍長，自然愛其親敬其兄。

　　南宋陸九淵發揮孟子心性學說，創心學，明中葉王陽明進一步建立心學體系，陸王心學成為宋明理學說中一大學派。他們都談良知良能，王陽明本孟子良知良能之旨，倡「致良知」之說，並認為一生講學，只是「致良知」三字。其說對近代中國、日本明治維新都有其影響。他在《傳習錄》中說：「蓋良知之在人心，亙萬古，塞宇宙。」

　　孝悌這美德，由於歐風美雨的影響，和社會結構的改變，以及父母對子女的溺愛放縱，社會上一些弒殺父母、兄弟鬩牆之事，手段之烈似乎遠勝於昔日，人世間充滿許多人為的不善，有時善性良德於人事也起不了大作用，但這不是人性有善有惡，不是孟子之說有問題，而是本有的良知良能未能存養擴充的緣故。

（四）耳目之欲，有命焉；仁義禮智，有性焉

◎ 原文

　　孟子曰：「口之於味也，目之於色也，耳之於聲也，鼻之於臭也，四肢之於安佚也，性也，有命焉；君子不謂性也。仁之於父子也，義之於君臣也，禮之於賓主也，智之於賢者也，聖人之於天道也，命也，有性焉；君子不謂命也」（〈盡心〉下‧二四）

◎ 題解

孟子勉人不可以耳目口鼻等嗜欲為滿足，當努力追求仁義禮智方面之滿足。

孟子雖然承認生理官能種種欲求是人性，但他並不以之為性。因為人本身是有限的存有，人如無節制追求物欲的滿足，便將使自身形軀盲聾發狂。而物欲的滿足，是求之在外，未必是求則得之，亦非人生價值所在，所以有道德修養的君子，不會以生命自然之性為性。

仁之於父子數句，則說明了仁義禮智及天道之在父子、君臣、賓主、賢者及聖人中的表現是會有其限制的。父子之間有仁，方成其為父子，但有時子孝，父未必慈，如舜之純孝，偏遇瞽瞍之不慈。君臣必須以義合，君臣之間有義，方成為君臣。但忠臣未必得明君，如比干至忠，卻偏逢至暴的商紂；賓主相處，必須以禮，但以禮待賓，賓未必以禮相報，以禮待主，主也未必以禮相待。賢者必須有智，但賢者之智，常有其蔽，如晏嬰以智聞於當世，卻不知孔子。聖人之所以為聖，在於能體現天道，但有限的生命，又怎能完全體現天道的無限意義呢？這些使人感到無可奈何，但君子明知其中種種限制，卻不會因此而推諉放棄。這顯示出順生理欲求之奔馳，並非人生價值所在，同時強調了人本有的內在德性價值的無限，提供了我們一條人生之正路。

◎ 賞讀

口之甘美味，目之好美色，耳之樂音聲，鼻之喜芬香，

四肢之思安佚，是性。但這性，並非孟子所說性善之性，而是生理慾望之性，是氣質之性，而非義理之性。徐復觀先生在《中國人性論史上》說：「孟子不是從人身的一切本能而言善性，而只是從異於禽獸的幾希處言性善。幾希是生而即有的，所以可稱之為性；幾希即是仁義之端，本來是善的，所以可稱之為性善。因此，孟子所說的性善之性的範圍，比一般所說的性的範圍要小。」其說甚是。《孟子》一書所說之性，當是指人與禽獸所異之性，至若人的耳目之欲，孟子但稱有命焉，而不謂性也，惟有惻隱、羞惡之心，孟子始稱之為性。何以如此？異於禽獸之幾希，表示了人之所以為人的特性，其實現又可以由人自身作主，但生而即有的耳目之欲，當其實現時，須有待於外，並且不能自己作主，於是改稱之為命，而不稱之為性。

人本身是有限的存有，人如無節制追求物欲的滿足，便將使自身形軀盲聾發狂。而物欲的滿足，是求之在外，未必是求則得之，亦非人生價值所在，所以有道德修養的君子，不會以生命自然之性為性。人之於父子數句，則說明了仁義禮智及天道之在父子、君臣、賓主、賢者及聖人中的表現是會有其限制的，君子雖知其中種種限制，但不會因此而推諉放棄。

所以有德的君子，不論其父是否對他慈愛，他一定以孝事父；不論其君是否對他有禮，他一定以忠事之；不論他為賓或為主，他一定以禮待人，而不問別人是否回報他；他他雖知賢者難免有其蔽，但不會因而不去求知，不希望自己成

為賢者；他雖知德行圓滿的聖人，也很難完全體現天道，但他一定精誠不已以求入於聖域。這是義理之性，和前面所說自然之性是不同的，前面之性，君子不會求其滿足，但道德之性是人本心所不能已的，君子即使明知有其限制，也不會因而不肯從事，反而以精純不已的生命努力去實踐。本章可說深刻闡釋了德性主體的自身有絕對的價值，及人生意義與尊嚴之所在。

（五）乃若其情，則可以為善矣

◎ 原文

　　公都子曰：「告子曰：『性無善無不善也。』或曰：『性可以為善，可以為不善。是故，文武興，則民好善；幽厲興，則民好暴。』或曰：『有性善，有性不善。是故，以堯為君，而有象；以瞽瞍為父，而有舜；以紂為兄之子，且以為君，而有微子啟、王子比干。』今曰『性善』，然則彼皆非與？」

　　孟子曰：「乃若其情，則可以為善矣，乃所謂善也。若夫為不善，非才之罪也。惻隱之心，人皆有之；羞惡之心，人皆有之；恭敬之心，人皆有之；是非之心，人皆有之。惻隱之心，仁也；羞惡之心，義也；恭敬之心，禮也；是非之心，智也。仁義禮智，非由外鑠我也，我固有之也，弗思耳

矣。故曰：求則得之，舍則失之。或相倍蓰而無算者，不能盡其才者也。《詩》曰：『天生蒸民，有物有則；民之秉夷，好是懿德。』孔子曰：『為此詩者，其知道乎！』故有物必有則，民之秉夷也，故好是懿德。」（〈告子〉上‧六）

◎ 題解

　　孟子謂善性是人所固有，仁義禮智，自根於心，求則得之，舍則失之。本章旨在證成善性為人所固有。與孟子同時，討論性的善惡問題的，除了告子的「性無善、無不善」之外，據公都子所說，還有「性可以為善、可以為不善」與「有性善、有性不善」兩說。前者舉「文、武興，則民好善；幽、厲興，則民好暴」為證；後者舉「以堯為君，而有象；以瞽瞍為父，而有舜；以紂為兄之子，且以為君，而有微子啟、王子比干。」為證。孟子則抱持「性」本來是善的，是人人皆具有的。只要追尋它，就能為善；如果放棄它，就為不善。追尋與放棄，都是後天的作為，與先天的稟賦是無關的。

　　他認為惻隱之心、羞惡之心、辭讓之心、是非之心，此「四端」是性善之本源，而「四端」所繫的仁、義、禮、智，就是人在生活中具體的行為表現。有此四端，人便成其為人。有惻隱之心，便能仁愛憐恤；有羞惡之心，便知禮義廉恥；有辭讓之心，便會恭敬謙讓；有是非之心，便曉去取正誤。假使失去了這四端之心，便與禽獸無異，孟子直斥為

「非人」也。

善性雖人所固有，但人在環境影響之下，在種種情況之下，可能一時迷失、犯過，甚至為惡，而人世間也存在許多人為的不善，如據孟子人性本質之善來看，

這是善性一時被蒙蔽。人如能努力持養擴充此善性，便能成聖成賢，反之，則為盜為奸，這不是本性有所不同，而是不能時刻警醒以盡其性的緣故。所以我們實在沒理由推諉我無此善性不能為善。

◎ 賞讀

春秋時期，已初步提出人性問題，但到戰國時期才展開討論。本章以公都子述告子等所持性「性無不善」、「可善可不善」、「有善有不善」三說明其是非，證成善性為人所固有，最後並引《詩》及孔子之言，以明人性本善之說，以為民皆自然愛好美德，秉持彝常而行。

公都子所舉當時三種和孟子不同的性論之說：第一種是告子的性無善無不善說，善不善都是後天所習染，不是本性，性本身無所謂善惡。第二種主張可以為善、可以為惡。說性本無善惡之分，但含有為善或為惡的可能性在內。所以周文王在上，人民便習於為善；周幽王、厲王在上，百姓便染於凶暴，此言人有可塑性。第三種說法是認為性有善有不善，這是說性本具善惡二元，即有些人天生是善的，有些人天生是惡的，這是命定不能改的，所以「以堯為君而有象」，這是「有性不善」；「以瞽瞍為父而有舜，以紂為兄

之子，且以為君，而有微子啟、王子比干」，這是「有性善」。

　　孟子則認為人性本善，仁義禮智如同人與生俱來的四肢一樣，人之所以不善，是因為心無節制，縱肆失度，不知操持存養，擴而充之，遂為外欲所引誘，心為形所勞役，終至喪失了本有的善心。今日社會上許多殘暴劣行，諸如殺人、搶劫、強暴、走私、偷竊等等案件，沒有一天停止發生過。這些犯案的人，目無法紀，放肆妄為，不是被金錢所奴役，就是被慾望所征服。善良的本心，早已拋到九霄雲外，還有甚麼事做不出來呢？求則得知，舍則失之，不知尋回本心，沈溺罪惡之中，被刑受辱，實在值得警惕。

三、魏晉南北朝文選

（一）桃花源記　　陶潛

◎ 原文

　　晉太原中，武陵人，捕魚為業，緣溪行，忘路之遠近。忽逢桃花林，夾岸數百步，中無雜樹，芳草鮮美，落英繽紛，漁人甚異之；復前行，欲窮其林。林盡水源，便得一山，山有良田美池桑竹之屬，阡陌交通，雞犬相聞。其中往來種作，男女衣著，悉如外人；黃髮垂髫，並怡然自樂。見漁人，乃大驚，問所從來，具答之，便要還家，設酒殺雞作食，村中聞有此人，咸來問訊。自云先世避秦時亂，率妻子邑人，來此絕境，不復出焉；遂與外人間隔。問今是何世，乃不知有漢，無論魏、晉。此人一一為具言所聞，皆歎惋。餘人各復延至其家，皆出酒食。停數日辭去，此中人語云：「不足為外人道也！」既出，得其船，便扶向路，處處志之。及郡下，詣太守說此。太守即遣人隨其往，尋向所志，遂迷不復得路。南陽劉子驥，高士也，聞之，欣然規往，未果，尋病終。後遂無問津者。

題　解

　　本文選自《靖節先生集》。原題是〈桃花源詩并記〉，〈桃花源記〉是〈桃花源詩〉的序言。「詩」和「記」在體裁、內容、寫法上都各有特點。「詩」是以詩歌形式寫出那傳聞的體會和感想，「記」是以散文形式繼續關於桃花源的傳聞故事，既相關又可相對獨立成篇的作品。因「記」有生動的故事，完整的結構和完美的表達形式，比詩流傳更廣泛，更為人們所喜愛，後來還有人因之將題目標為〈桃花源記并詩〉。

　　陶淵明生於晉、宋易代之際，官僚士子迎合投機，驕侈淫佚，賦稅徭役繁重，人民生活痛苦，處在這動蕩不安的時代，他的抱負無法實現，加上個性耿介，不願卑躬屈膝攀附權貴，遂與世多忤。他自忖無力挽狂瀾，於是歸隱田園，躬耕自給，借詩文以抒發心情。本文即是以寓言筆法刻畫一個理想的美好社會，寄託其高尚脫俗的人格，以桃花源的美好世界，對照作者對污濁黑暗社會的鄙夷。

　　桃花源應是陶淵明假想一理想之樂土，以慰己懷，非真有其地。後人多有附會之說：在湖南省常德縣西南部，有一桃源縣。桃源縣西南，有一座山，名曰桃源山，離桃源縣有十里。山西北，為沅水曲流之地。山南邊，另有一座山，名障山。山東邊，有一溪流，名曰沙羅溪。山周圍有三十二里。據云桃花源洞即在此桃源山下之下。洞口今有碑堵之，上題「古桃花壇」四字。又相傳桃源洞口有劉禹錫所題「桃源佳致」碑石。多數人認為桃花源不是紀實，而是寓言。洪

邁《容齋三筆》（卷十）說：「予竊意桃源之事以避秦為言，至云無論魏晉，乃寓意於劉裕，託之於秦，借以為喻耳。近時胡宏仁仲一詩，曲折有奇味，大略云：『靖節先生絕世人，奈何記偽不考真？先生高步窘末代，雅志不肯為秦民。故作斯文寫幽意，要似寰海離風塵。』其說得之矣。」亦指陶淵明的〈桃花源詩并記〉，非紀實，而是寓言，所寓之言，既有對東晉現實之不滿，也有對劉宋篡晉的憎嫌，遂有想超脫現實社會，追求超乎塵囂之外的純樸社會——桃源世界。

◎ 作者

陶潛，字淵明（入宋後改名潛。據宋吳仁傑、王質二家所撰年譜考證），一字元亮，自號五柳先生。（陶淵明的名、字，大致有以下幾種不同的說法：蕭統〈陶淵明傳〉說：「陶淵明，字元亮。或云潛字淵明。」沈約《宋書‧隱逸傳》說：「陶潛，字淵明，或云淵明字元亮。」房玄齡等晉書隱逸傳只說：「陶潛，字元亮。」李延壽《南史‧隱逸傳》則說：「陶潛，字淵明，或云字深明，名元量。」蓮社〈高賢傳〉作：「陶潛，字淵明。」）

晉潯陽柴桑（今江西九江縣西南）人。有關陶淵明的年壽，異說頗多。宋人張縯謂陶淵明七十六歲，見李公煥《陶集箋注》；梁啟超〈陶淵明年譜〉主五十六歲；古直〈陶靖節年譜〉謂五十二歲；逯欽立〈陶淵明行年簡考〉謂五十一歲。今人郭銀田曾逐一詳加考辨，認為無法成立，故此處仍

採傳統說法。據蕭統《陶淵明傳》、沈約《宋書‧隱逸傳》說他卒於（宋文帝）元嘉四年（西元427年），年六十三；顏延之〈陶徵士誄并序〉、蓮社〈高賢傳〉（漢魏叢書本）、李延壽《南史‧隱逸傳》等只說他卒於元嘉四年，未說年壽多少；房玄齡等《晉書‧隱逸傳》說他卒於宋元嘉中，十年六十三。沈約、蕭統上距淵明之歿不過數十年，他們的記載早，應該較可信。據沈、蕭二人說法上推淵明生年，當在：東晉哀帝興寧三年（西元365年）。

淵明是晉大司馬（掌管軍事的最高長官）陶侃的曾孫，祖父茂，曾任武昌太守，外祖父孟嘉亦是東晉名士。但到陶淵明時，家世已衰落，他學問淵博，善於屬文。蕭統〈陶淵明傳〉說：「淵明少有高趣，博學善屬文，穎脫不群，任真自得。嘗著〈五柳先生傳〉以自況，時人謂之實錄。」可見當時的人不但認為文中所述（不慕榮利、好讀書、常著文章自娛、潔身自愛、安貧樂道等）是陶淵明的自況，並且相信這是非常真實的紀錄。

陶淵明少年即有高尚情操，厭惡當時政治社會的腐敗，不願為官。但因親老家貧，斷續出任江州祭酒、鎮軍參軍、建威參軍等小官。四十一歲時任彭澤（今江西湖口縣東）令，其時郡督郵（郡的佐吏，以巡察屬縣等事為職）來縣，縣吏要他束帶迎接，以示敬意，他說：「我不能為五斗米折腰向鄉里小兒！」，即日解印綬去職歸隱，只做了八十幾天。此後一直隱居在柴桑，過著窮困的耕讀生活。一生高風亮節，固窮自守。卒後，友好私諡為靖節，世稱「靖節先

生」。

　　陶淵明為人正直，人格高尚脫俗。其詩、文均自然質
樸，內容真切，淳厚有味，表現出真率、守志不阿的耿介性
情。現存詩歌一百二十餘首，散文六篇，詞賦二篇，其中描
寫田園生活的詩歌，唐、宋之後，更見重於世，譽為田園詩
人、隱逸詩人之宗（鍾嶸《詩品》卷中宋徵士陶潛詩條）。
通常大家都認為陶淵明是一位隱士，很容易誤以為其人生態
度是消極的，事實上，他只是厭惡當時虛偽腐化的政治和社
會環境，不願同流合污，他的人生理想是積極而嚴肅的。他
否定了現實社會中要求富貴榮華的價值觀念，而堅持過他認
為具有真正價值的精神生活，甘於忍受物質環境的壓力，亦
不願放棄自己的理想，可說具有極高的道德勇氣，非頹廢消
極之人所能做到。

　　《陶淵明集》版本很多，南宋蔡寬夫《詩話》曾說：
「淵明集世既多本，校之不勝其異，有一字而數十本不同
者，不可概舉。」今所見各家注疏，所依據的版本都不完全
相同。本文所據為清陶澍所編《靖節先生集》。

◎ 賞讀

　　本文以漁人的行蹤為線索，表面上是以漁人為敘事焦
點，主旨卻是現實世界之外的桃花源，展現了陶淵明對人間
理想樂土的嚮往：一個耕桑自給、世風淳樸、生機盎然沒有
戰亂侵擾的社會。

　　全文分為三段。首段敘述時間、地點、人物，漁人發現

桃花林。第二段記漁人在桃花源之中的見聞，是全文的主
體，也是陶淵明記寓的關鍵所在。末段寫漁人出了桃花源之
後，數人試往而不得路徑的情況，是故事的餘緒，但卻寫得
一波三折，撲朔迷離，除了增強故事的藝術效果，也暗示了
讀者：桃源美好境界固然令人心馳神往，但在當時現實社會
中是難以企及的，這不過是作者構想的理想社會模式。

　　本文語言樸素自然，渾厚有味，文章層次分明，虛實相
生，引人入勝，在六朝文中別具一格。閱讀時宜掌握以下各
點：

一、曲折回環，層次分明

　　陶淵明寫桃花源並非開門見山，單刀直入，而是迂迴曲
折，從漁人忽逢桃花林美景、甚「異」之，於是慢慢引出桃
花源令人驚異之處，可謂曲徑通幽，柳暗花明。讀者也不知
不覺跟著漁人神遊洞天福地，領略桃花源神異美妙的世界。
陶淵明此處描寫極有層次，先寫自然環境的大體輪廓：村落
外觀質樸無華，但規劃整齊，充滿秩序與和諧的美感。細看
則有良田美池、桑竹等美景，而「阡陌交通，雞犬相聞」氣
氛寧靜融洽。然後隨即由景及人，描繪村落男女老少，從外
貌形象寫到內心世界，說明了此地老者安之，少者懷之，壯
者用之，均能發揮生命並享受生命的悅樂。之後，陶淵明進
一步通過桃花源人的相問、款待和囑告，揭示他們的來歷和
淳樸的風俗。寫得真實親切，令人神往。這樣的理想國實是
人間樂土而非天界仙境，桃花源的一切，看來似不平凡，其

實又極其平凡，只要努力，人就可獲得其中所呈現的生活意趣。然而與在外面處於重稅兵災壓迫下的人民相較，卻形成強烈的對比，可望而不可及，更加強桃源令人嚮往和追求的效果。文中又借桃花源人對漁人所言世事變化的歎惋，表達了作者對現實社會的不滿，而對漁人臨別時的諄諄囑告，則說明了桃源人寧永處絕境，與世人間隔。同時也為下文不復尋得桃花源埋下伏筆。

二、語言洗鍊，用詞精到

〈桃花源記〉的語言準確而精鍊。文章一開頭僅用「晉太元中，武陵人捕魚為業，緣溪行，忘路之遠近」，就交代了故事發生的時間、人物和開端。寫山口「彷彿若有光」，「彷彿」二字即用得靈活貼切，陰山口小，光線不甚分明，若明若暗的樣子，正符合桃花源隱蔽其中五六百年而不為人發現的情景，而且呈現桃花源若實若虛的一種存在狀態。次段描寫桃花源的景象也不過用了一百多字，就勾畫出一幅極其動人的場景。從桃花源的田園風光、土地、屋舍，一直到男女老少的衣著、人情的古樸純真，寫得次序井然，層層深入。遣詞用字亦精鍊有力，如寫山裡人見到漁人，問他從何而來，陶淵明只用「具答之」三個字，不再重複漁人進入桃花源的經過；寫桃花源人見到武陵人的驚異，陶淵明用「乃大驚」三字，既寫出遽見漁人的驚訝之情，也顯示出桃花源與世隔絕的久遠；末段漁人見太守說起桃花源情狀，也只用「詣太守，說如此」，以「如此」概括漁人在桃花源的一切見

聞。這些都表現了作者在遣詞用字上有高度的概括能力。

三、真假結合，虛實相生

　　寫漁人忽逢桃花源之因是由於「緣溪行，忘路之遠近」，「忽」、「忘」兩字，把這條通往桃花源的路徑，點染得飄忽不定、空靈剔透，也把熟悉武陵一帶水路漁情的漁人竟迷失其中，此一情理之外，給故事抹上神秘色彩，而漁人進入桃花源時的恍惚迷離的精神狀態，也全盤託出。綜觀本文一開頭即明確交代時間、地點和漁人身分，篇末又煞有其事寫名士劉子驥其人，尋訪桃花源不遇的軼事，劉子驥《晉書》有傳，則桃花源似真有其地，然又以漁人「迷不復得路」、劉氏亦未能實現探尋計畫就病死，以及日後再無訪尋桃花源的人，為桃花源的存在與否蒙上一層神秘的面紗，瞬息之間，桃花源煙消雲散，杳然不知所蹤，這種虛虛實實，真真假假的描寫，既凸顯了桃花源不同於一般現實社會的特性，也增強迷離恍惚之感，引人入勝的藝術魅力

　　此處詩文一體，詩之部分列於此。

附：桃花源詩　　陶潛

　　嬴氏亂天紀，賢者避其世。黃綺之商山，伊人亦云逝；往跡浸復湮，來逕遂蕪廢。相命肆農耕，日入從所憩。桑竹垂餘蔭，菽稷隨時藝；春蠶收長絲，秋熟靡王稅。荒路曖交通，雞犬互鳴吠。俎豆

猶古法，衣裳無新製。童孺縱行歌，斑白歡游詣。
草榮識節和，木衰知風厲；雖無紀歷志，四時自成
歲。怡然有餘樂，于何勞智慧！奇蹤隱五百，一朝
敞神界。淳薄既異源，旋復還幽蔽。借問游方士，
焉測塵囂外！願言躡輕風，高舉尋吾契。

ⓒ 題解

　　本詩選自《靖節先生集》。原題是〈桃花源詩并記〉，
「詩」和「記」在體裁、內容、寫法上都各有特點。「記」
在「詩」前，是以散文形式記敘關於桃花源的傳聞故事，
「詩」是以詩歌形式寫出對那傳聞的體會和感想。陶淵明身
遭世變，故托言避秦，隱含了陶淵明對東晉現實的不滿，想
超脫現實社會，追求超乎塵俗之外的人間理想樂土——一個
耕桑自給、世風純樸、生機盎然，沒有戰亂侵擾的社會。

ⓒ 作者

　　見前。（略）

ⓒ 語譯

　　秦嬴政擾亂了天下的綱紀，賢能的的人紛紛避離這個亂
世，黃、綺等四賢到商山隱居，一些人也悄然離開。他們路
過的痕跡慢慢湮沒，來桃花源的路於是荒蕪廢棄了。他們相
互勉勵著努力耕作，日入而息。桑竹的影子在地上布下一片
濃蔭，五穀雜糧隨著季節種植，春天養蠶抽絲，秋天穀物成

熟也不需向王室繳稅。野徑隱約可見還可以維持交通，雞犬的叫聲此起彼落。他們使用的器具還保持先秦古製，衣裳也還是舊時式樣。孩童盡情地邊走邊唱，老年人歡欣地彼此問候。由草木欣欣向榮就知道節氣溫和，由草木凋零就知道風候寒冷，雖然沒有曆書記載，但四季週而復始，自然知道又過了一年。生活怡然快樂，那裡需要用到智巧呢？桃源中的人隱居的奇蹤已經隱沒了五百年，一夕之間，這個仙境又重現人間。然而桃源中的淳樸與人世間的澆薄已經格格不合，所以很快又又重歸於隱蔽了。借問世俗之人怎能了解塵囂以外的事呢？但是，我真誠希望能駕御輕風，高飛著去尋找這些趣味相投的同道啊！

◎ 賞讀

　　本詩寫陶淵明理想中的政治社會型態，有寓言寄興之味。原作題為〈桃花源記并詩〉，記在前，詩在後。一般選本選記時多不錄詩，實則二者關係密切，詩、記合觀，相互配合，有助於對淵明思想、人生態度有更深入的理解。

　　詩所展現的社會，有如老子之理想國，甘食美服，安居樂俗。陶淵明對於時代失望，因此多寄意於三代之上，他在〈五柳先生傳〉裡就自稱為「無懷氏之民」、「葛天氏之民」，在詩中也常提到「羲農」（伏羲、神農），其實這都不過是他心目中一種理想生活的代表，是他厭惡當時政治之敗壞及社會之黑暗心情的投射。這種理想社會既已不可復現，而當世又如此混亂，遂思於污濁世界中另闢一理想天地。所

古典散文卷

以此詩一下筆就先說秦嬴暴政，賢人紛紛避世山中，後漸呈
一小天地，他們努力農耕，彼此勉勵互相幫助，這裡沒有剝
削：「春蠶收長絲，秋熟靡王稅」；這裡古風依舊：「俎豆
猶古法，衣裳無新制」；這裡無曆書紀年，一切順任自然：
「怡然有餘樂，于何勞智能」。但這裡民心淳厚真樸，生活怡
然閒適，令人悠然神往，它不僅是對現實不滿的知識份子可
以尋求精神慰藉之地，也是處於被剝削壓迫，兵連禍結下的
小老百姓可以棲息之所。所以在描述了世外桃源的美好之
後，陶淵明毫不諱言地表示了對塵世的厭惡和對於理想境界
的追求。

　　詩末四句正反映出他那率真超脫的性格。這種率真和超
脫，其實即是來自對現實的不滿和厭惡，所以質直平淡中也
自有一分委曲深沉。古人評陶詩，說「外枯而中膏，似淡而
實美」、「質而實綺，癯而實腴」（蘇軾語），這種藝術風格
與其處世態度大有關聯。他在詩的結尾說：「願言躡輕風，
高舉尋吾契」，似真欲離開混濁的現實，遁入桃花源，尋找
興味相投的同志。實則，這種避世念頭，正說明其入世的初
衷，流露出其難言的苦衷。桃花源正可謂是陶淵明苦悶的象
徵。

　　本詩講求對仗，虛字用得少，異於淵明其他詩作之風
格，詩雖少了一分委婉舒緩，但字字出自肺腑，可想見詩人
渴望之殷切，及亂世之際無複可尋桃源的悲哀。

　　詩、記息息相關，桃花源記對武陵人發現桃花源的過
程，寫得詳盡分明，但用字簡潔生動，敘事引人入勝寫景略

加點染，便如在目前，可謂精彩十足。至於記桃花源中人的
活動，則寥寥數語，一筆帶過：「其中往來種作，男女衣
著，悉如外人。黃髮垂髫，並怡然自樂。」用語精簡。桃花
源詩正好與之相反，詩不寫漁人發現桃花源的經過，而著重
寫桃花源中人的活動，以及社會制度。可說二者互為表裡，
各有所偏，各有所重。「記」所述故事，當是由劉子驥衡山
采藥事敷衍而成，漁人進洞、出洞情況，都由記來，桃源於
瞬間重現復歸於飄渺無蹤，表明其本屬幻想，並非人間真有
此境。而「詩」所寫桃源社會，是為陶淵明理想之社會，也
是他對農村生活的體驗，但淵明亦自知此一理想在當時污濁
黑暗的時代難以實現，因此在敘述桃花源中的生活情況之
後，他又說「旋復還幽蔽」，可謂寓意深遠。記與詩巧妙地
結合，題材的取捨和關聯，可謂互為補充，相映成趣。

　　記與詩重複出現的是桑竹雞犬，桑竹寫眼之所見之色，
雞犬寫耳之所聞之聲，有聲有色，有光有影，既寫出生機的
洋溢，也有寧謐溫馨氣氛的營造，是一幅生動傳神，風景優
美鄉村生活的寫照。其實陶淵明所嚮往的桃源，或他所歸隱
的田園，不就是躬耕壟畝，桑竹垂蔭，雞犬相聞的情形嗎？
陶詩中寫景文字，向來不刻意描繪，但略加點染即渾樸恬
淡，清新動人。

（二）世說新語選　　劉義慶

◎ 原文

（1）陶公少作魚梁吏

陶公少時，作魚梁吏，嘗以坩鮓餉母。母封鮓付使，反書責侃曰：「汝為吏，以官物見餉，非唯不益，乃增吾憂也。」

（2）華歆與王朗

華歆、王朗俱乘船避難，有一人欲依附，歆輒難之。朗曰：「幸尚寬，何為不可？」後賊追至，王欲舍所攜人。歆曰：「本所以疑，正為此耳。既已納其自託，寧可以急相棄邪？」遂攜拯如初。世以此定華、王之優劣。

◎ 題解

這兩則短文選自《世說新語》，依據的版本是仁愛書局發行的余嘉錫《世說新語箋疏》。第一則選自〈賢媛篇〉。描寫陶侃母親責備兒子拿官家的東西孝敬她，反而徒增她的憂慮。說明了為人必須正直不貪，不可隨便取用公家的財物。透過此事，同時生動呈顯了陶母的公、私分明，深諳事理。第二則選自〈德行篇〉，描寫華歆、王朗二人乘船避難時，對於欲搭船同行的人，前後不一的態度。說明了處事應思慮縝密，敬始慎終，以免輕諾寡信，為善不卒。作者文筆簡潔，敘述生動，頗耐人尋味。

作者

劉義慶，南朝宋彭城（今江蘇銅山）人，生於晉安帝元興二年（西元403年）。是宋武帝劉裕的堂姪，長沙景王道憐的次子，出繼叔父臨川烈武王道規。劉裕稱帝後，襲封為臨川王，徵為侍中。文帝元嘉元年（西元424年），任散騎常侍、祕書監，遷丹陽尹。丹陽尹是當時首都的行政長官。他任職九年，很得文帝的信任。後出任荊州刺史，都督荊、雍、益、梁、秦諸州軍事。十六年（西元439年），調任江州刺史，都督西陽、晉熙、新蔡三郡軍事。十七年（西元440年），都督南兗、徐、兗、青、冀、幽六州軍事，出鎮廣陵，加開府儀同三司。二十一年（西元444年），卒於京師（南京），年四十二。追贈侍中、司空，諡康。

劉義慶性情簡素，少嗜慾，愛好文學。幕僚中多文士，著名的有袁淑、陸展、何長瑜、鮑照等人。他編有《徐州先賢傳》十卷、《幽明錄》三十卷，都已失傳；而《世說新語》則盛行於世。

《世說新語》是由劉義慶召集文士，廣蒐資料，合編而成。原名《世說》，共八卷。梁劉孝標加以注解，分成十卷。梁、陳之間，又稱《世說新書》。唐劉知幾《史通》已稱為《世說新語》。宋人晏殊曾加校訂，刪去重複部分。以後董弅再加修訂，併為三卷，在紹興八年（西元1138年）刊行於世。

《世說新語》所輯錄的是東漢到東晉期間，高士、名流的清言、瑰行、趣聞、軼事。由於故事機趣橫溢，文字清俊

簡麗，所以一向被世人推重，公認為南朝小品散文的傑作。

☺ 賞讀

　　《世說新語》是一部品鑑人物之書，採分則記載方式，一則記一事，各自獨立，不相聯繫，而各具要旨。劉義慶善於通過生活中某一片斷或某個場面，勾勒出人物形象，凸顯其個性特徵。因只取片斷，所以篇幅大多短小，但文筆靈活自如，使人讀之，心會神馳，有明快之感。

　　本文所選二則即具此特質。第一則選自〈賢媛篇〉，敘陶侃年輕時，擔任管理魚梁的小官，有次他將一甕魚乾送給母親。陶母卻封好魚乾，交還來人，回信責備兒子，不該將官家的東西送她，這樣的作為，非但沒什麼好處，反而徒增她的憂慮。

　　這一則撮取陶侃年少時的某一事件，以突出陶母的賢德。本文一開始就以「陶公少時作魚梁吏，嘗以坩鮓餉母。」客觀敘說其孝敬母親的行為，隨即筆鋒一轉，寫陶母出人意料的反應，她不僅封鮓付使，還反書責子。文章至此，戛然而止，有關陶侃的反應，不作任何描述。但從陶侃懂得孝順母親，讀者應可以推出他在獲悉母親的信後，必然更能砥節礪行。

　　另外，從文章中「少時」二字，一則指出時間，二是點明侃年紀輕，慮事不周，以官物餉母，應是未顧慮到適合與否？從這裡，我們也可以推知陶公日後能有所成就，陶母之教功不可沒。

　　第二則選自〈德行篇〉。華歆和王朗都是三國時魏國的政壇要人，在魏文帝時，華歆官拜相國，王朗位至司空。這則故事所記，應是他們早年之事。華歆對想搭自己所乘的船一同避難的人感到為難，王朗則認為，反正船上尚有空位，就慨然答應了對方。在事件開始時，王朗顯得十分慷慨，富有同情心，華歆表現則近乎冷酷與自私。但是，後來賊人追至，情形危急，王朗為了自身安全，打算棄之不顧，而華歆卻說，開始之所以感到為難、遲疑，正是考慮到這一點，既然讓人搭乘了，決不可臨危相棄。

　　由此則故事可以看出，華歆確有識見，而且始終如一，要就不答應，一經答應，無論環境變得如何惡劣，也要堅持如初。王朗則為善不終。處事如逞一時之快，未能度量己力，不考慮後果，有時不但使自己受累，而且無益於對方。從這整個事件衡量，華歆之表現的確是思慮較周密。我們不能因此誤會華歆沒有同情心，不能對求助的人施予援手。

　　《世說新語》一書，重點在寫人的精神風貌和思想性格，劉義慶善用對比手法來評騭其高下優劣。第二則故事，即通過搭船避難事件，二人所採取的不同態度和不同的處理方式，突出二人的不同性格。文章生動傳神，如寫華歆，起初用「難之」一筆，將歆想幫忙但又有所疑慮，複雜而微妙的矛盾心理，躍然於紙上。相對的，王朗則不加思索，毫無猶疑做出決定。然而筆鋒一轉，在賊人追至，生死存亡關鍵上，二人表現截然不同，通過華歆簡短的話，使讀者豁然明白其先前的行為，實為臨事謹慎，考慮周全的緣故。

古典散文卷

《世說新語》劉孝標注引華嶠譜敘說：

> 歆為下邽令，漢室方亂，乃與同志鄭太等六七人避
> 世。自武關出，道遇一丈夫獨行，願得與俱，皆哀許
> 之。歆獨曰：「不可！今在危險中，禍福患害，義猶
> 一也。今無故受之，若有進退，可中棄乎？」眾不
> 忍，卒與俱行。此丈夫中道墜井，皆欲棄之。歆乃
> 曰：「已與俱矣，棄之不義。」卒共還，出之而後
> 別。

依據這條記載，與華歆同行避難，後來想為德不卒的人
並非王朗，而是鄭太等六、七人。雖然如此，無論王朗也
好，鄭太等六、七人也好，為善不終畢竟是不應該的。

通過這兩則故事的閱讀，我們可以體會到世說新語一
書，敘事言簡而意眩，刻畫人物形象鮮明，使人如聞其聲，
如見其行，足稱後世小品文之瑰寶。

（3）王藍田忿食雞子

原文

王藍田性急，嘗食雞子，以筯刺之，不得，便
大怒，舉以擲地；雞子於地圓轉未止，仍下地以屐
齒蹍之，又不得，瞋甚；復於地取內口中，齧破即
吐之。王右軍聞而大笑，曰：「使安期有此性，猶
當無一豪可論，況藍田耶？」

◎ 題 解

　　本文選自《世說新語》，原文無標題。劉義慶先通過王
藍田吃蛋的一件生活小事，栩栩如生呈現了王藍田急躁褊狹
的個性。文末則記載王右軍對其性情作風的批評。全文筆墨
十分精簡，讀來情態逼真，如在眼前。

◎ 賞 讀

　　本文通過具體的行動描寫，刻劃王藍田的性急。文章第
一句就開門見山點出「性急」此一主題。接著細緻生動描繪
王藍田吃雞子的經過。這裡可分三層來看，分別是「擲
蛋」、「踮蛋」、「嚙蛋」。第一層「擲蛋」，寫王藍田吃雞蛋
時，因為雞蛋圓滑，用筷子刺之不得，立即「大怒」，舉以
擲地。從吃雞子而以筷刺之來看，已初步表現出王藍田缺乏
耐心。「便大怒」有不該怒而發怒的意思，而且不是一般的
生氣，他透過擲蛋來發洩他的怒氣，用「舉」字突出了擲蛋
時的猛烈。從刺之不得又擲於地來看，則其急躁實已超出一
般人的常態。第二層緊接著「踮蛋」，寫王藍田把雞蛋擲於
地之後，蛋未破，反而轉個不停，王藍田看在眼裡，格外生
氣，又用腳去踩。「仍」表示動作的連慣性，擲之不足解
氣，復又以足踮之，然而踮之又不得，於是原先的大怒轉為
「瞋甚」。「瞋」是發怒時睜大眼睛，顯然比一般的「大怒」
所表現的情緒更為強烈，其性急程度更進一層。但描寫並未
到此為止，第三層「嚙蛋」，寫「取內口中，嚙破即吐之。」
傳神地刻劃出王藍田不加思索、不顧一切必欲得之而後快的

情態。把蛋拾起、咬破、吐出的連續動作，說明了王藍田無意要吃下蛋了。他只覺得蛋似乎是故意戲弄他，便情不自禁想以此來報復、洩恨。至此，王藍田這人物不僅是性情急躁，氣量還不夠寬宏呢。以上是第一部分的描寫。第二部分記載了王右軍對此種性情的批評。

以王藍田而言，《世說新語》一書還記載了他很多事蹟，還不至於是「無一豪可論」之人。王藍田何以會做出這樣可笑的事來，應該是太任性，唯我獨尊，恨不得所有人、事都順他的意所造成。然而除性格上的原因之外，恐怕還與服藥有關。魏晉士族流行服用五石散，以求長生不老。服後往往渾身燥熱，脾氣暴躁。王藍田這種異常表現，或許也有幾分服藥後的藥物反應的因素。不論其原因為何，王右軍的批評正反映了當時臧否人物的標準，及東晉時期士族以風度雍容為貴，以急躁褊狹為抑的思想。這種品評標準是否正確，我們姑置不論，但王右軍的批評也有幾分道理。

讀了這則故事，我們也會跟王右軍有相同的感覺，王藍田這種舉動實在好笑，無故和雞蛋鬥起氣來，忘了自己本來要做甚麼，實在太沒道理。

四、唐宋文選

（一）永州八記（選二）　柳宗元

◎原文

（1）始得西山宴遊記

　　自余為僇人，居是州，恆惴慄。其也，則施施而行，漫漫而遊，日與其徒上高山，入深林，窮迴谿，幽泉怪石，無遠不到。到則披草而坐，傾壺而醉。醉則更相以臥，臥而夢，意有所極，夢亦同趣。覺而起，起而歸。以為凡是州之山水有異態者，皆有我也，而未始知西山之怪特。

　　今年九月二十八日，因坐法華西亭，望西山，始指異之。遂命僕人，過湘江，緣染溪，斫榛莽，焚茅茷，窮山之高而止。攀援而登，箕踞而遨，則凡數州土壤，皆在衽席之下。其高下之勢，岈然洼然，若垤若穴，尺寸千里，攢蹙累積，莫得遯隱。縈青繚白，外與天際，四望如一。然後知是山之特立，不與培塿為類。悠悠乎與灝氣俱，而莫得其涯，洋洋與造物者遊，而不知其所窮。引觴滿酌，頹然就醉，不知日之入。

蒼然暮色，自遠而至，至無所見，而猶不欲歸。心凝形釋，與萬化冥合，然後知吾嚮之未始遊，遊於是乎始。故為之文以志，是歲元和四年也。

◎ 題 解

本文選自《柳河東集》。唐順宗永貞元年（西元805年）秋，柳宗元以三十三歲的英年從禮部員外郎被貶為永州（今湖南零陵）司馬，不僅滿腹理想熱望一夕之間化為雲煙，唯一相依的母親也不堪長途勞頓，病逝異鄉，柳宗元形容自身處境是「萬事瓦裂，身殘家破」。

永州當時地處偏僻，然山容水色，奇秀絕俗。而司馬一職，本為閒職，柳宗元於苦悶之中，便四處漫遊山水，借景以抒情。因此西山、鈷鉧潭、小石潭等風景，在他的造訪下，寫入了他那名垂千古的遊記散文──《永州八記》。本文即是《永州八記》的第一篇，記述發現西山（在今湖南零陵西瀟水邊）的經過和描寫西山的特異景色，並指出遊山之所「得」。

本文著重於「始得」二字，「始得」不只是發現，而是覺知感悟：覺知感悟到西山之特出，是「不與培塿為類」；覺知感悟到人要自得其得，要放下一切「攢蹙累積」「若垤若穴」的人間不平，才能「心凝形釋」，才能「悠悠乎」、「洋洋乎」與「造物者遊」、「與萬化冥合」，而得到真正的宴遊之趣。所以題目冠上「始得」二字，不僅說明真正的遊

賞自從開始，並且也暗示其心境上的轉折，自此有一個新的開始。

　　因「始得」為本文之重點，柳宗元描述時，首段末句便以「未始知西山之怪特」以引起下文，接著第二段以「望西山，始指異之」一句，以承上文，結句復以「然後知吾嚮之未始遊，遊於是乎始」一句，照應上文，於是「始得」之意，渾然貫於全篇。

　　柳宗元自遭貶永州後，並未擺脫「罪謗交織，群疑當道」之處境，孤身待罪南荒，朝中故舊大臣莫敢與之交問。橫遭物議，心灰意冷，正說明其心境的苦悶。元和四年（西元809年），接獲父執許孟容來函，得到莫大鼓舞，方萌「復起為人」之念。是年修建法華寺西亭，並因之發現西山之美，身心暫忘惴慄；異於往昔之遊亦始於是年。就其立意而言，除了領略到世俗名利等之虛幻以外，還能從憂懼不安的感傷氣氛中超拔出來，使人精神為之振奮。

　　通篇層次井然，襯映得宜，用語精妙，可說字字不落空，王文濡《古文辭類纂評注》特別讚賞其「立法之密」，雖寥寥三數百字，卻令人味之無窮。

⟡ 作者

　　柳宗元，字子厚，唐河東解縣（今山西永濟）人。世稱柳河東。後因官終於柳州（今廣西柳城縣）刺史，故又稱柳柳州。生於代宗大曆八年（西元773年），卒於憲宗元和十四年（西元819年），年四十七。

柳宗元自幼聰敏好學，四歲，從母盧氏讀詩書，以賦性穎異，為輩行推許。德宗貞元九年（西元793年），年二十一，舉進士。後又中博學鴻詞科，歷任集賢殿校書郎、藍田縣尉。年三十一，為監察御史，與王叔文、韋執誼善。年三十三，王、韋引為禮部員外郎，欲大用。惜順宗永貞元年八月王叔文政治革新運動失敗，柳宗元與同輩劉禹錫、韓泰、韓曄、陳謙、凌準、程異、韋執誼等七人俱貶為司馬，後有「八司馬」之稱。

宗元貶永州司馬後，既遭竄斥，地又荒癘，因自放山水間，抑鬱感喟，一寓諸文，著名的《永州八記》，即成於此時。其所作均探幽發奇，寄興曠遠，出之若不經意，卻字句雅潔，意境翻新，奇特處引人入勝，跌宕處令人神往，後世文家之為遊記，亦多以柳氏之山水遊記為宗。韓愈《柳子厚墓誌銘》謂：「貶永州司馬，居閒，益自刻苦，務記覽為詞章，汎濫停蓄，為深博無涯涘，以自肆力於山水間。」蓋即此意。

憲宗元和十年（西元815年）徙柳州刺史，改良風俗，救贖奴婢，教授學生，頗留政績。又四年卒於任上，柳州人民感其德政，立廟以祀。

唐代中葉，自韓愈提倡文學革命，力排駢儷之後，古文乃風靡一時。其能與之並駕齊驅者，惟柳宗元一人而已，故世人以「韓柳」並稱。宗元與愈友善，死後愈為作墓誌銘，極稱其文曰：「雋傑廉悍，議論證據今古，出入經史百子，踔厲風發，率常屈其座人。」可謂推許備至。然愈之文，純

以儒家為宗，故常以明道自任；而宗元則取法較廣，不盡為儒家所囿。嘗自述其文章，除本之五經以為取道之源外，並謂「參之穀梁，以厲其氣；參之孟荀，以暢其文；參之老莊，以肆其端；參之國語，以博其趣；參之離騷，以致其幽；參之太史，以著其潔；此吾之所以旁推交通而以之為文也。」其文，以在永州所作諸遊記最為傑出。愈常稱其「雄深雅健，似司馬子長。」明王鏊震澤長語云：「吾讀柳子厚集，尤愛山水諸記，而在永者為多。子厚之文，至永益工，其得於山水之助耶？」其描寫山水風物，峭拔勁潔，簡古清麗，而又寄興曠遠，託意遙深，誠可謂兼國語之筆，離騷之情，水經注之神而一之者。其或謂出於六朝吳均、鮑照之流，實未足盡其妙也。

柳宗元除散文外，復精於詩，為後人傳誦。論者謂其深於騷，故其為文能冷峭環曲，以極其幽；又浸淫於六代，故能淡妙高簡，以臻其潔。劉夢得稱其文云：「癯然以清。」評論至當。宗元病革時，以遺著屬劉氏，書稱：「我不幸卒以謫死，以遺草累故人。」夢得遂次之為四十五卷，題《柳河東集》，又有《龍城錄》，並傳於世。

賞讀

本文是柳宗元貶謫永州司馬時所寫，文章重點不在摹繪西山的景色，而是借西山之景以抒心中抑鬱不平之情，及在宴遊中所獲致的深刻感悟。全文分為三段：
第一段自述初貶永州憂懼不安的心情，和未發現西山之

古典散文卷

前縱遊山水之間，以寄託謫居養晦之意。「恆惴慄」是柳宗元當時心境的真實寫照，因憂讒畏譏，身心備受煎熬，所以得隙，便「施施而行，漫漫而遊」，以排解其內心深處的苦悶。「恆」、「隙」二字，正說明了其生活經常是悲多喜少的，因此只要是美景所在，不論高山、深林、迴谿，「幽泉怪石，無遠不到。」文中「上」、「入」、「窮」三短句，透露了柳宗元在惶惑不安中的刻意遨遊，而這一遨遊也凸顯了「惴慄」之恆且深。這樣遍尋奇景，四處漫遊，是否真能排遣鬱悶之情呢？「到則披草而坐」以下連用「頂真」手法，「到」、「醉」、「臥」、「起」、「歸」，這不加思索的行動反射，其實已成某種慣性，究其因，則是「到」而不能真「遊」，這種不能真遊之遊，使他自滿自負的說「凡是州之山有異態者，皆我有也。」這一句話之前有「以為」二字，一者說明了柳宗元心中除了憂懼苦悶，其實一無所有，因為這樣的遊賞，其實不曾真正品味到「遊」之樂趣。再者，也暗示讀者真正好山好水，尚未被發現，真正之遊尚在後頭呢。結尾自然引出「未始知西山之怪特」一句，而這句不僅承上也啟下，由此烘襯出西山之遊的不同凡響。

第二段先敘述發現西山之經過，次述登山所見的風景，怪特如畫。這一段作者以神來之筆，在「怪特」二字上作文章，寫出西山青山白雲與天際相接，渺遠迷離的奇景，也寫出自己忘記了貶謫的痛苦，神遊物外，與自然融成一體，心情豁然開朗的感覺。

第三段再從對景縱情暢飲、樂而忘返著筆。最後點出

「始遊」之快樂，及作記的原因、時間，以表明「始得」之意作結。

文中「然後知吾嚮之未始遊，遊於是乎始」一句，照應上文，這是柳宗元可以走出「恆惴慄」處境的關鍵，也是人生新的轉向、生機洋溢的開始。正因西山之遊在生命過程中甚具意義，所以柳宗元寫下發現西山之日期「九月二十八日」，文章結尾復以「是歲，元和四年」收筆，足見西山之始遊，是其一生的轉捩點，難怪柳宗元要「為之文以志」了。

全篇除筆法明簡，布局嚴密外，本文在形式上尚有幾點值得注意的地方，說明如下：

一是反襯手法的運用

在本文可分兩類來說，（一）是感受的反襯寫法。作者遊西山之前的感受，是「恆惴慄」，「以為凡是州之山水有異態者，皆我有也。」遊西山之後，感受大異於前，「心凝形釋，與萬化冥合」，以前「恆惴慄」的心境全消，而「然後知吾嚮之未始遊，遊於是乎始」，以前「以為凡是州之山水有異態者，皆我有也」，與事實並不相符。這樣用以前的感受，反襯現在的感受，就更能顯出西山之遊，使自己獲致最高的樂趣。（二）是景物的反襯寫法。本文主要是描寫西山，但柳宗元不直接正面去描寫它，卻用四周的山勢來反襯西山的怪特。他以眾山的低小，襯托西山的高聳雄偉；以山外有山，遠與天接，襯托西山的幽深；以不屑與培塿為伍，

襯托西山的獨特出眾。這樣的寫法反而使人對西山之怪特印象深刻。

二是頂真手法的運用

如第一段有「無遠不到，到則披草而坐」、「傾壺而醉，醉則更相枕以臥，臥而夢」、「覺而起，起而歸」。第二段有「自遠而至，至無所見」、「然後知吾嚮之未始遊，遊於是乎始」等。連串的頂真句法，使文章氣勢通暢，結構緊密，文句有上遞下接的趣味。尤其第一段的頂真句法，予人以「次次如是」、「不外如是」之感，映托出「始得西山」不平凡的驚喜。

三是善用短句

柳宗元寫作本文，喜用三字及四字句，使文章簡潔流暢，節奏明快，充滿動感，也凸顯遊山玩水那種急切又輕快的心情。

本文短小精鍊，字琢句鍊，無語不精。用藝術筆法，將心中的委曲鬱悶，與永州原始奇麗的山水，做了最佳的結合，令人味之無窮，是山水遊記中的佳品。

ⓒ 原文

（2）小石潭記

從小丘西行百二十步，隔篁竹，聞水聲，如鳴珮環，心樂之，伐竹取道，下見小潭，水尤清冽

三。全石以為底，近岸，卷石底以出，為坻，為嶼，為嵁，為巖。青樹翠蔓，蒙絡搖綴，參差披拂。

潭中魚可百許頭，皆若空游無所依。日光下澈，影布石上，佁然不動，俶爾遠逝，往來翕忽，似與遊者相樂。

潭西南而望，斗折蛇行，明滅可見。其岸勢犬牙差互，不可知其源。

坐潭上，四面竹樹環合，寂寥無人，淒神寒骨，悄愴幽邃。以其境過清，不可久居，乃記之而去。

同遊者：吳武陵、龔古、余弟宗玄；隸而從者，崔氏二小生：曰恕己、曰奉壹。

◎ 題解

本文選自《柳柳州集》，是作者貶永州所作遊記八記中的第四篇。永州八記所描繪的是永州城外八處山水名勝，雖前後聯貫，但亦可各自獨立。柳宗元得西山後八日，從山口西北行二百步，得鈷鉧潭，潭有魚梁，梁上有小丘，從小丘西行百二十步，下見小石潭。作者以數步子的方式標明小石潭所在方位，而後具體敘述發現小石潭的經過。

本文扣緊小石潭特徵「石」字，寫潭體、潭水、潭魚、潭外竹樹，點染出一幅意境幽深的小石潭圖。其中寫潭中游魚，寥寥數筆，光影相映，生機盎然。最後從悄冷幽深的環

境氣氛中，流露了柳宗元謫居的淒愴心緒。全篇層次分明，由遠及近又由近至遠，由靜入動又由動返靜，洞察外物而至內心，情景相生，是篇精妙絕倫的山水小品。

🅐 語 譯

　　從小丘向西走一百二十步，隔著一片叢生的竹林，聽到流水的聲音，叮叮噹噹如同是玉佩、玉環撞擊的聲音，我心裡十分歡喜。於是砍去竹子，開闢出一條小路，在小丘下面看見了小水潭，潭裡的水尤其清冷。潭底是石頭；靠近岸邊，石底有些部分翻捲而露出水面，有的像水中高地，有的像小島嶼，有的像峭壁，有的像山巖。潭上青蒼的樹木和翠綠的藤蔓，遮蔽纏繞，在微風中輕輕飄動，參差不齊地披拂著。

　　潭中的魚大約有一百來條，它們在清澈的水中好像懸在空中，什麼依靠都沒有。日光直射到水中，魚兒的影子映在石頭上，牠們有時呆呆地似睡一般停在那裡，有時又忽然游向遠處，往來飄忽迅速，好像是與遊人一起歡樂。

　　朝潭的西南方向望去，小溪曲折如北斗，蜿蜒似游蛇，或隱或現，朦朧可見。小溪兩岸地勢像犬牙一樣，相互交錯，不能知到它的源頭在哪裡。

　　坐在小石潭邊，四面竹樹環繞，寂靜無聲，了無人跡，感到十分幽深，心神憂淒。因為這裡環境過於清冷，不宜長久地停留，於是記下了小石潭的景色就離去了。

　　和我一起同遊的有吳武陵、龔古、我的弟弟宗玄，跟著

我同來的，有姓崔的二少年，一位叫恕己，一位叫奉壹。

◎ 賞讀

　　柳宗元謫貶永州（今湖南零陵）後，心恆惴慄，時常尋幽訪勝，藉詩文山水以解憂排悶。韓愈《柳子厚墓志銘》謂：「堙阨感鬱，一寓諸文」，可見柳宗元移情託志之心情與處境。山水諸作中尤以《永州八記》最為人所稱道。《永州八記》所描繪的是永州城外八處山水名勝，雖前後聯貫，但亦可各自獨立。作者得西山後八日，從山口西北行二百步，得鈷鉧潭，潭西二十五步為魚梁，梁上有小丘，從小丘西行百二十步，下見小石潭。

　　這小石潭便是《永州八記》中第四篇描寫的主體。全文篇幅短小，不足兩百字，但結構完整，有記事、有描寫、有抒情，形聲色兼備，尤其扣緊小石潭特徵「石」字，寫潭體、潭水、潭魚、潭外竹樹，點染出一幅意境幽深的小石潭圖。其中寫潭中游魚，寥寥數筆，光影相映，生機盎然。最後從悄冷幽深的環境氣氛中，流露了作者謫居的淒愴心緒。全篇層次分明，由遠及近又由近至遠，由靜入動又由動返靜，洞察外物而至內心，情景相生，是篇精妙絕倫的山水小品。全文可謂小巧玲瓏，燦若珠貝。文分五段，茲略述如下：

　　首段先寫從小丘西行「至」小石潭的經過，柳宗元以數步子的方式點出小石潭與小丘的距離，標明小石潭所在方位。首句切題目「至小丘西」四字。接著寫石潭為篁竹所

隔，因聞遠處水聲清脆悅耳，如鳴珮環，心樂之，遂伐竹取道以尋勝，而下見小潭。字面上似乎寫小石潭發現之不易，實質寫小石潭引人入勝的魅力。接著寫潭體本身，著重描繪潭的狀貌。這一段先寫遠聞，再寫近景，呈現小石潭全景。

第二段緊承前段「水尤清冽」，推展一組近觀、特寫鏡頭，以潭中之魚為主體，藉魚之歷歷可數顯示水之清，藉魚之空游無所依，進一步襯托水之澄明清澈。

結句「似與遊者相樂」，則把魚之樂與遊者之樂交匯一起，回應前段心樂之的「樂」，同時使「樂」有新的含蘊，凸出物我同樂的心情。

第三段寫潭外小溪，表現其曲折幽遠，使人感到有山重水複的意味。看來似與小石潭無關，其實交代潭水的來路，點明潭水之「清」的一個原因，並非閒筆。此處描寫頗特殊，因潭水之源不在潭東，而在潭之西南，柳宗元從潭東行來，立即為石潭奇景所吸引，在飽覽石潭奇景之後，這才朝西南而望，發現了潭源。這一段描寫已從近景俯首下視游魚，轉到遠景望向潭源。

第四段寫四周的景物給人的感覺，透露出柳宗元遭放逐的淒苦心情，於是欣然而來，淒然而去，使景物也蒙上一層黯然的色彩，縈迴曲折，似淺實深，吐不盡的心事流盪其中，耐人尋味。

最後一段交代同遊諸人的姓名和身分，屬補敘性質，為古代遊記之常格。

文章最後戛然而止，但感情的波瀾仍迴盪於讀者心中，

久久不息。何以如此？實在是柳宗元這些山水遊記處處都有感發，而這些感發從頭至尾體現了他一本初衷，希望才能為人發現，為世所重，希望能有所作為的一分嚮往和努力。從文字表面或許看不見作者心靈的震盪，但這震盪如果循著八記讀下來，就不難看出他的感發。八記就像杜甫〈秋興八首〉，分開來每一篇有每一篇的組織結構，而合起來又有八篇整個的組織結構，結構上的主線應是放逐之臣不得不以山水自娛、自慰、自寬、自解，然身在永州，仍心繫京華，充滿用世之志意。

因其感情的繁複，文章亦繁複多義，以下僅就文章寫作技巧試抉其深奧：

一、簡繁得當，凸出主體

本文既寫小石潭，「石」實為焦點所在。潭水之所以清冽，其因之一是「全石以為底」，是「卷石底以出」，這小潭如是泥底、泥岸，水便不能「尤清冽」。石潭近岸處，有大石從水底突出水面，像島嶼山巖，上有青樹翠蔓，形似網絡，連綴搖蕩，參差不齊，隨風披拂。石潭的玲瓏多姿，樹藤的千姿百態，正都是因石頭的關係。甚至寫潭水之清、游魚之樂，如果不是「全石以為底」，魚影何能清晰如鏡，歷歷可數。寫潭外小溪，明寫溪岸「犬牙差互」，就中暗含一「石」字，寫出了自然石岸特有的崢嶸風貌。

潭為「石」潭，溪是「石」岸，藤、樹生於「石」上，魚影布於「石」上，處處突出「石」，使小石潭之景如在目

前。而石潭之「小」、水之「清」，柳宗元以能看出「魚可百
許頭」呈現出。至於文中「伐竹取道」一事，究用去多少人
力？花費多少時間？柳宗元不多著墨，一概略去，這都表現
了其行文繁簡得當的工夫。

二、虛實相生，動靜交錯

　　本文寫景，以實襯虛，虛實結合，相映成趣。柳宗元寫
潭水之清澈透明，並不直接正面著筆於水，而是藉游魚以襯
托。「皆若空游無所依。日光下澈，影布石上。」這裡實寫
魚，虛寫水，既表現了游魚的情態，也呈現了潭水的清澈空
明。以有形襯無形，虛實相生，予人真切感受。

　　而潭中游魚之姿，一動一靜的不同情態，寫得神彩飛
動，奕亦有神。「怡然不動」寫魚之靜態美，「俶爾遠逝，
往來翕忽」，寫魚之動態美，迅疾遠去，嬉戲追逐之情趣，
含有自由自在、恬然之樂。動靜交錯，活繪出一幅趣味橫生
的魚影圖。魚之迅疾往來，猶如魚戲蓮葉間（東、西、南、
北），這裡則是魚戲石草間，忽而竄來，忽而竄去，鏡頭是
跳躍的，這些跳躍的片斷，顯出一股活活潑潑的動貌。有關
動感敘事，另於第三點細述。

三、移步換形，動感敘事

　　柳宗元山水諸作之意境，很少是靜謐、和穆的，而往往
呈現出流動的美，他一般不作靜態的描寫，而喜歡動態的敘
述，隨著景物的變化，感情也不斷起伏。易言之，他著眼於

一種類似拍攝影片常有的動感敘述，非靜止寫景抒情，而是充滿動的感受，使意境伸出鏡頭之外。

（一）敘事視角的動感

全文的敘事視角一直在移動著，一開始即順著遊者的行程，逐漸由遠及近。從第一句「西行百二十步」，「行」中才能隔篁竹聞水聲。然後「伐竹取道」，敘事鏡頭似乎一直在竹林裡移動，穿過竹林才見潭水。狀物也是充滿動感，如寫魚、寫日影投石，似乎不動，但魚突然一動即不見，彷彿閃出了鏡頭。寫青樹翠蔓亦極具鏡頭感，蒙絡搖綴，參差披拂，鏡頭不僅是水面水下的移動，也是左右的移動。而這披拂的意象，使人不僅見其掠過水面之影，也使人似聞其拂動之聲。寫潭西南而望，斗折蛇行，明滅可見，溪流曲折，望得見的地方是明亮的，望不見的地方是幽暗的，忽明忽暗的景象，視野的忽閉塞、忽開闊，可見鏡頭之移動。最後寫敘事者因心情落寞而離去，「乃記之而去」，整篇敘事視角在移動、伸展，讀者彷彿是隨著拍攝鏡頭在感受小石潭的美景。

（二）主體感受的動感

柳宗元先聞水聲而「心樂之」，後發現小潭而與魚相樂，心情是歡愉的。但當他向潭水的源流而望，心情就變得悄愴幽邃了。「潭西南而望」，一者可解望西南方向潭水的源頭，再者也可相反。柳宗元身踞潭的西南角而望，即向東北方向而望，就永州地理位置而言，望東北即中原方向也。由小石潭往外遠望，自然聯想到政治命運之坎坷，於是有

「明滅可見，犬牙差互」之說。溪與潭之關係讓人生出無限
聯想，鏡頭已經伸向遙遠的地方。結尾實煞風景，乘興而
來，但情隨境生。本來從柳宗元遊者多人，說說笑笑，應早
已經打破寂靜，如何突然生出「淒神寒骨，不可久居」之
感？其因蓋有二：一是生理上之寒，當時是冬天（發現鈷鉧
潭西小丘已是十月），「伐竹取道」是頗出汗水，一旦風吹
汗收，久坐不動，衣服卻仍未乾時，自然覺得寒冷；二是由
望潭水之源，聯想到政治險惡之命運，興致頓失，必然心生
寒意。乘興而來，敗興而去，才給人帶來無限的感慨和蒼
涼。

四、藉景寫情，情景交融

　　本文名為小石潭，寫石、寫潭水，景中寓情，情景交
融，呈現了柳宗元個人生命上的際遇與頓挫。寫發現小石潭
時，說水聲「如鳴珮環，心樂之」，於是伐竹取道，下見小
潭。點明了小石潭這樣的勝景佳地，既不在都邑鬧市，也不
在交通要津之處，而在永州群山之中，被篁竹隔絕，遠逸塵
囂，不為人所重，亦不為人所知。這被遺棄在僻遠荒野中的
一潭清水，其命運與柳宗元又何其相似？把小石潭的山光水
色寫得生動而奪人眼目，不也就體現了柳宗元自身才華之
美？

　　小石潭美景得以呈現眼前，是由於伐竹取道，這也很自
然令人聯想到政治上清除了奸惡小人，正人君子的良才美德
方有表現的機會。〈始得西山宴遊記〉和〈鈷鉧潭西小丘記〉

都有伐去惡木，使嘉木立，美竹露，奇石顯的描述，大抵有言外之意。柳宗元對石頭的描寫數見於《永州八記》，他極力寫石頭的姿態與神情，把一塊塊石頭寫得生動有情，好像真有生命、真有性格一樣。那幾乎不是寫石頭，而是寫人，寫那不甘被壓抑埋沒的才士，寫他自己（如〈鈷鉧潭西小丘記〉。又如〈小石城山記〉以奇石棄置僻壞油然而生同情之心，同病而相憐）。然而小石潭的幽奇秀景被作者發現了，而柳宗元遠貶蠻荒，悠悠五載，才能既無人賞識，壯志欲報國亦無門。無怪乎坐潭上環顧四周時，要「淒神寒骨，悄愴幽邃」了。託物寄興，藉景寫情，物我相交，將小文章寫得開闊而深遠，堪稱寫文大手筆。

五、設喻生動，用字精當

　　寫溪身、溪水的曲折蜿蜒，以斗折蛇行為喻，四字兩喻，一靜一動，動靜復相應。「斗折」喻溪身如北斗七星那樣曲折，為靜態，將原本靜止的溪岸變得生動活潑；「蛇行」狀溪水如銀蛇那樣游走，為動勢，將流動的溪水襯托出婀娜的美感。此二喻甚奇，斗折是北斗星座的形狀；蛇行按《史記》所云：「枉矢類流星，蛇行而蒼黑」，暗指流星，均星象之喻。柳氏作此文是在白天日光下，沒有星空，突以星象喻之，或有暗示廟堂之事的微言。至於「為坻，為嶼，為嵁，為巖」亦都是設譬之詞，有的像水中高地，有的像小島嶼，有的像峭壁，有的像山巖。

　　文中寫游魚之樂、游魚之姿，用「日光下澈，影布石

上」，「日光」二字，用得極好。雖是冬天，但並無冬日的枯寂、暗淡和朦朧，而是給人光芒萬丈，天地乍開的景象，聯想到一種樂觀向上的精神。因而當從潭上望去，有些地方為石岸所蔽，不見溪光時，那隱去的光輝明亮已然為下文「淒神寒骨」作鋪墊。

　　除以上所述，有些意境實難言喻，但個人在閱讀過程中，深刻體會柳宗元對於外境有深刻真切之體驗，文章之刻畫細微、形象鮮明，都只是客觀描寫，未必可傳誦千古，本文不朽之魅力在於柳宗元觀外物所引起的興發感動是那麼強烈，好似一切迫在眼前，讓讀者不能不正視，不能不追隨其腳步。文中心情之轉變，似乎前後各有兩段寫喜和悲，然而喜之中實則已含悲，這「樂」僅是短暫的。青樹翠蔓顯得多自在有生機，魚兒嬉游又何其自由歡樂，然而那潭中一切怎不引發文人一顆敏銳、善感的心？青樹翠蔓欣欣搖曳飄拂，怎能不聯想到自己才能和志意的落空無成？魚之空游無所依，怎能不想起自我徹底的、沒有依傍的孤獨？宇宙間草木鳥獸皆有託身之所，樹木託身土石上，石潭有溪水為其源，而魚雖空游無所依，但仍可於水中恣游，而自己真不知該安頓於何處？最後只能悄然離去。

　　至於「潭西南而望」一句，歧義已如上解，此句以下至坐潭上一段，其心情淒涼寂寞之由，亦尚可略加申說。辛稼軒詞說：「楚天千里清秋，水隨天去秋無際」，秋天蕭瑟士人多悲，而流水又往往是時間流逝的象徵，況此時已是冬天，更令人倍感時間（流水）的無情，空間（冬天）的冷

漠，這些自然都成為「獻愁供恨」，從大自然中興發的心靈
顫動，深刻表現了作者心思意念的流動。最後說「不可知其
源」，似有廟堂之思，長安不得見之意，又有愁思之深遠像
不盡的流水之意。柳宗元在〈登柳州城樓寄漳汀封連四州刺
史〉一詩中說：「嶺樹重遮千里目，江流曲似九回腸」，目
極千里、江流曲折蜿蜒，其感慨正與自然融合無間。此一胸
中念念不忘京華（不僅是朝廷所在，也是柳宗元出生之地，
亦即思故國、念故鄉）的感情，愈來愈奔騰澎湃，直到坐潭
上，四周一切沈寂下來，內心反更加洶湧激盪。這個坐者，
彷彿是作者江雪中的那個漁翁，更多的是孤寂與清高，彷彿
是被社會所遺棄，又是遺棄了社會似的。

　　總觀全篇，潭小而配以短文精句，文筆清新秀美，音律
和諧，語言明快，句式上多用四字句，富有節奏感。層次極
為分明，由遠及近，又由近至遠，由靜入動又由動返靜，寫
來活靈活現，反覆誦讀，倍覺意味深長。柳宗元既罹竄逐，
涉履蠻瘴，遂多尋奇覓勝，以山水自娛，政治事業上之頓
挫，使他對自然宇宙、人生世事都有深一層的觀察與思考，
因此發為文辭，也就時有言外之意，或託物寓志，藉景寫
情，或情景交融，物我冥合，意境深遠，實為上乘之作。

（二）墨池記　　曾鞏

◎原文

　　臨川之城東，有地隱然而高，以臨於溪，曰新

城。新城之上有池窪然而方以長，曰王羲之之墨池
者，荀伯子《臨川記》云也。羲之嘗慕張芝，臨池
學書，池水盡黑，此為其故跡，豈信然邪？方羲之
之不可強以仕，而嘗極東方，出滄海，以娛其意於
山水之間，豈其徜徉肆恣，而又嘗自休於此邪？羲
之之書晚乃善，則其所能，蓋亦以精力自致者，非
天成也。然後世未有能及者，豈其學不如彼邪？則
學固豈可以少哉！況欲深造道德者邪？

　　墨池之上，今為州學舍。教授王君盛恐其不章
也，書「晉王右軍墨池」之六字於楹間以揭之，又
喜於篆曰：「願有記。」推王君之心，豈愛人之
善，雖一能不以廢，而因以及乎其跡邪？其亦欲推
其事以勉學者邪？夫人之有一能，而使後人尚之如
此。況仁人莊士之遺風餘思，被於來世者如何哉！
慶曆八年九月十二日曾鞏記。

◎ 題解

　　本文選自《元豐類稿》。雖名為「記」而實以議論為
主。墨池，相傳為王羲之臨池學書的遺跡，宋撫州（江西臨
川）州學所在。教授王盛玉彰顯此遺跡，特請曾鞏作記。

　　全文以「勉學」為核心；首先記墨池之位置、形狀、來
歷，接著說王羲之書法精妙，乃是刻苦鑽研，以精力自致，
並非天成，以此啟示後學應勤學苦練，並深造道德。緊接著
又將墨池和州學社加以綰合，並交代做記之由。最後推論王

君藉墨池勉人之苦心，說明人有一善技，即能受人崇尚，若有道德修養，流芳後代，必更受人敬重。通篇環環相扣，寓意深長，發人省思。

◎ 作者

曾鞏，字子固，宋建昌南豐（今江西南豐）人。生於真宗天禧三年（西元1019年），卒於神宗元豐六年（西元1083年），年六十五。

鞏生而聰敏，年十二即能文，語出驚人，日試六論，不加思索，援筆立成，辭意雄偉，議論精闊，所以年輔弱冠，便已名聞四方。除了天才卓異外，實亦家學淵源、力學不倦有以致之。其祖曾致堯（字正臣），五代時，潔身不仕，潛心學問，後為宋太宗、真宗時諫議大夫，著述宏富，有文集百餘卷。父曾密，名易，字不疑，少有大志，知名江南，任信州玉山令（今江西玉山，因案為郡將錢僊芝所誣，含冤而逝）。曾氏一門可謂書相傳家，鞏有〈上歐陽學士第二書〉，脩見奇聞而奇之，大為讚嘆。鞏二十六歲時又上書歐氏，力薦其友王安石，稱其文「文甚古，行甚稱其文，居今之安石者少。」二十九歲時，即仁宗慶曆七年（西元1047年），歐陽脩因范仲淹謫首滁州（今安徽滁州縣），位於城外泉水邊構築一亭，題名「醒心」。曾鞏應歐公之邀，作〈醒心亭記〉，刻石留念。慶曆八年（西元1048年），此時曾鞏於江西臨川，因丁父憂而居家守孝，侍奉繼母，撫養四弟、九妹。

鞏晚婚。三十六歲時，原配晁夫人來歸，夫人年十八。

仁宗嘉祐二年（西元1057年），鞏三十九歲，始登進士第，先任太平州（今安徽太平縣）司法參君，後召編校史館書籍，遷館閣校勘，集賢校理，編校書籍凡九年。年五十一歲，轉為英宗實錄檢討。不踰月，出判越州（今浙江紹興縣），任內有很好的政績。三年後，改任其齊州（今山東歷城縣），齊州為匪盜出沒之區，素稱難治，鞏採恩威並濟、剿輔間師的方法，因此盜匪多受感化而棄暗投明；同時輔輯流亡，使各安生業，經鞏之努力，齊州遂一變為安樂繁榮之鄉。

鞏五十五歲，遺知襄州（今湖北襄陽）；五十八歲時，移居洪州（今江西南昌縣）；明年，改知福州（今福建福州市）；六十歲時，移知明州（今浙江鄞縣）；明年徙亳州（今安徽亳縣），任內關心民生疾苦，均有政聲。又明年，移知滄州未上，有〈授滄州乞朝見狀〉云：「念臣違遠班列，十有二年，伏望聖慈，許臣朝見。」上許之，勞問甚寵，留他在朝判三班院，準備重用。唯宰相呂公著對神宗說：曾鞏其人「義行不如政事，政事不如文章。」因而阻礙鞏升遷之機會。幸而神宗知其才學，留他在京師，專司重修五史的工作。按當時之例，脩國使必博選文學之士，以大臣監總其事。神宗將五朝大典，獨付曾鞏一人，可謂開空前創例。後改正官制，擢為中書舍人。未幾，丁母艱而還鄉，又過數月，卒於江寧（今江蘇江寧縣），年六十五，卒後諡文定，因籍貫南豐，學者稱南豐先生，為唐宋古文八大家之一。因文筆精警，風格沖淡，獨樹一格，自成一體，有「南豐體」

之稱。著有《元豐類稿》五十卷、《續類稿》四十卷。

　　據《宋史》本傳說，曾鞏文章「上下馳騁，愈出而愈
工。本原六經，斟酌於司馬遷、韓愈，一時工文辭者，鮮能
過也。」歐陽脩甚之其人，早在鞏禮部考試不中時，即寫有
〈送增鞏秀才序〉，稱讚他說：「予初駭其文，又狀其志。」
並為之不平，批評禮部取士標準之誤。曾鞏中進士後，從歐
陽脩遊，歐公有〈示吳孝宗詩〉云：「我始見曾才，文章出
亦然。崑崙傾黃河，渺漫盈百川。疏決以道之，漸斂收橫
瀾。東漁之所歸，識路倒不難。」由於曾鞏之文能窮盡事
理、從容周詳而平易，故很早即得到歐陽脩的稱許；又由於
曾鞏文章風格、主張與歐陽脩相近，所以向來並稱「歐
曾」。同時代的王安石，對曾鞏的文章有極高的評價，有時
說：「曾子文章眾無有，水之江漢星之斗。」以河流中之長
江，群星中之北斗稱譽其文。

　　鞏最善於做議論文。據聞他每有論述，落紙輒為人傳
去，不旬日而周天下。學士大夫，手抄口頌，唯恐不及。南
宋朱熹甚愛其文，曾評曰：「某未冠而議南豐先生之文，愛
其詞嚴而理正，居常頌習，以為人之為言，必當如此，乃為
非苟作者。」又曰：「予年二十許時，便喜讀南豐先生之
文，而竊慕效之，竟以才力短淺，不能遂其所願。今年五
十，乃得見其遺墨，簡嚴敬重，蓋亦如其文也。」又曾掩卷
嘆道：「高矣，自孟韓以來，作者之盛未有至於斯也！」

　　曾國藩〈聖哲畫像記〉言古今聖哲三十二人，於文章一
道取韓、柳、歐、曾四家，並分文章之美為陽剛之美與陰柔

古典散文卷

229

之美兩類，得陽剛之美者，為天地遒勁之氣，如西漢揚雄、司馬相如之雄偉；得陰柔之美者，為天地溫厚之氣，如西漢劉向、匡衡之淵懿；韓、柳近於揚、馬，歐、曾近於匡、劉。可見曾國藩之文於陰柔之美一類。而這確為的評，鞏之文於平正簡易、溫柔和悅之中，自蘊典雅陰柔之美。無怪乎，自宋以來，曾鞏之文迄今傳誦不絕。

綜觀曾鞏一生，雖未能未列卿相，又「久外徙，世頗偃蹇不遇，一時後生輩峰出。」（《宋史》本傳）但曾鞏卻「視之泊如也」，可說始終秉持寧靜淡薄的天性，不慕榮華富貴。因此〈三朝名臣言行錄〉就說他：「公性謹嚴而待物坦然，不為疑阻。於朋友喜盡言，雖取怨怒不悔也。於人有所長，獎勵成就之如弗及；與人接，必盡禮。」其胸懷之坦蕩與克己復禮有如此者。王更生〈曾鞏的散文〉說：「他（曾鞏）一生可謂集平凡、平淡、平時之大成。平凡雖是文名極盛，而不狂不放，不露鋒芒，但並非庸碌無能。平淡是無官場得失之心，不伎不求，但並非灰心喪志。平實是不慕虛榮，雖然是一直做地方官，但卻腳踏實地為民興利除害，造福地方。」

曾鞏散文，傳世者不少，多收錄於清聖祖、乾隆皇帝御選的《唐宋文醇》內。正中書局《唐宋文選注》也節選若干篇。民國沈卓然先生編《南豐全集》，收有宋王震、陳宗禮，明王一夔、邵廉序文，清楊希閔所撰年普及《曾南豐詩集》八卷、《文集》四十二卷，頗便參閱。如能則要細讀深思，當能窺知曾鞏之文章技巧及其論文、思想、主張之堂

奧。

◎ 賞 讀

宋仁宗慶曆八年（西元1048年）九月，曾鞏當時年三十歲，尚未取得功名，不過文名早已馳譽寰宇。這時他正在臨川，因喪父居家守孝。撫州州學教授王盛，欲彰顯墨池古蹟，請他撰文，曾鞏遂據羲之軼事，寫下了這篇議論曲盡其致、氣勢縱橫跌宕的〈墨池記〉。

〈墨池記〉全文僅兩百八十餘字，文辭簡潔，條理清晰，可分四段來談。

第一段自「臨川之城東」、「啟信然耶」，點名墨池故跡狀況。文章一開頭，及簡介墨池的地理位置，在「墨池之城東」，即江西臨川城東的新城山上。其「池窪然而方以長」，是點名題目「墨池」。這裡表面裡寫的全是新城，無一字提及墨池，其實卻為讀者大略勾勒出墨池的地理環境，極似電影中「全景鏡頭」。然後，在由遠而近由大而小，特寫鏡頭落於「池窪然而方以長」的墨池上。文字洗鍊，層次井然，與人清晰的整體印象。緊接著交代墨池命名的由來及根據─「曰王羲之之墨池者，荀伯子〈臨川記〉云也。」文章妙在作者並不直接道破其來歷，而是借古人之口揭出。繼之作者又轉敘荀伯子〈臨川記〉之言「羲之嘗慕張芝臨池學書，池水盡黑，此為其故跡，豈信然耶？」表現了王羲之學書之苦力學的精神。然而此地是否真為其故跡，曾鞏對此頗有懷疑，但亦不便道破，免得王盛美好之用意有所損滅，故僅以

「豈信然耶？」置疑，不加以肯定，亦不將荀伯子之說全盤否定，更不做墨池之考證，姑且保留空間任由讀者自行思索想像。此段一開頭，可說及顯示了曾鞏之目光非僅在墨池位置、形狀的介紹，而是著重於索考「池水盡黑」的本質。

　　第二段由池及人，由墨池而追念王羲之。為其晚年書法精妙，是以精力自致，不是天成的，更進一步豈是後學要深造道德，由不可廢學。此段首先敘述王羲之厭惡官場的污濁而不願勉強出仕，醉心山水之樂和「自休於此」的生活經歷。曾鞏點出王羲之的個性，此正式羲之學書成功之原動力。據《晉書傳》本云：「（羲之）及長，辯贍，以骨鯁稱。」又云：「頻召為侍史，侍部上書皆不就，負授護軍將軍，又推遷不拜。」後來王羲之會稽之內史時，東晉穆帝派驃騎參軍王述維楊州刺史，王羲之恥其人，不願為其屬下，遂稱病去職，並於父母墓前立誓，從此不再做官。遂與東土人士，進山水之遊，弋釣為娛又與倒是許邁共脩服食，採藥石不遠千里，偏遊東中諸郡，窮諸名山，泛滄海，嘆曰：「我卒當以樂死。」曾鞏融羲之本傳於文中，僅用「方羲之之不可強以仕，而嘗極東方，出滄海，以娛其意於山水之間」四句，即將羲之個性、經歷含括無遺，凸顯其傲岸脫塵之性情。因其傲岸不屈，固有堅毅不拔之恆心與毅力，力學不倦，卒有所成；因其超塵脫俗，故能縱情山水，汲取山水靈氣，造就「飄若浮雲，矯若驚龍」的筆勢，突破前人成法而富有創意。

　　第二段「而又嘗自休於此耶？」與第一段末句曾疑此地

是否為其故跡互相呼應，雖是設問，卻似又相信王羲之曾到過臨川，而解釋臨川留下其遺跡之因。然而羲之在縱情山水之際，難道曾經逗留此地嗎？仔細想想，臨川在西，王羲之往東遨遊，又怎麼會在此停留呢？又是疑問。曾鞏在此仍然不點末，且留下想像空間吧！文章由敘及議，指出「羲之之書，晚乃善」，說明王羲之書法到晚年才臻於醇美境地。跟據《晉書·王羲之傳》載：「羲之書初不聖庾翼、郗愔，及其暮年方妙。」就是說王羲之在書法上所以能獲得驚人的成就，不是天生造成的，而完全是靠他自己勤學苦練取得的。曾鞏以此回應前段「臨池學書，池水盡黑」，並凸顯題目旨意。找出王羲之所以善之因後，再就反面論證勤學苦練的重要，後人學書法之成就無法超越王羲之，當然是後人所下「學」的功夫不如他，所含有反詰的語氣，其實是肯定認為後人學之未深，所以下句直接說道：「則學豈可以少哉！」充分說明「學」是不可或缺的。接著由曾鞏又由「學書」轉引至「學道德」，而言「況欲深造道德者耶？」當然不離開學，更加強調了「學」之重要。然而，末句何以遊學書突然轉到深造道德呢？第三、四段說明了其因。

　　第三段折回上文所講的墨池，「墨池之上，今為州學舍」兩句，一者補敘墨池的現況，再者引出州學教授王盛所聞的經過。所謂「教授王君盛恐其不章也，書『晉王右軍墨池』之六字於楹間以揭之。又告於鞏曰：『願以記！』」。只此將作記之遊完全交代清楚，而本文既以議為記，又是王君之請託，總該對王君用心之良苦議論闡述一番。

　　第四段即承上分兩層來推究王盛之用心，借以勉勵學者努力深造。因學舍是學子進得脩業之所，而王盛又是州學主管教育人員，曾鞏所就教育立場，勉勵在學舍讀書的學子，應效法王羲之臨池學書的精神，刻苦力學，致力於品德脩養，所以由學書聯想至學道。當然學書的過程，也的確能開拓吾人胸襟，涵養學子性情，提高思想境界。曾鞏推測王君之用意，可分兩方面來說，第一層是推究王君或許喜愛羲之的書藝，以致於雖僅是一技之長，也不讓其埋沒無文，因而連帶重視他的故跡。第二層是王君或許推崇王羲之勤學苦練之事蹟，而欲已知期勉學生奮發向上吧！因這兩層思想全屬臆測，所以曾鞏都用設問語氣，可見其心思縝密，雖細微末節亦不輕易放過，而「勉學者」三字，一方面點出王聖之苦新，同時也深化作者做「記」的精意，定與上文「學固豈可少哉？」遙相呼應。

　　最後曾鞏以「人之有一能，而使後人尚之如此，況仁人莊士之遺風餘思，被於來世何如哉？」為結。肯定人只要有一技之長，必能受到後人的推崇，何況「仁人莊士」所傳留下來的風範德行，影響後代更深，將不知要受到後代如尊崇呢？藝之受人如此推崇，則道德之影響後代，更不待言了。由藝推展至道，由王羲之推廣到仁人莊士，步步逼進，層層推展，然後又回扣到本題，與前段聯絡照應。全文以「如何哉」作結，故作疑詞，使文氣餘波蕩漾，令人餘音繞樑，回味無窮。

　　透過以上分析，可以深刻體會到曾鞏文辭質樸無華，紆

徐委曲以闡發事理的風格。在此歸納以下數項特色：

一、因物推理、窄題寬作：

　　本文顯著之特點即因小及大，小中見大，以小題目作大文章。臨川的墨池，相傳是王羲之之故跡，景致無甚可道，數語可了，何況此墨池究為羲之故跡否？還有大問題。然縱非王氏墨池，亦藉「名」起興，借題發揮，所以增是此文首段還題面，點出墨池後，及從學書推出學道。由學說及「深造道德」，已是無法再往下說。於筆鋒又一轉，轉入寫作本文之緣起，藉王君的心裡來發揮，末更推到仁人莊士，流風令人思慕。足見曾鞏思路之開闊，識見之高超。既由小及大，復因物推理，自書法言及道德，沈德潛說：「用抑或在題中，或出題外，令人徘徊賞之。」此皆因曾鞏能不拘黏題義，使用枯窘之體。李扶〈九古文筆法百篇〉說此文：「題甚枯窘，文能從學書推到學道，又推到仁人莊士之流風遺澤，較墨池更為感人，使讀者忘其為題之窘。」誠哉斯言！此文可說是因物推理、窄題寬作的最佳範例。

二、設問置疑、韻味無窮：

　　曾鞏文風素以紆徐委曲著稱，而本文之所以能餘韻悠揚，搖曳生姿，實與其善設想置疑有密切關係。本文層層轉折，通篇設問、推想語氣，構成獨特之風格。設問與之目的，本在激發讀者好奇心，吸引閱讀興致，加深讀者印象。用了七次此種脩辭法，其中「豈……耶？」有五句（包括

「其……邪？」一句），「況……邪？」有兩句。文中疑問語氣之運用，並不表示曾鞏真有疑問，而是用來表達自己見解和婉之語氣，同時故意設疑，亦有任讀者自行揣摩、想像之意。如（一）「豈信然耶？」是針對荀伯子所記作疑，或與史實不符，所以背後有「不是真的這樣」之用意。（二）「豈有徜徉肆恣，而又嘗自休於此邪？」亦是對王羲之之行蹤作疑，所以背後之意為「未嘗自休於此。」（三）「豈愛人之善，雖一不能廢，而因以及乎其跡邪？」彼愛其人並及於其跡，答案肯定的。（四）「其意欲推其事以勉其學者耶？」是就勉人學道作疑，答案亦是肯定的。（五）「況欲深造道德者邪？」與（六）「況仁人莊士之遺風餘思，被於來世者如何哉？」皆是善用反詰語氣，道出對古人的仰慕、對今人的期待。這些句是大量運用，使文章波瀾起伏，一唱三嘆，避免了一瀉無餘之弊，充分表現了曾鞏行文深切往復，紆徐委曲的風格。

三、語句凝鍊、錯落有致：

本文在語言運用上，不求辭藻華麗，不用冷僻字眼，樸實無華，自然天成。句式少則三句，多則十六言，如「曰新城」、「極東方」、「出滄海」、「晚乃善」、「願有記」，每句只有三字。常句如「書晉王右軍墨池之六字於楹間以揭之」，有十六字之多。由於文中運用參差不整之句型，因而產生錯綜、反覆、變換等多種脩辭的藝術魅力，這正是唐宋古文不重俳句而自見功力之處。此外，通篇用「豈、而、

則、蓋、然、況、其、夫」等等聯絡照應的詞彙,尤其是第二段,幾乎一句一轉折,每一轉折,又都能萌發新意,使文氣跌宕開闊,委婉有致。

總之,曾鞏〈墨池記〉一文,雖以記為名,卻能託物言志,窄題寬作而立意高遠,結構嚴謹而精巧自然,於婉轉含蓄之中,育有發人深省的無窮意趣。

(三)記承天夜遊　蘇軾

◎ 原文

元豐六年十月十二日夜,解衣欲睡,月色入戶,欣然起行。念無與為樂者,遂至承天寺,尋張懷民,懷民未寢,相與步中庭。

庭下如積水空明,水中藻荇交橫,蓋竹柏影也。

何夜無月,何處無松柏,但少閒人如吾兩人者耳。

◎ 題解

本文選自《東坡志林》,所依據的版本是藝文印書館印行的百部叢書集成。俗本題作〈記承天寺夜遊〉。本文為作者謫居黃州(今湖北省黃岡縣)時所寫,時年四十八。其知心好友張懷民亦謫居於黃州,暫寓承天寺。湖北省境內有兩處承天寺,一在江陵縣西北,一在黃岡縣以南,本文所記遊

古典散文卷

的是黃岡縣的承天寺。

全文首先點明夜遊的時間、地點和緣由，其次用比喻的手法，生動描寫他對庭中月色、竹柏的感覺，最後緣景抒情，就眼前的如水月光，竹柏疏影發抒感觸，暗示了蘇軾自己不汲汲於名利，不為俗務所累，同時也表現了他開朗脫俗的心境和隨遇而安的生活態度。

作者

蘇軾，字子瞻，一字和仲，宋眉州眉山（今四川省眉山）人。他是蘇洵的長子。生於仁宗景祐三年（西元1036年）十二月十九日。小時候就很聰慧，由母親程氏親自教他經史。二十一歲，隨父親到汴京，第二年春天，應禮部考試，主考歐陽脩特別賞識他，取為進士第二，後以春秋對策列第一。歐陽脩說：「吾當避此人出一頭地。」這年四月，他母親去世，奔喪丁憂三年。嘉祐四年（西元1059年），授河南府福昌縣主簿，後調鳳翔府判官。三十歲，奉召入京，在史館做官。第二年，他父親病卒，扶柩歸葬。神宗熙寧二年，他三十四歲，再到京城，這時王安石當國，正進行變法。他因為反對新法，不被重用，曾攝開封府推官，又調杭州通判。他在杭州三年，後又改知密州、徐州、湖州。元豐二年，有人告他作詩譏評時政，被捕下獄，貶官作黃州團練副使。他在黃州五年，築室於東坡，以讀書、作詩、遊覽名勝、結交方外自遣，自號東坡居士。後調知汝州。哲宗立，司馬光做宰相，廢除新法，他奉召入京由中書舍人升任翰林學士。元祐

四年（西元1089年）七月，出知杭州，這時他五十四歲。他在任內大興水利，造福地方；建西湖長堤，人們稱為蘇公堤。後調知潁州、定州。紹聖元年（西元1094年），新黨再度得勢，他坐誹謗罪，貶為寧遠軍節度副使，安置在惠州。在惠州三年，以詩文教當地秀士。六十二歲，責授瓊州別駕，編管於儋耳（今海南島儋縣），自築茅屋，種芋度日。元符三年，徙廉州。徽州建中靖國元年（西元1101年），遇赦北歸，五月到真州時臥病，七月二十八日卒於常州（今江蘇武進），年六十六。第二年閏六月，葬於汝州郟城（今河南郟）鈞臺鄉上瑞里。

蘇軾跟他父親蘇洵、弟弟蘇轍，都是唐宋八大家的人物，世稱三蘇。他的文章，俊逸雄健；詩詞則創豪放的風格；書畫也冠絕一時。據宋史蘇軾傳，他自己說「作文如行雲流水，初無定質。但常行於所當行，止於所不可不止。」

趙翼在《甌北詩話》說：「才思橫溢，觸處生春。胸中書卷繁富，又足以供其左旋右抽，無不如志。其尤不可及者，天生健筆一枝，爽如哀梨，快如并剪，有必達之隱，無難顯之情，此所以李杜後為一大家也。」蘇軾著有《易傳》、《書傳》、《論語說》、《唐書辨疑》、《仇池筆記》、《東坡志林》、《東坡七集》（蘇軾的文集，版本很多，但以《東坡七集》，包括東坡集、後集、奏議、外制集、內制集、應詔集、續集，最為完整）等。

◎ 賞讀

　　本文透過月光對夜遊作了美妙的描寫，表達了蘇軾在貶謫中順處逆境、坦然豁達的生活態度。

　　文章可分三段來談。從起句至「相與步於中庭」為第一段，屬於記事。一開始，蘇軾即交代夜遊的時間是「元豐六年十月十二日，夜」，即蘇軾被貶謫到黃州的第四年。夏曆十月，時序已是冬初，夜裡不免有些寒意。正當「解衣欲睡」時，但見「月色入戶」。作為一個被朝庭貶謫的「罪人」，我們可以想見蘇軾此時交遊斷絕、門庭冷落的境況，而月光就如知己的朋友，在寂寥的寒夜中，依然來拜訪他。蘇軾興奮怡悅之情從下句「欣然起行」四字可以感受。「念無與樂者」一句寫他當時在黃州的處境，而「念」字乃由「欣然起行」的「行」字承接而來，呈現了蘇軾心理活動的發展過程。「遂至承天寺，尋張懷民」，「遂至」二字下得十分輕快，似不假思索，但卻說明了能與之賞月者只有其人，可見張懷民在蘇軾心目中的地位。而「相與步於中庭」與前句「無與樂者」對照閱讀，可以感受到作者此時心情的舒展。

　　從「庭中如積水空明，水中藻荇交橫，蓋竹柏影也」為第二段，屬於寫景。此段寫法頗為特殊，蘇軾不寫承天寺，亦不寫承天寺的中庭，或中庭的景物，而只是寫他對月光的感覺。這一部分無一字直接寫「月」，而皎潔的月光卻無處不在，其妙處在於蘇軾將月色當做水來描寫。「庭中如積水空明」，既是比喻，也是一種近於錯覺的獨特感受。「積水空明」一句，突顯了庭院中月光的清澈透明，同時有夜涼如

水的意味，不單是視覺，而是一種觸覺了。「水中藻荇交橫」
一句則將月下的竹柏之影當作水中的藻荇來描寫，突顯了清
澈的水中，藻荇縱橫交錯、搖曳晃動的情形。正當讀者撲朔
迷離、水月莫辨之際，蘇軾卻輕輕地點出：「蓋竹柏影
也」。原來並非真有藻荇等水草生於庭院中，而是月色朗
照，竹柏婆娑之影。這樣的描寫，喚起讀者的不僅是月色和
竹柏之影，而是比月色和竹柏之影更詩情畫意的藝術境界。
此外，「積水空明」予人一池春水的靜謐之感，「藻荇交
橫」，則具有水草搖曳的動態美，整個意境是靜中有動，動
而愈見其靜。此段雖僅數句，卻與前段「月色入戶，欣然起
行」之情相吻合。

　　第三段是結尾，蘇軾抒發了面對月光如水、竹柏疏影的
感觸，屬於抒情。「何夜無月，何處無竹柏，但少閒人如吾
兩人耳。」這幾句話直接道破，看似少含蓄，但細讀又覺文
章意味更深一層，傳達的思想感情是相當複雜的，既有歡欣
愉悅，又有落寞清寂，更透露出抹種孤傲超脫。「但少閑人
如吾兩人耳」一句，可謂感慨良深，既寬慰自己和朋友都是
沒有俗務所役的閒人，因此才有閒情夜遊，欣賞到月光如水
的美景，同時也暗諷奔走鑽營之徒，是無法體會美景的。蘇
軾在〈臨皋閑題〉一文中說：「江山風月，本無常主，閑者
便是主人。」在〈赤壁賦〉裡亦說：「惟江上之清風，與山
間之明月，耳得之而為聲，目遇之而成色；取之無盡，用之
不竭，是造物者之無盡藏也，而吾與子之所共適。」（按，
「共適」一詞，故宮博物院珍藏東坡自書赤壁賦手跡作「共

古典散文卷

241

食」。）這兩段話可為本文末句之注腳。

　　本文就眼中所見、心中所想著筆，篇幅雖短小，但敘事、寫景、抒情緊密結合，既勾勒出一幅優美的月色夜景圖，更表現了一種閒適的心境和超曠的人生態度。本文能膾炙人口，傳誦不絕，實良有以也。

（四）良馬對　　岳飛

◎ 原文

　　帝問岳飛曰：「卿得良馬否？」對曰：「臣有二馬，日啗芻豆數斗，飲泉一斛，然非精潔即不受；介而馳，初不甚急，比行百里，始奮迅，自午自酉，猶可兩百里，褫鞍甲而不息不汗，若無事然。此其受大而不苟取，力裕而不求逞，致遠之材也。不幸相繼以死。今所乘者，日不過數升，而秣不擇粟，飲不擇泉，攬轡未安，踴躍疾驅，甫百里，力竭汗喘，殆欲斃然。此其寡取易盈，好逞易窮，駑鈍之材也。」

　　帝稱善。

◎ 題解

　　本文選自《岳鄂王文集》。記敘岳飛回答高宗關於馬的一段問話。「對」是回答尊長的問話。

　　從岳飛的答話裡，我們可以知道良馬和劣馬的差別，是

在於牠們能不能自重自愛。良馬「受大而不苟取，力裕而不求逞」，劣馬「寡取易盈，好逞易窮」，所以一為致遠之材，而一為駑鈍之材。同樣的，一個賢能的人才，也像良馬一樣，是「非精潔即不受」的，他需要別人的愛護和信任，否則他的才能就無從發揮。岳飛的這篇文章，多少反映了深藏在這位民族英雄內心的一份悲痛。

這篇文章在敘事記物方面，井然有序，取譬得當，寓事理於趣味之中，我們讀它的時候，可以體會岳飛設喻說理的妙處。另外要說明的是，本文採用清人錢汝雯所編的《岳鄂王文集》，文章內容同《宋史・岳飛傳》。至於四庫全書史部傳記類金佗粹編為岳飛之孫岳珂所編，該書雖恢復了部分歷史真相，但仍有其他缺陷，如對資料之考辨、史實之釐清當待去偽存真，又如對岳飛事功偶有誇張之處，因此書中所述不免亦有難資憑信的成分。

◎ 作者

岳飛，字鵬舉，宋相州湯陰（今河南湯陰）人。生於徽宗崇寧二年（西元1103年）。世代務農。少負氣節，沉默寡言，有神力，能挽三百斤弓。家貧力學，尤好左傳及孫吳兵法。徽宗宣和四年（西元1122年），岳飛年二十，應募入伍。其後金兵大舉入寇，徽宗及其子欽宗被擄北去，欽宗弟康王構即位於南京（宋以今河南商丘為南京），是為高宗。他因上書高宗反對南遷，被革職。不久隨宗澤守衛開封，任統制。澤死，從杜充南下。建炎三年（西元1129年）金兀朮

渡江南進，他移軍廣德、宜興，堅持抵抗。次年，金軍在江
南軍民的反擊下，被迫北撤，他攻擊金軍後隊，收復建康
（今江蘇南京）。紹興三年（西元1133年），得高宗所獎「精
忠岳飛」的錦旗。次年大破金傀儡偽齊軍，收復襄陽、信陽
等六郡，任清遠軍節度使。紹興五年（西元1135年），又從
張浚討伐洞庭湖地區楊么率領的農民軍。後駐軍鄂州（今湖
北武昌），派人渡河聯絡太行義軍，屢次建議大舉北進。紹
興九年（西元1139年），高宗、秦檜與金議和，他上表反
對。次年，金兀朮進兵河南。他出兵反擊，在郾城（今河南
郾城）大敗金軍，收復鄭州、洛陽等地。兩河義軍紛起響
應。而此時高宗、秦檜一心求和，欲稱臣於金，苟安朝夕，
高宗連下十二道金牌，嚴令岳飛退兵。他奉詔憤惋泣下，說
道：「十年之功，廢於一旦。」不久，他及子雲、部將張憲
同被秦檜誣害，紹興十一年十二月二十九日（西元1142年1
月27日）以「莫須有」的罪名被殺害，年僅三十九。金人聞
之，酌酒相賀。至孝宗時，賜葬杭州西湖，追諡武穆，後改
諡忠武，寧宗時追封鄂王。詩、詞、散文皆慷慨激昂。著有
岳鄂王文集。

◎ 賞讀

　　南宋高宗紹興七年（西元1137年），岳飛在一次覲見高
宗時，藉著回答高宗問良馬的問題，說明賢才自重自愛的道
理，並暗示高宗宜遠小人而任賢人。

　　文章可分三部分來看，一是高宗的問，二是岳飛的回

答，三是高宗的反應。而以岳飛的回答為文章的重點。首先帝（宋高宗）問岳飛：「卿得良馬否？」，其次岳飛加以回答，但他並不是以「得」或「未得」直接來回答，他說了一大段話，來說明、比較良馬和劣馬的差別。因為是對高宗的回答，所以話不能不說得含蓄些，並以「臣有二馬」說明是個人的實際經驗，並非憑空杜撰的。當然，讀者仍可感知其託物寓意的用心。

　根據岳飛這一段回答，我們知道他以前所得的兩匹良馬和後來所乘的劣馬，牠們的差別是從食、飲、跑三方面比較而得的。良馬吃得多，喝得也多，而且所食用的東西還「非精潔即不受」，等到牠被披戴上鞍轡，開始跑動時，「初不其疾」，「比行百里」以後，才開始奮身奔馳，半天內就可以跑完兩百里的路程；跑到目的地，解下鞍甲時，一點也不喘氣流汗，一副若無其事的樣子。岳飛在形容良馬奔跑時，從「初」、「比」、「始」到「若」，一步步深入描繪，令人感受到良馬自有一定的方式在跑，決不是毫無拿捏、漫無目的亂跑。岳飛此處筆致入微，令人印象深刻。文中「介而馳，初不其疾」，說明了良馬一開始不求逞能，因牠要積蓄力量。岳飛藉此暗示了賢才具有含蓄謙遜及沉穩從容的美德。「此其受大而不苟取，力裕而不求逞」總結說明了良馬的美德。但背後仍是藉此來比喻賢者具備卓越的才能，但不會任意炫耀自己。「受大不苟取」，表示了賢者可以託付重任並具備廉潔的操守；「力裕不求逞」，形容賢者能力超越群倫，但其為人自重，不急於求表現。

　　這裡對良馬的描繪，充分說明了賢能的人才，像良馬一樣自重自愛，一定要受到主人的重視及妥善的照顧，才能適時地表現其才智與能力，否則只有「辱於奴隸人之手」。所以任用賢才、良將，都應尊重他，不應給予挫辱、掣肘，應讓所用之人能充分發揮他的才能，否則他的才能，只有慘遭埋沒，無從發揮。可惜這兩匹良馬「不幸相繼以死」，岳飛寫至此，頗有感慨之意，同時也暗喻人才之難得，甚而不期然也指向日後自我不幸的命運。

　　至於駑馬的情形，牠的吃、喝數量既少，質料也不講究，一旦用到牠的時候，人還沒坐好，牠已經等不及似的開始賣力跑動了，看起來像是能拚命效力於主上的好馬，但可惜剛跑了百里之遠，力氣就用完了，喘氣不停、汗水淋漓，好像快要累死的樣子。從對劣馬之敘述，可知其食量小，且不加選擇，力量有限，卻急於求表現。所謂「寡取易盈，好逞易窮。」正是量小才疏、實力不足，缺乏理想又不自量力的寫照。這裡同樣暗喻了一些平庸無才而好大喜功的人，雖然喜歡表現，卻只求近功而無遠謀，以致醜態畢露，實不足以取法。

　　經過以上兩相對照，更極力突出良馬的才能和難得，同時讀者也大致領會岳飛文字背後含義，以良馬喻自己千里之材，希望國君重用，以拯救衰敗的國運，並勸戒國君宜遠離逢迎拍馬，只求名利厚祿，榮耀自己的小人。可是高宗一心偏安，屈辱求和，以保帝位，對岳飛加以掣肘，要愛惜他傑出的才能，甚至使岳飛如同良馬之遭遇——「不幸」「以

死」，令人為之惋惜。若是當時高宗在「稱善」之餘，能夠重用岳飛，視他為千里馬，說不定宋代的歷史得重寫呢！

　　〈良馬對〉一文在形式上，以四六句居多，運用了不少排比句式，使得敘事記物，井然有序。尤其運用生動的譬喻，避免過於直接、淺露，使讀者能夠明瞭到岳飛設喻說理的弦外之音，全文寫來可說自然生動，意涵豐富，發人深省。

五、明清文選

（一）送東陽馬生序　　宋濂

◎原文

　　余幼時即嗜學。家貧，無致書以觀，每假借於藏書之家，手自筆錄，計日以還。天大寒，硯冰堅，手指不可屈伸，弗之怠。錄畢，走送了，不敢稍逾約。以是人多以書假余，余因得遍觀群書。既加冠，益慕聖賢之道。又患無碩師名人與游，嘗趨百里外從鄉之先達執經叩問。先達德隆望尊，門人弟子填其室，未嘗稍降辭色。余立侍左右，援疑質理，俯身傾耳以請；或遇其叱咄，色愈恭，禮愈至，不敢出一言以復；俟其欣悅，則又請焉。故余雖愚，卒獲有所聞。當余之從師也，負篋曳屣，行深山巨谷中，窮冬烈風，大雪深數尺，足膚皸裂而不知。至舍，四支僵勁不能動，媵人持湯沃灌，以衾擁覆，久而乃和。寓逆旅主人，日再食，無鮮肥滋味之享。同舍生皆被綺繡，戴朱纓寶飾之帽，腰白玉之環，左佩刀，右備容臭，燁然若神人；余則縕袍敝衣處其間，略無慕豔意，以中有足樂者，不

知口體之奉不若人也。蓋余之勤且艱苦此。

今諸生學于太學，縣官日有稟銷之供，父母歲有裘葛之遺，無凍餒之患矣；坐大廈之下而誦《詩》《書》，無奔走之勞矣；有司業、博士為之師，未有問而不告，求而不得者也；凡所宜有之書皆集於此，不必若余之手錄，假諸人而後見也。其業有不精，德有不成者，非天質之卑，則心不若余之專耳，豈他人之過哉？

東陽馬生君則在太學已二年，流輩甚稱其賢。余朝京師，生以鄉人子謁余。撰長書以為贄，辭甚暢達。與之論辨，言和而色夷。自謂少時用心于學甚勞。是可謂善學者矣。其將歸見其親也，余故道為學之難以告之。

◎ 題解

本文節選自《宋文憲集》。序，文體名，分書序和贈序兩類。本文屬贈序類。這種贈序專為送別親友而作，表現一種惜別、祝願或勸勉之意。東陽，今浙江東陽縣。馬生，姓馬，名君則。宋濂是浙江浦江縣人，在當時同屬金華府，所以二人算是同鄉。宋濂當時自家鄉至京城應天（南京）朝見皇上，馬君為國子監太學生，將回鄉省親，臨行之際，宋濂寫了本文相贈。

本文旨在自述其少年時為學的艱難困苦，藉以勉勵馬生珍惜現有的良好學習條件，發揮刻苦自勵精神，專心致志，

使自己學有所成。宋濂情真意切，平易近人的道出自己所歷所感，毫無自吹自擂、自炫自傲之意，循循善誘之詞，和煦關懷之情，至今讀之，猶生動感人，獲益匪淺。

作者

宋濂，字景濂，明浦江（今浙江浦江）人。生於元武宗至大三年（西元1310年），卒於明太祖洪武十四年（西元1381年），年七十二。

宋濂刻苦力學，自幼至老，未嘗一日釋卷，於書無不觀。曾受業元末著名學者吳萊、柳貫、黃溍諸人。元至正間，薦授翰林院編修，以親老辭不就，隱居龍門山著書。入明後，除江南儒學提舉，修《元史》，官至翰林學士承旨、知制誥，明初禮樂制度多出其手。晚年以長孫慎列胡惟庸黨，全家流放茂州（今四川茂縣），病卒途中。後追諡文憲。宋濂為文委曲暢達，雍容典雅，為明代台閣體先驅、開國文臣之首。著有《宋文憲集》。

賞讀

本文為勸勉同鄉晚輩的臨別贈言，借自己昔日求學之急切、訪師之艱難，以勉馬君，態度甚為誠懇。贈序雖是給東陽馬生，但亦是循循善誘天下讀書人而作。

全文以刻苦自勵、勤奮好學勉人。一、二段宋濂首先以自身的讀書經驗道出為學之難及克服之道，為學之難有二：一是家貧無書，閱讀不便；一是無碩師名人指點，求教不

易。克服之道，其一是不懼嚴冬，手指僵硬，誠心借書抄錄；其二是不辭勞苦，四方奔走，虛心登門求教。惟其如此，故資質雖愚，終有所得。

在第三段中，宋濂進一步說明當年從師之勤且艱，即使窮冬風雪，皮膚皸裂，仍穿過深山巨谷，遠道求師。寓於客舍，粗食敝衣，而安於貧賤，不慕富貴，也不自慚形穢，此處既寫其勤學專一，亦寫其苦中自有足樂之處。我與同舍生衣著之強烈對照，隱隱然有為學重在內心自得，而非外表光彩耀人之意。

四段寫今日太學生待遇之優厚，書不必手抄，師不必苦求，又衣食無虞，與宋濂當年家貧無書、為學之艱難迥然不同。以鮮明對照手法，指出為學要專心致志，如學業無成，必是學而不精、學而不苦。諄諄懇懇，絕非尋常敷衍應酬之語。

末段對馬生溫言勉勵，長者厚意，躍然紙上，毫無說教之意味、訓人之姿態。

全文簡潔樸實，娓娓道來，情真意切，寫作手法有三點值得留意：

一、由賓入主，倒賓為主

贈序一般寫法，以被贈對象為一篇之主，宋濂自己為賓；但本文寫法是倒賓為主，先賓後主，由己及人（由自身的一面著筆，再推及贈序的對象），所以本文之構思與布局特殊。其寫作動機及主旨所在，在文末方正面點明，方敘述

古典散文卷

主角馬生之為人，然後說：「是可謂善學者矣！其將歸見其親也，故余道為學之難以告知。」宋濂不把此段置於文章最前，可說行文變化多姿，最後方揭開謎底。

　　文章寫法雖由賓入主，但宋濂處處留意主賓之間的內在聯繫，寫賓時（自己）其實處處針對主（馬生），寫自己年輕時讀書、從師的經歷，甚為詳細，看似離題，其實環環相扣，句聯意密。由寫自己引出寫太學生，寫太學生們又引出了作為太學生之一的馬生，然後自然過渡到贈序立言之旨。寫自己的刻苦自勵是正面教育馬生，寫目前太學生優越的學習環境是激起馬生學習之熱情，並引為警惕，這一切無不是為了勉勵馬生。因此最後推出題旨也就顯得順理成章，水到渠成了。

二、兩相對照，前詳後略

　　對比手法的運用，使本文文氣貫注，題旨鮮明突出。作者以往昔對照現在，從衣食、師資、圖書等方面凸出如今太學生學習條件的優越，遠勝於當年自己。「無凍餒之患」與「口體之奉不若人」形成對比；「無奔走之勞」與「負篋曳屣，行深山巨谷中」形成對比；「有司業博士為之師」與自己求師之難形成對比；「凡所宜有之書，皆集於此」，與自己借書手錄形成對比。不多言詮，便揭示了處於這種學習環境裡，如果學業無成，排除天賦條件外，只能歸咎是學而不精不勤。

　　由於前三段寫自己生活之困、得書之難、訪師之苦頗為

詳細，第四段寫太學生求學情況與自己相對比時，自應略寫，無需詳述。如此處理，使內容顯得入情入理，具有說服力，又富於感染力，文章則前後勾聯緊密，結構嚴謹細密。

（二）黃生借書說　　袁枚

⊙ 原文

　　黃生允修借書，隨園主人授以書而告之曰：「書非借不能讀也。子不聞藏書者乎？七略、四庫，天子之書，然天子讀書者有幾？汗牛塞屋，富貴家之書，然富貴人讀書者有幾？其他祖父積，子孫棄者無論焉！非獨書為然，天下物皆然。非夫人之物而強假焉，必慮人逼取，而惴惴焉摩玩之不已。曰：『今日存，明日去，吾不得而見之矣。』若業為吾所有，必高束焉，庋藏焉，曰：『姑俟異日觀云爾。』」

　　余幼好書，家貧難致。有張氏藏書甚富，往借不與，歸而形諸夢，其切如是。故有所覽，輒省記。通籍後，俸去書來，落落大滿，素蟬灰絲，時蒙卷軸。然後嘆借者之用心專，而少時之歲月為可惜也。

　　今黃生貧類予，其借書亦類予。惟予之公書，與張氏之吝書，若不相類。然則予固不幸而遇張乎？生固幸而遇予乎？知幸與不幸，則其讀書也必

專,而其歸書也必速。爲一說,使與書俱。

◎ 作者

　　袁枚,字子才,號簡齋,又號隨園。清浙江錢塘(今浙江杭州)人。生於聖祖康熙五十五年(西元1710年),卒於仁宗嘉慶二年(西元1797年),年八十二。

　　袁枚二十四歲中進士,官翰林院庶吉士,歷知漂水(今江蘇漂水縣)、江浦(今江蘇江浦)、江寧(今南京)等縣,勤政愛民,事無不舉。聽頌神明,江寧人嘗以所判事作歌曲,刊行四方。然以性情孤傲,放浪形骸,不堪官場逢迎,年三十八即休官養親,絕意仕進,築隨園於江寧之小倉山,以著書吟詠自娛,時稱隨園先生。四方之士至江南,必造隨園投詩文,幾無虛日。

　　袁枚詩主性靈,風趣清新,自成一家,為有清一派宗師,世多效其禮故其詩文集風行於天下。著有《小倉山房文集》、《小倉山房詩集》、《詩齊諧》、《隨園詩話》等。

◎ 賞讀

　　本文作者年幼家貧,喜讀書,每經書肆,只能駐足興嘆。在〈對書嘆〉一詩中,實記其事:「我年十二三,愛書如愛命。每過書肆中,兩腳先立定。苦無買書錢,夢中猶買歸。至今所摘記,多半兒時為。」因無錢買書,遂常向他借書讀。後來他總結出「書非借不能讀」的經驗談。本文之寫作,即因黃生允修向他借書,他想起當年向藏書甚豐的張氏

借書，曾有有借不與的遭遇，他深知箇中痛苦，因此樂於借書給黃生，並藉此把個人的想法及過去的遭遇寫出來，期勉黃生能專心勤讀。

本文共分三段：

首段寫黃允修向作者借書，作者把書交給他，並告訴他：「書非借不能讀也。」這是全文的重點，有如萬山主峰，開門即見，以下反覆論證，接就此具而發。接著從反面立說，舉三立說明有書不能讀的情形。第一是天子。在作者看來，天子雖擁有全國最豐富的圖書收藏，但天子多不讀書。第二是富貴之人家。富貴家之書汗牛塞屋，無須向人借書，但沒有幾人讀書。「富貴人讀書有幾？」這一句與「天子讀書者有幾？」的具法型，都是寓否定於反問之中，指出地位雖高、藏書雖豐，卻不一定能讀書。第三是丟棄先人藏書的不孝子孫，作者認為這種人更不必去提了。言下之意，頗為感慨。

緊接著以「非獨書為然，天下物皆然。」為過渡句，由書講到物，書亦是物之一種，說蒙人的心態。「非夫人之物而強假焉，必慮人逼取而惴惴煙摩玩之不以」。因為「今日存，明日去，吾不得而見之矣」。這幾句話細膩刻畫出借他人之物，生怕討回，而及時玩賞的心理狀態。可是一旦此物已屬於自己所有，反倒「高束焉，庋藏焉。」因為可以「姑似異日觀」。這裡用了兩個「焉」字，節奏放慢，流露出一種有恃無恐，好整以暇的心態。對於搶假之誤與自己所擁有之物，兩種心態，兩種態度，一經對照，格外鮮明，頗能引

起讀者共鳴，自然而然接受他的看法。

　　次斷現身說法從借書始能讀書到有書不能讀書，印證上段。本段是以「通藉」兩字作為關鍵，通藉以上為借書能讀之證，以下為不能讀之證。

　　作者少年時貧窮只好借書而讀，所以一旦借到書特別珍惜，及時勤記抄錄。可是做了官有了錢，書來得容易，反倒不怎麼讀了。作者以頻借書苦得和做官後「素蟫灰絲，時蒙卷軸」為對比，感慨借書者之用心專，而少年之歲月為可惜。這一段作者以親身經驗為例說明，使人感到他不世故作驚人之論，而是出於人之常情。使人感到親切有情味，具有說服力。

　　末段從作者自己又說到黃生，緊扣題旨，點出本文寫作之用意。作者用兩個「類予」指出黃生與自己幼十兩點相似之處：一是貧窮；二是借書。然而也有一點不同之處，那就是自己少時借書之不幸，黃生今日借書知性，作者在與張氏比較時，只說「若不相類，著一一若」字，語氣婉轉謙忙，表現了自己並無此自傲自得之意，而勉黃生「知幸與不幸，則其讀書也必專，而其歸書也必速。」兩個「必」字，將期望之意寓於肯定的語氣中，表現了對黃生的高度期待。當然其中也含有希望黃生及時努力，快速歸還書籍之意，但其態度懇切，使人身深感到他對晚輩的殷殷之情，切切之意。

　　全文「書非借不能讀」一句，反覆發揮議論，通過對比手法，就近取譬，層層皆是其說證，條理脈絡相當清楚，意味深長，不僅可警惕當世，亦足以以今日戒。

（三）寄弟墨書　　鄭燮

原文

　　十月二十六日得家書，知新置田穫秋稼五百斛，甚喜。而今而後，堪為農夫以沒世矣。

　　我想天地間第一等人，只有農夫，而士為四民之末。農夫上者種地百畝，其次七八十畝，其次五六十畝，皆苦其身，勤其力，耕種收穫，以養天下之人。使天下無農夫，舉世皆餓死矣。吾輩讀書人，入則孝，出則弟，守先待後，得志，澤加於民；不得志，修身見於世；所以又高於農夫一等。今則不然，一捧書本，便想中舉人，中進士，作官如何攫取金錢，造大房屋，置多田產。起手便錯走了路頭，後來越做越壞，總沒有個好結果。其不能發達者，鄉里作惡，小頭銳面，更不可當。夫束修自好者，豈無其人？經濟自期，抗懷千古者，亦所在多有；而好人為壞人所累，遂令我輩開不得口。一開口，人便笑曰：「沒輩書生，總是會說，他日居官，便不如此說了。」所以忍氣吞聲，只得捱人笑罵。工人制器利用，買人搬有運無，皆有便民之處；而士獨於民大不便，無怪乎居四民之末也，且求居四民之末而亦不可得也。

　　愚兄平生最重農夫。新招佃地人，必須待之以禮。彼稱我為主人，我稱彼為客戶；主客原是對待

之義，我何貴而波何賤乎？

　　吾家業地雖有三百畝，總是典產，不可久恃。將來須買田二百畝，予兄弟二人，各得百畝足矣，亦古者一夫受田百畝之義也。若再求多，便是占人產業，莫大罪過。天下無田無業者多矣，我獨何人，貪求無厭，窮民將何所措手足乎？

題解

　　本文節選自《鄭板橋全集》。是鄭燮寫給他的堂弟墨的一封家書。敘述他接讀墨來信的感想，藉此對士農工商加以議論，並吐露了敬重農夫的心意，也批評了當時那一心想做官發財、鑽營橫行的讀書人；同時告誡家人對於佃戶要待之以禮。最後說明自己置產的態度，表現出知足與悲憫的情懷。文章如促膝談心，情真語摯，平易動人。

作者

　　鄭燮，字克柔，號板橋，清江蘇興化人。生於聖祖康熙二十二年（西元1693年），卒於高宗乾隆三十年（西元1765年），年七十三。先世居蘇州，明洪武年間始遷居興化。曾祖名新萬，字長卿，庠生。父名之本，字立庵，號夢陽，廩生（每月可領廩餼若干）。板橋的母親汪太夫人，在他三、四歲時就去世了。他在〈七歌〉中描寫幼年失恃的悲慘情形，說：「我生三歲我母無（〈乳母〉詩序云：「燮四歲失母」），叮咛難割繦中孤，登床索乳撼母臥，不知母歿還相

呼。」繼續給板橋以母愛溫暖的是乳母費氏。時遇災荒，乳母就回家自食，仍到鄭家撫育他。每天早晨先背板橋到街上，買餅給他吃，然後再做其他的事。間或自己家裡有了好吃的東西，也必先給板橋吃，爾後自家人才吃。板橋成名之後，不忘乳母之恩，作〈乳母〉詩云：「平生所負恩，不獨一乳母。長恨富貴遲，遂令慚恧久。黃泉路迂闊，白髮人老醜。食祿萬千鍾，不如餅在手。」

　　板橋的父親品學兼優，在家坐館，少年板橋在家隨讀。因他長得醜陋，同學瞧不起他。但板橋自尊心很強，在憤激之下刻苦學習，有悟性，讀書自有見解。他的性格，落拓不羈，喜歡結交禪宗僧侶及一方文士。放言高論，譏評人物，被視為狂生。興化東門外風光秀麗，對板橋性情的陶冶也有深刻影響。他作詩道：「鶴兒灣畔藕花香，龍舌津邊粳稻黃。小艇霧中看日出，青錢柳下買魚嘗。」（〈送職方員外孫文歸田〉）「吾家家在煙波裡，繞秋城藕花蘆葉。渺然無際。」（〈食瓜〉）板橋由於自身有過「輿下荒涼告絕薪，門前剝啄來催債」的經歷，因而他對窮苦人民深表同情，直至做官後給弟弟的信中還說：「可憐我東門人，取魚撈蝦，撐船結網；破屋中吃秕糠，啜麥粥，擎取荇葉蘊頭蔣角煮之。旁貼蕎麥鍋餅，便是美食；幼兒女爭吵。每一念及，其含淚欲落也。」（〈范縣署中寄舍弟墨〉）二十歲時，隨陸種園學填詞。同學有顧于觀、王國棟等。在老師的影響下，這班同學少年壯心磊落，激濁揚清，有志於「修身、齊家、治國、平天下」。康熙五十四年（西元1715年），板橋二十三歲，娶妻

徐氏，生一男二女，男早夭。三十歲時父病故。三十九歲時
妻徐氏病故。埋葬了妻子，年關又近，家中絕薪斷糧，來年
又是三年一度的鄉試，更談不到去南京趕考的盤纏了。興化
知縣汪芳藻深識板橋，慷慨解囊，資助板橋去南京應鄉試。
雍正十年，板橋中舉，之後又到揚州賣畫。

　　乾隆元年（西元1736年），他四十四歲，中了進士。第
二年就奉派做山東范縣知縣。審理案件，公正廉名明。乾隆
六年（西元1741年），板橋受到乾隆之叔慎郡王的重視，把
他看作當代的李太白，請他進王府，親自招待。乾隆十一年
（西元1746年），調遷濰縣知縣，遇到饑荒，他大興修築城池
的工程，招來遠近饑民做工，令大戶開廠煮粥，輪流供應飲
食；又封了富豪的倉庫，要他們按平價賣出存糧。因此得罪
了縣紳，他們到城裡密告，上司怪他賑災處理不當，於是他
就辭官歸隱揚州。去官之日，百姓遮道挽留，家家畫像以
祀，並為建生祠。

　　因出身貧苦，極富同情心。他隨時濟助鄉里故舊。據阮
元《淮海英靈集》，說他「嘗置一囊，銀錢果食之類皆貯於
內，遇故人或鄉鄰子貧窮者，隨所取而贈之。」他歸隱後的
生活，主要靠賣書畫來維持。他的〈署中示舍弟墨詩〉說：
「學詩不成，去而學寫。學寫不成，去而學畫。日賣百錢，
以代耕稼。實救困貧，託名風雅。免謁當途，乞求官舍。座
有清風，門無車馬。……」又自訂〈筆榜〉說：「大幅六
兩，中幅四兩，小幅二兩。書條、對聯各一兩。扇子斗方五
錢。凡送禮物、食物，總不如白銀為妙。公之所送，未必弟

之所好也。送現銀則中心喜樂書畫皆佳。禮物既屬糾纏，賒欠尤為賴賬。老年神倦，不能陪諸君子作無益言語也。」又有詩說：「書竹多於買竹錢，紙高六尺價三千。任渠話舊論交接，只當秋風過耳邊。」在這裡也可看出他率真、風趣的一面。

　板橋五十二歲時妾饒氏生子，亦早夭。遂以堂弟鄭墨之子鄭田承嗣，鄭板橋「鄭家大堂屋」給鄭田居住。密友李鱓邀他到興化南門內李宅的「浮漚館」居住。不久，李鱓又幫板橋在館旁築一小園，名「擁綠園」，內植青竹、蘭花。乾隆三十年十二月十二日，七十三歲的鄭板橋逝於「擁綠園」中，安葬於興化管阮莊。板橋教子弟作文，重視「新鮮秀活」，「春江妙境」。他自己的詩文，大都來自現實，來自生活。奔放自由，寫意胸臆，毫不雕飾；抒情敘事，都能俳惻動人。板橋的書畫，風姿超逸，自成一家，是極負盛名的。他的繪畫沒有孤立地從形式筆墨——臨摹古人入手，而是首先從生活入手，用他自己的話來說：「凡吾畫蘭、畫竹、畫石，用以慰天下之勞人，非以供天下安享之人也。」他的畫來源於自然，又不是自然的翻版，而是通過概括、提煉的加工過程，略其迹而「取其意」，體現出一種欣欣向榮而又冗傲清勁的精神。與李鱓、高鳳翰、金農、羅聘、李方膺、汪士慎、黃慎等八人被稱為「揚州八怪」。工書法，融隸書於行楷中，自稱「六分半書」，「六分半」書又稱「八分書」，是隸書的別稱。隸書波磔有法，平正嚴謹，故謂「八分」；鄭燮的字雖多帶波磔，然其結體時帶瘦長，時而矮

闊，行草點畫映帶有致，因非如楷隸之嚴正，又參以繪畫筆觸，故稱「六分半」。大體說來，是把真、草、隸、篆四種書體而以真、隸為主綜合起來的一種新書體，而且用作畫的方法去寫。他的書法，比之詩畫得到更大的好評。二百多年來，鄭板橋的詩、詞、書、畫廣為流傳，國外美、英、法、日、西德等國的大博物館、圖書館都藏有板橋墨迹。關於鄭板橋的趣聞逸事在民間更是廣為流傳。有《鄭板橋全集》

賞 讀

　　本文節選自鄭板橋全集。原題是〈范縣署中寄舍弟墨第四書〉，坊間一般選本，皆作〈寄弟墨書〉，以簡短易記，茲採從之，此信寫於乾隆九年（西元1744年），當時板橋五十二歲。墨，是板橋叔父的兒子，在《鄭板橋全集》中，共收家書十六通，都是寄給這位堂弟的。〈十六通家書小引〉說：「板橋詩文，最不喜求人作敘。求之王公大人，既以借光為可恥；求之湖海名流，必至含譏帶訕，遭其荼毒而無可奈何！總不如不敘為得也。幾篇家信，原算不得文章，有些好處，大家看看；如無好處，糊窗糊壁，覆瓿附盎而已！何以敘為。」

　　板橋的家書，多是家常語言，用質樸自然的文字，表現忠厚誠懇的情意。在尺牘中，可說是上乘作品。

　　板橋沒有親兄弟，他跟堂弟墨的感情，卻比一般親兄弟還要篤厚。墨，比他小二十四歲，是他叔父晚年所生的兒子。他們家道中落，同堂兩人都是在貧困的環境中掙扎長大

的。板橋在備嚐人世淒苦之餘，對這位比他年輕、穩重的堂弟，應試愛護備至，期望良深。他離家一兩個月，就要寫詩寄懷，共勉「努力愛秋春」，「苦樂須同嘗」。他在外做官，一切家務事都託付給堂弟，時時把自己在讀書、做人方面的心得寫信告訴他。指導他讀書要有特識，要「自出眼孔，自豎脊骨」；作文要「新鮮秀活」，「想春江妙境」；待人接物要想到「為人處，即是為己處」，「以人為可愛，而我亦可愛矣！以人為可惡，而我亦可惡矣！」當然，板橋自我反省，也想到「年老身孤，當慎口過」，也希望他的「老弟」時加規勸。在《鄭板橋全集》裡板橋寄給墨的這十六封家書真可說是敦厚誠懇，沒有一篇不洋溢著手足之情的。

本文選文，可說是板橋家書的「抽樣」。他那口語化的文體，自然而脫俗；他那論人事的特識，含蘊著至情與至理。這些都可以說是板橋作品特有的「標誌」。至於他能獨創這種「標誌」的功力，當是根源於灑脫率真的性格；也根源於「自出眼孔，自豎脊骨」的讀書態度。

本文共分四段：

第一段，告訴對方接讀來信的感觸。這是在回信中最自然也最常見的開端。板橋由對方來信得知「新置田穫秋稼五百斛」，於是想到今後「堪為農夫以沒世」。這封信的思路，也就從這個念頭發展開來。試想，秋收豐碩的好消息固然值得高興；一個中了進士正在做官的人，為什麼竟會說出要做農夫以終身的話來呢？這當然是有原因的。

於是作者在第二段，就展開了對於社會上士、農、工、

商四民的一翻議論。中國本是以農立國，歷代的思想家、政治家，都認為蠶桑、稼穡是民生的根本，數千年來，男耕女織也確是中國社會上大多數人謀生的正道。板橋認為農夫「苦其身，勤其力，耕種收穫以養天下之人」，是「天地間第一等人」。這種觀點，當然也是其來有自的。不過，板橋所處的時代，卻是一個科舉制度積弊很深的時代。一些讀書人擺出一副「萬般皆下品，唯有讀書高」的面孔，忘掉了入則孝、出則弟、守先待後的本分，失去了己立立人、己達達人的理想。一心一意只想求功名，爭利祿。利慾薰心的結果，竟至於小頭銳面，作惡於鄉里。板橋指出當時讀書人的通病，卻也不抹殺少數人的成就。可是，好人為壞人所累，一些束修自好、經濟自期的知識分子，也就被人們誤解，而至於良莠不分了。板橋是個良知未泯的讀書人，是個不肯同流合污、人云亦云的讀書人。他對以上的種種現象自然是看得真切而感受深刻的了！他寧願作農夫以終身，讀者當然也可以得到同情的了解了。

　　緊接第二段敬重農夫的意思，板橋在第三段要他弟弟對於佃戶「必須待之以禮」。主客平等的道理，原是人人當知的。可是在當時社會上，一般地主們早已把這個道理忘掉了，對佃戶的作威作福反而認為是理所當然了。只有具備豐富同情心的人，才能在世風澆薄的情況下，保持仁愛的品德。原來板橋仁愛的品德，不僅表現在對佃戶的同情上，也表現在對天下貧戶的同情上。他在這信的最後一段，跟堂弟商量置產的事，提出「予兄弟二人，各得百畝足矣」！「若

再求多，便是佔人產業，莫大罪過」。板橋所以能夠這樣知足，是因為他想到「天下無田業者多矣」；他想到有錢有勢的人，如果貪求無厭，那麼「窮民將何所措手足乎」？

在寫作技巧上有兩點可以留意。

一、板橋善於運用對比、設問手法，以士、農、工、商的相互對比，烘托出農夫的可貴；以「豈無其人」、「我何貴而彼何賤乎」、「窮民將無所措手足乎」等句設問之，激發黑的深切反省。

二、本文句式靈活多變化，自二字到十三字句都有，使文氣快慢有致，錯綜變化，雖是文言文，但非常口語化。全文寫來平易坦率，親切懇摯，使原本說理教誨的文章，充滿人情味、生活氣息。

板橋有獨特的人格，但他獨特而不怪異，只是坦率地表現真性情。板橋的作品，也有獨特的風格。無論是書、畫、抑或詩、文，在體製上都顯著地表現出一種特徵。板橋在文學、藝術上最可貴的成就，即是表現其獨創的精神。他絕不虛飾，決不因襲，處處表現自我的真面目。這封家書，他沒有板起面孔冷冰冰地教訓幼弟，硬梆梆地說教，反而顯得親切懇摯，有情有致。

（四）習慣說　劉蓉

◎ 原文

蓉少時，讀書養晦堂之西偏一室。俛而讀，仰

而思：思而弗得，輒起，繞室以旋。室有窪逕尺，浸淫日廣。每履之，足苦躓焉；既久而遂安之。

一日，父來室中，顧而笑曰：「一室之不治，何以天下國家為？」命童子取土平之。

後蓉履其地，蹴然以驚，如土忽隆起者；俯視地，坦然則既平矣。已而復然；又久而後安之。

噫！習之中人甚矣哉！足履平地，不與窪適也；及其久，而窪者若平。至使久而即乎其故，則反窒焉而不寧。故君子之學貴慎始。

題解

本文節選自文海出版社印行的《近代中國史料叢刊》三十九輯《養晦堂文集》，並加改寫而成。題目原作〈習說〉。作者藉少年時代的親身經驗，說明習慣對人有很大的影響勉人為學要慎之於始。

全文分四段，採先敘後議的手法。前三段分別敘述作者年少於書房讀書，室中有窪地的情形，及後來填平窪地的原因與窪地填平後的感受。最後一段扼要的點出主旨，說明習慣影響人之深，及「學貴慎始」的重要。作者以生活中的切身經驗為例，闡述道理，言詞親切，文章富有說服力，精警透徹，發人深省。

作者

劉蓉，字孟容，號霞仙，清湖南湘鄉人。生於仁宗嘉慶

十一年（西元1806年），卒於穆宗同治十二年（西元1873
年），年六十八。劉蓉年少時，見到清政府積弱不振，民不
聊生，便立下志願，要為百姓謀福利。與曾國藩同鄉，在曾
國藩的幕府裡任職，曾隨曾氏轉戰江西，湖口之役。劉蓉的
弟弟在蒲圻一役中身亡，劉蓉為送弟弟屍骨回鄉安葬，於是
辭去軍職。不久，劉蓉父親亦因故過世。遭此打擊，劉蓉傷
心久久不能平復，即便是愛才的胡林翼，請他出來協助治理
軍事，他也堅持不肯復出。直到咸豐十一年，隨駱秉章進入
四川，平定四川太平天國西竄的軍力，運籌帷幄功勞很大。
同治三年三月，劉蓉抵達省城。五月，川匪和粵捻合流，由
鎮安孝義以襲擊的方式侵犯省城，劉蓉立即招集諸軍反擊盩
厔之間，沒多久再和穆圖善合擊於鄠縣，亂軍潰散往洛陽方
向逃去。官做到陝西巡撫時，曾擊平回亂。同治四年，劉蓉
收復階州。捻匪張總愚進入陝西，威脅到省城的安危，劉蓉
與喬松年在政策上的意見不合，所率領楚軍三十營，因不知
該聽令於誰而混亂，士無戰心，屯灞橋，清剿捻亂失利。清
廷下詔斥責劉蓉貽誤軍機，奪職回籍。

　　清同治三年時，劉蓉自官場欲隱，他寫信給兒子鴻業，
命其舊居後興建「遂初園」，以待他歸來。就這樣，養晦堂
變成了一座莊園。劉蓉〈遂初園落成〉詩作：「二頃曾無負
郭田，一囊剩有買山錢。劃開松島新煙月，占得桃源小洞
天。笠澤樵漁無俗子，淮南雞犬是神仙。人間福地誰消得，
只讓王維住輞川。」遂初園建有六角涼亭，名天遊台，登臨
遠望，山水相映，風景宜人。其書齋養晦堂，據曾國藩〈養

晦堂碑記〉》（劉蓉手書，1958年屋拆後已不知下落），及劉
蓉〈養晦堂題壁〉詩：「萬壑松聲半畝宮，天留一席待麑
翁。名山要得人相壽，大道還應日再中。九曲黃河清可俟，
千秋青史論難公。書生事業歸名世，肯藉區區竹帛功。」可
知其大概。劉蓉晚年即在此度過。

　　劉蓉擅長古文、詩詞，文筆簡暢練達，著有《養晦堂文
集》、《養晦堂詩集》、《劉中丞（霞仙）奏》、《思辨錄疑
義》等書。

賞讀

　　一般來說，論說文總是以說理為主。先把抽象的道理說
明白，然後再舉些具體的事實來做例證，這樣的寫作方式是
最常見的。可是劉蓉的這篇〈習慣說〉卻不然，他是以敘事
為主。全文一共四段，他用了前三段的篇幅來記述自己小時
後的親身經驗。即使最後一段中，也只有首尾兩句是在表示
意見而有所論斷。

　　他這樣做的最大好處，是使文章親切而可讀性高。一般
人不喜歡論說文，就是因為說理的文字趣味不高；而且「理」
都是抽象的，純粹說理，很容易流於玄虛而不切實際。其實
一切的理都是由事物所顯示的，天底下沒有空洞不實的理。
所以就事事物物來實地探究道理，是我們做人、做學問的基
本工作，也是論說文的寫作之道。

　　劉蓉在本文前三段中，只記述事實，不發議論。他所敘
述的事實，告訴我們一些什麼呢？當書房裡地不平的時候，

劉蓉走到窪地「足苦躓焉」，可是「既久而遂安之」。在書房裡的窪地填平之後，走慣了窪地的劉蓉，再走起來卻反而「蹶然以驚」，「如土忽隆起者」，不過他「又久而後安之」。「久而安之」，是對習慣的行成最切實的陳述。我們從劉蓉的故事中可以想到：人由「久而安之」養成某種習慣的時候，也就是人受這種習慣支配的時候。劉蓉對窪地一但安之若素，這窪地在他的感覺終究不存在了：等到窪地填平，習慣卻反而使他產生錯覺，以為「土忽隆起」了。習慣對人生的這種支配力量，不是到處都存在嗎？試想一下：我們從早晨起床，一直到晚上就寢，日常生活中的種種舉動，有多少不是習慣在支配著呢？著名教育家葉聖陶先生說過，教育就是要養成良好的學習習慣。俄國教育家烏申斯基在〈論習慣的培養〉一文中說：「習慣是教育力量的基礎。」良好習慣一旦養成，就會在不知不覺中自然而然地把該學的東西都學了，該會的內容都會了。孔子說：「少成若天性，習慣如自然。」習慣簡直就是第二天性，在學習上能獲致好的成績，與其說是勤奮刻苦的結果，不如說是良好的習慣使然。

（五）與荷蘭守將書　　鄭成功

◎ 原文

　　執事率數百之衆，困守城中，何足以抗我軍？而余尤怪執事之不智也！

　　夫天下之人，固不樂死於非命。余之數告執事

者，蓋為貴國人民之性命，不忍陷之瘡痍爾。今再命使者，前往致意，願執事熟思之。

執事若知不敵，獻城降，則余當以誠意相待；否則我軍攻城，而執事始揭白旗，則余亦止戰，以待後命。我軍入城之時，余嚴飭將士，秋毫無犯，一聽貴國人民之去。若有願留者，余亦保衛之，與華人同。

夫戰敗而和，古有明訓；臨事不斷，智者所譏。貴國人民，遠渡重洋，經營臺島。至勢不得已，而謀自衛之道，固余之所壯也。然臺灣者，中國之土地也，久為貴國所踞。今余既來索，則地當歸我。珍瑤不急之物，悉聽而歸。若執事不聽，可揭紅旗請戰，余亦立馬以觀。毋游移而不決也。

生死之權，在余掌中。見機而作，不俟終日。唯執事圖之。

題解

本文節選自黎明文化事業股份有限公司印行的《臺灣通史・開闢記》。題目為編者所加。明熹宗天啟四年（西元1624年），荷蘭人入侵臺灣，久據不去。至桂王永曆十五年（西元1661年），鄭成功欲收復故土，作為反清復明的基地，率師攻克赤崁城，荷人退守熱蘭遮城（安平），鄭成功於4月26日（農曆）致書荷蘭守將鄂易度（Frederik Coyett，鄂易度為連橫撰寫《臺灣通史》時之音譯，今則譯為揆一）招

降，即本文。荷人不從，鄭成功採圍困政策，終於使得荷人無法支持，而於十二月初三日投降，臺灣乃復為中國所有。

　　本文曾有人質疑非鄭成功的作品，而是連雅堂撰寫《臺灣通史》時自撰或竄改原文，自有道理，但文章久為人所傳誦，此處仍就文賞讀之，不去牽涉考證問題。

　　全文詞語宛轉而氣勢充盈，深識規勸與說理之分寸，言辭誠懇，動人肺腑，是篇相當難得的安撫招降書。

◎ 作者

　　鄭成功，初名福松，改名森，字大木，明末南安（今福建南安）人。生於熹宗天啟四年（西元1624年），卒於桂王永曆十六年（清聖祖康熙元年，西元1662年），年三十九。

　　鄭芝龍娶日人田川松之女，生福松（即鄭成功），福松於七歲時隨父芝龍返中土。芝龍並延聘老師教導福松。年十一時，塾師嘗以〈灑掃應對〉為題，命之為文。文末曰：「湯武之征誅，一灑掃也；堯舜之揖讓，一進退應對也。」造語新奇，口氣不凡。福松性好〈春秋〉經傳、孫子兵法，又擅擊劍、騎射。年十五，補博士弟子員；及冠，就讀於南京太學，受業於錢謙益，謙益字之曰大木，勉其為國之棟梁也。是年清兵入關，思宗殉國，福王即位南京；次年福王被執遇害，唐王稱帝於福州。其父芝龍受封為平國公，福松賜姓朱，賜名「成功」，有望其「反清復明，馬到成功」之意。拜御營中軍都督，儀同駙馬，又賜「尚方寶劍」，此後人稱「國姓爺」、「鄭成功」者以此。隆武二年（西元1646

年），唐王被執，芝龍降清，成功哭諫不從，乃率所部遁金門，誓師海上，謀匡復。是時桂王立，改元永曆，永曆十一年（西元1657年）桂王冊封成功為延平郡王招討大將軍。越二年，以大軍十七萬自長江登陸南京，舉國大振，旋以清援兵至，不幸挫敗，退守金、廈。又二年，逐荷蘭，收臺灣，謀開拓，以為久遠計，惜天不永年，齎志以歿。

清末名臣沈葆楨曾手撰〈延平郡王祠楹聯〉曰：「開萬古得未曾有之奇洪荒留此山川作遺民世界極一生無可如何之遇缺憾還諸天地是創格完人」可為鄭成功一生人格事功之寫照。

◎ 賞讀

本文是一封招降的書信，要勸人投降，必須要就事實立言，並且曉以利害，辨以是非，給予承諾；最忌虛聲恫嚇，羞辱對方，或顯現趕盡殺絕之意。這封勸降書即充分符合以上條件。

全文共分五段：

第一段就事實立言。蓋鄭成功已攻下赤崁樓，進逼熱蘭遮城，將對方圍困城中，故首先指出荷蘭守將困守孤城，負隅頑抗，最為不智。簡單四句，直扣敵人要害。所謂「不智」，是指守將決定錯誤，或尚在猶豫。

第二段曉以利害。告以如不知審時度勢，頑強固執，則可能死於非命。故為對方人民性命設想，期望對方能幡然改圖，以避免傷害。這一段緊承前一段所謂的「不智」之舉，

加以提醒對方，不要以「貴國人民之性命」作必敗之賭注。而自己之所以再度派人來致意，實「不忍（對方）陷之瘡痍」，表示我方以仁愛為懷。「瘡痍」二字，令人怵目驚心，也用以警告荷蘭守將，戰火再開啟，將自陷於傷亡之慘境，因此要他再「熟思之」，不可「不智」。

第三段給予承諾。這段以「知」字和「降」字作為線索。「知」是從上文「不智」和「熟思」而來。不智必須熟思，熟思必知不敵，明知不敵則只有投降。「降」字一提出，這封信的主旨就豁然明白了。怎樣「降」呢？鄭成功替敵方設想兩條路：一是馬上投降，一是我軍攻城時即降。降了之後又如何呢？接著開出優沃條件，承諾以誠意相待，不會傷害對方人民，去留可自作選擇，若有願留者，也將與華人一體看待，善加保護，絕不會妄加殺戮拏辱，充分顯現誠正公平的態度。以上可說都是提醒敵方守將，須作明智的決定，不可作不智的困守。

第四段辨以是非，表明立場。這一段為恐敵方守將猶豫不決，特別提出「臨事不斷，智者所譏」，以為提醒，並與首段的「不智」相呼應。在這兩句之前，妙在忽又提出一「和」字來，如果恥於投降，講和也未嘗不可。這一「和」字頗重要，為敵方留足了面子，在我方可算是仁至義盡了。仁至義盡而仍然不降不和，然後我方揮軍進攻，自必理直氣壯，士氣高昂。因此，這也含有鼓勵我方士氣之作用。

要求敵人或降或和，有什麼理由呢？接著鄭成功又用談判的技巧，先對對方的作法略作肯定，再予以駁倒。敵方

「遠渡重洋，經營臺島，至勢不得已，而謀自衛之道。」是「余之所壯」，可是緊接著作者提出臺灣「久為貴國所踞」，一個「踞」字，點出對方的強占，可見其「遠渡重洋，經營臺島」，根本是一種侵略。「今余既來索，則地當歸我」，這是天經地義的理由，使敵方無可反駁。但「珍瑤不急之物，悉聽而歸」，顯現鄭成功的寬宏氣度，充分呈現其理直氣壯之精神。

第五段總結全文，明示旨意。這一段特別提出「生死之權，在余掌中」，希望對方能識時務，當機立斷，作明白的答覆。

這封招降書的內容，充分表現了嚴正的義理和寬宏的態度，雖然並不能使荷蘭守將馬上投降，但對於我軍士氣的提振，對方士氣的打擊，料能產生巨大影響力。鄭成功以其凜然的正氣，寫此書信，文辭雖然簡短，命意則十分警策。英雄吐屬，壯士豪情，自是不凡。

古典 **小說** 卷

一、《西遊記》導讀　吳承恩

　　《西遊記》是我國古典小說中四大奇書之一，它不僅是中國文化的瑰寶，在世界文學史上也有重要的地位。這部書既有引人入勝的情節，又有豐富深刻的思想內涵，同時其文字優美生動，想像豐富，描寫奇幻，是相當適宜閱讀的一本好小說。

題解

　　《西遊記》是以神話和社會現象為題材的章回小說。其故事非全然空無依傍。唐太宗初年，高僧玄奘到印度研究佛法，歷時十七年，取回佛經六百多部，震動中外，並因此引起了種種傳說。南宋時，取經故事成了話本的重要題材。話本〈大唐三藏取經詩話〉中，第一次出現猴行者的形象。隨後，取經故事搬上雜劇舞臺。明代中葉，有關西遊故事大致定型，相傳吳承恩在傳說、話本和雜劇的基礎上，創作了百回本《西遊記》。

　　今存最早的百回本《西遊記》刊本，是刊於明神宗萬曆二十年（西元1592年）的金陵世德堂本，其後有萬曆三十一年（西元1603年）楊閩齋刊本，崇禎間又有李卓吾評本。上述明本都無唐玄奘出身故事，使其所歷八十一難欠缺前四難。直到清康熙初年，汪象旭、黃周星箋評修訂並刊印

西遊證道書，方在第九回加入〈陳光蕊赴任逢災，江流兒復仇報本〉一回。同時，他們還對明本進行修訂。

　　儘管汪、周二人是《西遊記》的最後寫定者，但他們據以修訂的明本究為何人所為？清人大都認定是元代長春真人邱處機，此說早已辨正，近人多主吳承恩所作。但是，就目前所有資料來看吳承恩作《西遊記》的證據，仍有闕漏。故亦有學者否定此論，但也沒有確鑿論據。因此本文仍認為《西遊記》當是吳承恩晚年所作。

◎ 作者

　　吳承恩，字汝忠，號射陽山人（因淮安府城東南七十里有射陽湖），先世江蘇漣水人，後遷居淮安山陽（今江蘇省淮安縣）。大約生於明孝宗弘治十三年（西元1500年），卒於明神宗萬曆十年（西元1582年）。

　　吳承恩自幼聰穎敏慧，陳文燭〈花草新編序〉談到吳承恩幼年情形，有一段生動的描述，他說吳氏「生有異質，甫周歲未行時，從壁間以粉土為畫，無不肖物，而鄰父老命其畫鵝，畫一飛者，鄰父老曰：『鵝安能飛？』汝忠仰天而笑，蓋指天鵝云。鄰父老吐舌異之，謂汝忠幼敏，不師而能也。比長，讀數目行下。督學使者奇其文，謂汝忠一第如拾芥耳。」吳氏於少年時代即以文名冠鄉里。吳國榮〈射陽先生存稿跋〉中說：「射陽先生髫齡，即以文鳴於淮」；天啟年間修的《淮安府志》也說他「性敏而多慧，博極群書，以詩文下筆立成……復善諧劇，所著雜紀數種，名震一時」。

後來清代的《山陽縣志》和《山陽志遺》也都謂其「英敏博洽，為世所推」。

吳氏喜讀野史，愛聽神怪傳說，他在〈禹鼎志〉自序中說：「余幼年即好奇聞，在童子社學時，每偷市野言神史。懼為父師鳴奪，私求隱處讀之。比長，好益甚，聞益奇。迨於既壯，旁求曲致，幾貯滿胸中矣。」這些對他日後撰寫《西遊記》應有相當的幫助。吳氏中秀才之後，因不喜科舉八股文，故而屢試不第，直到嘉靖二十三年（西元1544年），他已是中年，才補得歲貢生，又過七年之久，才獲得浙江長興縣丞的卑微官職。因母老家貧，中舉無望，不得已屈就。但因性格傲岸，風骨剛直，不久即辭官而去。

他一生放浪漂泊，玩世不恭，晚年更以詩酒自娛。然而在遊歷中所目睹的政治黑暗、社會動亂等，令他心中悲憤不已，於是借神怪來發洩心聲，投射了自己懷才不遇的苦悶和改革社會的理想。他孤高的個性、淵博繁雜的知識、廣博的見聞與對神怪故事的痴迷，都深刻影響了他後來晚年居家時所寫的《西遊記》。

◎ 導讀與鑑賞

《西遊記》在中國傳統章回小說中名列四大奇書之一。它不但內容博大精深，同時富有深刻的寓意，歷來備受中外讀者喜愛。全書引人入勝之處在於：豐富的想像力、幽默詼諧的筆調和構思奇詭多變的情節，一波一波連接而來。

其實《西遊記》在成書之前，有關西遊取經的民間傳說

和神話作品已經流傳了約九百多年，後來才由作者依據元代的《西遊記平話》，再多方收集材料，整理創作而成。所收集的材料包括：從唐代高僧玄奘赴印度取經的歷史事實（西元627年到645年）、民間口傳的取經過程，到宋代的說書底本《大唐三藏取經詩話》，甚至後來元明雜劇中的劇本等。

　　本書的寫作時代是明朝中期，當時社會經濟雖然繁榮，但政治日漸敗壞，百姓生活困苦，社會問題非常複雜，人民怨聲載道。作者遂藉本書對不合理的現象透過故事提出批評。

　　故事敘述唐三藏與徒弟孫悟空、豬八戒、沙僧和白龍馬，歷盡千辛萬苦，經過八十一次磨難，到西天取經的過程。通行本全書共一百回，六十餘萬言，可分為三大部分。

　　第一部分（第一回到第七回），描繪美猴王孫悟空的出生、據地為王、學法術、鬧天宮到被鎮壓五行山之事。表面上似與全書關係不大，其實是全書的開場：以之介紹孫悟空這個全書中最關鍵的角色，及其出身的非凡和神通的廣大，同時預先讓讀者認識了往後經常出現的玉皇大帝、觀音菩薩和如來佛等角色。

　　第二部分（第八回到第十二回），藉敘述魏徵斬龍、唐皇夢入冥府、劉全送瓜以及三藏取經的緣由，同時也交代三藏的出身。

　　第三部分（第十三回到第一百回），為全書故事的主體。詳盡述說了師徒一行人經過八十一種災難的磨練，悟空保護唐三藏，降伏妖魔，掃除種種障礙，終於化險為夷，安

古典小說卷

達西天取回真經。

　　細看下來，《西遊記》確實是吳承恩匠心獨運的結晶。這麼多的魔怪，卻無重複的特徵。八十一難也曲折離奇，各不相同。例如情節較簡單的黑河沉沒、滅法國難行、天竺招婚等，精簡俐落；較複雜如紅孩兒、通天河、三借芭蕉扇等，卻至少占了三回的篇幅。作者依實際需要，或詳或略，各盡其宜。

　　再者，全書最引人入勝的就是角色的生動描繪。本書角色眾多，以唐三藏師徒四人為主，其他的妖魔鬼怪為輔，各顯現他們的特色。

　　猴精孫悟空。他身懷七十二絕技，一觔斗可飛十萬八千里，一根金箍棒打盡群妖眾魔，是護送唐僧取得經書的最大功臣。他聰明善良、得意忘形、玩世不恭、樂觀詼諧、逞強好勝、不畏強權，打擊惡勢力，最後功德圓滿，升上天界，被封為「戰鬥勝佛」。

　　唐三藏是個高僧，一個老好人。當然，他和正史上的唐代高僧玄奘相差何止十萬八千里。出身平凡的他自嬰兒時代就出家了，後來奉唐太宗之命西去求經。他心地慈悲善良，會念經、作詩，但是非不分，濫發慈悲，又懦弱無能。他個性軟弱，在取經路上遇到妖怪想要吃他的肉、搶他的錦襴袈裟時，只會流淚念佛，等徒弟相救。然而他關心愛徒，在患難中更能見其對三個徒弟的信任和愛護，也能堅持自己的目標完成取經任務。

　　《西遊記》的丑角是眾所皆知使用九齒鈀的豬八戒。他

笨頭笨腦、醜陋好色、貪心懶惰、胸無大志、得過且過，幾乎所有缺點都表露在他身上。他對事物的反應都是直接的、赤裸裸的。他本來是天上的天蓬水神，可是未失人性而被逐出天界，投胎成豬臉人身的怪物，成為全書最會耍寶的喜劇人物。其中最有趣的是師徒一路的說笑，其中大部分是八戒引起的，甚至還常扭曲事實使三藏念緊箍咒，好讓行者出醜。然而總的來說，他性格憨厚，本質單純，與妖精勢不兩立，也有他可愛的一面。

最後是平實忠厚的沙悟淨。他本是沙河的水怪，長得醜陋，但個性隨和老實，隨時相信「以和為尚」的原則，是個虔誠的苦行僧。

我們從以上的論述中，得知《西遊記》對英雄人物的塑造，確實有獨到之處。特別是極富理想主義和浪漫情調的孫悟空，他就是一個不折不扣而尊貴高傲的英雄形象。他任性卻正義，而作者又安排了沉重的五行山和金箍帽來約束他，使其形象更多面豐富。他變得可歌可泣、可笑可嘆、可愛可親。

後人評解此書，或以為談禪，或以為講道，或以為明心見性，或認為孫悟空大鬧天宮的故事反映了中國傳統社會的反抗活動。天宮實是地上王朝的縮影，昏庸無道的玉皇大帝正是人間帝王的象徵。西行道上的種種妖魔鬼怪，除一部分反映自然現象外，更多的是人間貪官汙吏、土豪劣紳的化身。

如果我們仔細地閱讀本書，不難發現它是一本寓言小

說，即除了西行取經的故事架構外，它更暗示了很多的道理。如道德、政治、宗教和哲學等意涵。歷來學者大都公認，西行不過是表層象徵，如以「修身」的過程，特別是「修心」的目標來看。我們也可以說其中的災害都是虛幻的，只是心中惡念的形相化。一念為仁，便成菩薩，一念為惡，就成妖魔。它其實表達了神魔的交戰、正邪的衝突，當然最後是邪不勝正。全書最重要的是點明「修心」的重要性，而修心到最後是要達到「空」的境界（所以書中的靈魂人物叫悟空）。這其中包含了儒、釋、道三家的思想，但以佛教的影響最大。特別是書中第十九回烏巢禪師所傳授的心經，就是全書最深層的主題：只要依著「般若」（智慧）修心，就可以超脫苦難，它同時含有深刻的社會意涵。當然，也可以不理會這些言外之意或背後的象徵，只就小說故事來欣賞，甚至把它當成童話故事看，它都可以帶給人極大的趣味與啟發。

《西遊記》自有其文學功能。最直接的是能讓廣大農業社會的人民開懷大笑，紓解被壓迫的苦悶和生活的苦痛，確實為一種精神上的享受。除此，它更能對傳統基層的文化產生滋潤與融和，讓文藝深入民間，讓人民對未來有更美好的期盼和展望。再加上書中所夾雜的方言或俚語都是勞苦大眾所熟悉喜愛的，於是就更容易打動讀者，引起共鳴。

總而言之，本書的藝術成就，主要如下：生動有趣、緊張曲折的情節；栩栩如生、豐富多姿的人物性格等。

《西遊記》對後來的影響是既深且遠的。例如：出現了

以小說《西遊記》為本的劇本：《西遊記傳》、《四遊記》，
又有其他創作如《西遊補》、《後西遊記》等。後世文人創
作更是受其影響，而神話志怪小說也慢慢被正統文學史所接
受和包容。

二、《鏡花緣》導讀　李汝珍

　　《鏡花緣》是部寓有諷刺意味的小說，其筆觸瑰麗奇巧，想像豐富、變化多姿，盡顯作者之「才」；其內容揶揄世俗陋習、嘲弄人性弱點，則展現作者之「識」。足以激發讀者之反思，深具教育之功能。

題解

　　《鏡花緣》是清代乾嘉時期一部內容包羅萬象的小說。作者博學多識，時時將學問融入故事中，故此書亦有「才學小說」之稱。

　　原著計有二十卷，一百回，主要敘述百花仙子及眾花神謫降人間的經過，以及唐敖、多九公、林之洋等人在海外光怪陸離的奇遇記。作者鎔鑄古書，使本書能引發讀者的共鳴，讀來令人興味盎然。

　　作者曾自云創作《鏡花緣》，乃欣逢盛世，「讀了些四庫奇書，享年些半生清福。心有餘閒，涉筆成趣，每於長夏餘冬，燈前月夕，以文為戲，一年復一年，編出這《鏡花緣》一百回。……消磨了三十多年層層心血。……」（第一百回）雖然是「以文為戲」，其實創作態度仍是認真的，並非單純的文字遊戲，所以在第二十三回及曾借林之洋之口，說這部書「雖以遊戲為事，卻暗寓勸善之意，不外風人之旨。」鄭

振鐸說這部書是「諷刺性很強的小說，它很尖銳地、深刻地借神仙的故事諷刺當時的社會。」(〈中國古典文學中的小說傳統〉)。

大凡「遊戲」之作，若無學識才情，等而下之，則易流於輕佻、靈怪，甚至煽情；「勸善」之作，若無巧思佳構，則板臉說教，讀之興味索然；然「諷刺」之筆，若吾過人的智慧、深刻的體驗，犀利婉約的筆法，不是流於下等的謾罵，就是寫來不痛不癢，了無趣味。本書筆調或辛辣尖酸，或揶揄嘲弄，寓教化、勸善於幽默風趣之中，故能引人入勝，尤其前四十回的海外奇國異人怪事，情節生動，意蘊深刻，為人所樂道。

至於本書的版本，起初雖有一些爭議，但現在看法漸趨一致。歷來學者例如胡適、吳魯星、孫佳訊、李時人等，對本書皆有深入研究，成果斐然。相關問題請參考王瓊玲《清代四大才學小說》一書中有關《鏡花緣》「作者與版本」的研究（臺灣商務印書館），及孫佳訊〈鏡花緣作者的疑案〉、〈鏡花緣版本見聞錄〉二文（分別刊於中華文化論叢第三輯和鏡花緣研究第一輯）。

◎ 作者

李汝珍，字松石，清直隸大興（今河北省大興）人。大約生於高宗乾隆二十八年（西元1763年），卒於宣宗道光十年（西元1830年）。

李汝珍「少而穎異」、「讀書不屑章句帖括之學」(〈余

集音鑑序〉），遂能正拖束縛傳統知識份子之科舉桎梏；因無心追求世俗功名，又有長兄官俸可供倚賴，不須為衣食煩心，遂能「以其暇旁及雜流」，對「王遁、星卜、象緯、篆隸之類。靡不日涉，以博其趣。」在《鏡花緣》一書中，即有大篇幅展現各種技藝，他說「上面載著……人物花鳥、書畫琴棋、醫卜星相……無一不備。還有各樣燈謎，諸般酒令，以及雙陸、馬吊、射鵠、蹴球、鬥草、投壺、各種百戲之類，樣樣都可解得睡魔，也可以令人噴飯。」（第二十三回）足見其博學多才。

乾隆四十七年（西元1782年），他隨其兄汝璜到江蘇海洲（今江蘇連雲港），師事精通樂理、音韻的凌廷堪，自稱「受益良多」，對音韻學有極濃厚的興趣。

仁宗嘉慶六年（西元1801年），李汝珍任河南縣丞，參與治理黃河水患。許喬林〈送李松石縣丞汝珍之官河南〉一詩，讚賞李氏：「吾子經世才，及時思自見。熟讀河渠書，古方用宜善。」可見李汝珍對於治理河患的工程，確實下過功夫。而水患傷民之際，他也曾想貢獻所學，以拯民瘼。但在現實中，他未能參加大壩修築工作（任職河南時，大壩已完成），其「讀讀河渠書」的才略，未能盡數施展，後來他將一些未竟的治河理想寫入了《鏡花緣》。

仁宗嘉慶九年（西元1804年），李汝珍完成音韻學著作《音鑑》，此書為他帶來較高聲譽。大概在《音鑑》完成後，李汝珍便開始專心創作《鏡花緣》。嘉慶二十年（西元1815年）完成初稿，並表示要送請許喬林「斧正」，到嘉慶二十

二年（西元1817年）冬，《鏡花緣》正式定稿。

李汝珍亦精通奕道，高宗乾隆六十年（西元1795年），曾於射陽舉行「公奕」比賽，參加者除了李汝珍、兄汝璜、弟汝宗三人之外，尚有沈桔夫、吳雲門等七人。他又蒐集了兩百多局圍棋譜，編纂成《受子譜》一輪，於仁宗嘉慶二十二年（西元1817年）刊刻。

（有關李氏生平及《鏡花緣》一書，孫佳訊所著《鏡花緣公案辨疑》，尤為學界所重，其書確定《鏡花緣》作者為李汝珍，而李氏之生平事蹟也大致明朗可識。）

導讀與鑑賞

一般而言，文學作品不外事作者對人生的反映與感嘆，至於別出心裁，隱約巧妙表現作者心境，譏諷現實社會人生，而且進一步提出個人的主張和理想，以警世以淑世，則更難可貴。就《鏡花緣》來說，作者可以說都做到了。

《鏡花緣》全書共有二十卷，一百回，由兩個部份組成，前五十回主要敘述百花仙子觸犯天條，被貶人間，成為唐敖秀才之女唐小山。唐敖因是叛黨徐敬業等人的舊交，所以遭女皇武則天革去探花的榜名，心灰意冷之際，隨妻舅林之洋的商船到海外遊歷，觀覽諸國，體驗了各種奇風異俗、奇人怪事，後來唐敖看破紅塵，求仙歸隱於小蓬萊山。後五十回述武則天開科考才女，眾才女赴宴會考，歡聚一堂，談學論藝，大展其博學多能。

顯而易見的，《鏡花緣》前半部所描述的徐敬業對武后

事，武后下詔催百花冬日齊放事，及海外諸國奇人異事等，其內容都前有所本。所本者或為史書、或為逸聞、或為稗官野乘、或為地理遊記。其中尤以《山海經》及《淮南子》、《述異記》、《博物志》、《拾遺記》、《別國洞冥記》諸書之傳說為最多。然而作者能推陳出新，引人入勝，最重要的是他藉著這些神怪奇異之事，借古諷今，對社會各種不良的習俗和現象予以批判諷刺，並且抒發心中的理想和主張。

作者在異族高壓的統治下，為掩人耳目，在小說中故佈疑陣、故作謎團，使用障眼法將真事掩去，用假語虛言敷衍出來，幾乎時時得見。此本書創作之目的、主旨，素來眾說紛紜，或以為是提倡女權，表顯反傳統的進步思想；或認為是文人炫才之作；或主張是表現民族氣節，對清廷作精神上的抗暴等；不一而足。為詳勘其整體結構、內容，細翫其關鍵詞句，復對照作者生平，應可確信作者乃遊戲之筆，暗寓勸善之旨，故能鎔鑄古書，以海外奇事揶揄世俗陋習、諷刺人性弱點。在我國小說發展史上，自應有其一席之地。

小說前半部份，作者多藉唐、多、林三人遊歷海外各國所見的風土人情，素為讀者所稱道。這一部份敘事敘述雖詳略不等，或從正面鋪襯，或從反面揭露，但都表現了作者的社會觀點。如藉「無腸國」，譏諷腹虛無物者的自大和可笑，以及為富之不仁刻薄。藉「毛民國」，諷刺一毛不拔，鄙吝成性的人（遂致長了一身長毛）。藉「白民國」，譏諷空疏無學、淺薄無聊之途。藉「聶耳國」譏諷凡人行事過猶不及。藉「淑士國」揶揄酸器十足的腐儒文士。藉「兩面國」

嘲弄趨炎附勢、口蜜腹劍的人。至於「大封國」的人只圖口腹之慾、不辨是非;「穿胸國」的人忘恩負義、狼心狗肺;「結胸國」的人好吃懶做;「長臂國」的人妄想非份之物;「靖人國」的人寡情詭詐,彼此猜忌;「鬼國」的人以夜為晝,陰陽顛倒;「翼民國」的人愛戴高帽子,喜聽阿諛的話;「豕喙國」的人撒謊成性;「伯慮國」的人終日憂愁,未老先衰;「巫咸國」的人追殺弱女,欺壓善良;「智佳國」的人竭精殫慮,以致早衰短壽;「厭火國」的人乞討不成即吐焰焚火等等;無不是當時社會的投影。

最有意思的是「女兒國」,在海外奇國中,作者對「女兒國」的敘述,所用的篇幅最多,作者打破傳統的男女觀念,故意「顛倒乾坤」,使男女角色對調,「男人反穿衣裙,作為婦人,以治內事;女人反穿靴帽,作為男人,以治外事。」又寫林之洋一番令人哭笑不得的奇遇,他被選到宮裡作賓妃,要他穿耳洞、纏足、扮女裝、施脂粉,使他骨斷血流,尷尬不堪,「只覺湖海柔情,便作柔腸寸斷了」。作者把男人治女人之道用來反治其身,好讓男性能將心比心,設身處地為女性著想。

作者翻空造奇的奇情巧思,輔以生花妙筆,令人忍俊不住,而尖酸的嘲弄、深刻的挖苦,對表裡不一,虛偽不實的人不啻是當頭棒喝。值得注意的是作者對現實社會批判雖多,但也寄託的其美好的社會理念。在唐、多、林遊歷各國中,作者安排的第一個國家便是好讓不爭的「君子國」。「君子國」的兩位宰相是兄弟兩人,一名吳之和,一名吳之

祥，作者在這裡借用諧音，意味著種種不良社會弊端，若能「無」之則「和」，「無」之則「祥」，社會便會呈現祥和景象。至於社會的種種弊端，又是何指？在小說中作者曾藉吳之和、吳之祥之口，指出「天朝」（即暗只當今之朝）諸多不良的習俗弊端，如：殯葬習俗「往往因選風水，置父母之柩多年不能入土！」；為小孩滿月、百日、周歲而大量殺生、大擺筵席；為求佛祖保幼兒送子女入空門；為芝麻小事互不相讓而起訟端；三姑六婆哄騙銀錢、搬弄是非；後母折磨虐待前妻子女；算命和婚及屬相定命等。

除此之外，作者用「易地而處」的方式寫理想的女性社會。他認為女子應受教育，可參加科考、可參與政治，在後五十回，他更藉武則天開科考才女，以展現女子之才學和博識。

在本書的整個內涵裡，作者除了時時借題發揮議論和諷寓以表現主題外，也處處藉機會表現個人的才學和博識。這也是本書的特殊內容之一。作者博學多識，頗喜歡表現才學；如第十七回之奢談聲韻，第五十二回之論《春秋》、論三禮，第五十三回之論史，第八十二回之論雙聲疊韻、百條雙聲疊韻之酒令，第八十八回，論以題為韻之天女散花賦，第八十九回混無一重字之千言百韻詩等等，皆頗自得，而有賣弄炫能之嫌。至其談雜藝百戲，如談花卉，論茶道，說鼻煙，談本草醫藥秘方，說棋藝，論談琴八法，論射箭及劍舞，談物理算學，水利之學，談酒令、投壺、燈謎，說大書，論占卜壬課，說馬弔、雙陸、花湖、十湖、蹴菊等等，

幾乎網羅古代的各種遊藝雜技，因此倒可使讀者增加不少的
認識。

三、三國演義選 羅貫中

（一）用奇謀孔明借箭

◎ 原文

　　話說曹操中了周瑜之計，殺了蔡瑁、張允二人，於眾將內選毛玠、于禁為水軍都督，以代蔡、張二人之職。

　　細作探知，報過江東。周瑜大喜曰：「吾所患者，此二人耳。今既剿除，吾無憂矣。」肅曰：「都督用兵如此，何愁曹賊不破乎！」瑜曰：「吾料諸將不知此計，獨有諸葛亮識見勝我，想此謀亦不能瞞也。子敬試以言挑之，看他知也不知，便當回報。」

　　卻說魯肅領了周瑜言語，逕來舟中相探孔明。孔明接入小舟對坐。肅曰：「連日措辦軍務，有失聽教。」孔明曰：「便是亮亦未與都督賀喜。」肅曰：「何喜？」孔明曰：「公瑾使先生來探亮知也不知，便是這件事可賀喜耳。」談得魯肅失色問曰：「先生何由知之？」孔明曰：「這條計只好弄蔣幹。曹操、雖被一時瞞過，必然便省悟，只是不

肯認錯耳。今蔡、張兩人既死，江東無患矣，如何不賀喜！吾聞曹操換毛玠、于禁為水軍都督，則這兩個手裡，好歹送了水軍性命。」

魯肅聽了，開口不得，把些言語支吾了半晌，別孔明而回。孔明囑曰：「望子敬在公瑾面前勿言亮先知此事。恐公瑾心懷妒忌，又要尋事害亮。」魯肅應諾而去，回見周瑜，把上項事只得實說了。瑜大驚曰：「此人決不可留！吾決意斬之！」肅勸曰：「若殺孔明，卻被曹操笑也。」瑜曰：「吾自有公道斬之，教他死而無怨。」肅曰：「何以公道斬之？」瑜曰：「子敬休問，來日便見。」

次日，聚衆將於帳下，教請孔明議事。孔明欣然而至。坐定，瑜問孔明曰：「即日將與曹軍交戰，水路交兵，當以何兵器為先？」孔明曰：「大江之上，以弓箭為先。」瑜曰：「先生之言，甚合愚意。但今軍中正缺箭用，敢煩先生監造十萬枝箭，以為應敵之具。此系公事，先生幸勿推卻。」孔明曰：「都督見委，自當效勞。敢問十萬枝箭，何時要用？」瑜曰：「十日之內，可完辦否？」孔明曰：「操軍即日將至，若候十日，必誤大事。」瑜曰：「先生料幾日可完辦？」孔明曰：「只消三日，便可拜納十萬枝箭。」瑜曰：「軍中無戲言。」孔明曰：「怎敢戲都督！願納軍令狀：三日不辦，甘當重罰。」

　　瑜大喜，喚軍政司當面取了文書，置酒相待曰：「待軍事畢後，自有酬勞。」孔明曰：「今日已不及，來日造起。至第三日，可差五百小軍到江邊搬箭。」飲了數杯，辭去。魯肅曰：「此人莫非詐乎？」瑜曰：「他自送死，非我逼他。今明白對眾要了文書，他便兩脅生翅，也飛不去。我只分付軍匠人等，教他故意遲延，凡應用物件，都不與齊備。如此，必然誤了日期。那時定罪，有何理說？公今可去探他虛實，卻來回報。」

　　肅領命來見孔明。孔明曰：「吾曾告子敬，休對公瑾說，他必要害我。不想子敬不肯為我隱諱，今日果然又弄出事來。三日內如何造得十萬箭？子敬只得救我！」肅曰：「公自取其禍，我如何救得你？」孔明曰：「望子敬借我二十隻船，每船要軍士三十人，船上皆用青布為幔，各束草千餘個，分佈兩邊。吾別有妙用。第三日包管有十萬枝箭。只不可又教公瑾得知，若彼知之，吾計敗矣。」肅允諾，卻不解其意，回報周瑜，果然不提起借船之事，只言：「孔明並不用箭竹、翎毛、膠漆等物，自有道理。」瑜大疑曰：「且看他三日後如何回覆我！」

　　卻說魯肅私自撥輕快船二十隻，各船三十餘人，並布幔束草等物，盡皆齊備，候孔明調用。第一日卻不見孔明動靜；第二日亦只不動。至第三日

四更時分，孔明密請魯肅到船中。肅問曰：「公召我來何意？」孔明曰：「特請子敬同往取箭。」肅曰：「何處去取？」孔明曰：「子敬休問，前去便見。」遂命將二十只船，用長索相連，逕望北岸進發。是夜大霧漫天，長江之中，霧氣更甚，對面不相見。

孔明促舟前進，……當夜五更時候，船已近曹操水寨。孔明教把船隻頭西尾東，一帶擺開，就船上擂鼓吶喊。魯肅驚曰：「倘曹兵齊出，如之奈何？」孔明笑曰：「吾料曹操於重霧中必不敢出。吾等只顧酌酒取樂，待霧散便回。」

卻說曹寨中，聽得擂鼓吶喊，毛玠、於禁二人慌忙飛報曹操。操傳令曰：「重霧迷江，彼軍忽至，必有埋伏，切不可輕動。可撥水軍弓弩手亂箭射之。」又差人往旱寨內喚張遼、徐晃各帶弓弩軍三千，火速到江邊助射。比及號令到來，毛玠、于禁怕南軍搶入水寨，已差弓弩手在寨前放箭。

少頃，旱寨內弓弩手亦到，約一萬餘人，盡皆向江中放箭：箭如雨發。孔明教把船掉轉，頭東尾西，逼近水寨受箭，一面擂鼓吶喊。待至日高霧散，孔明令收船急回。二十只船兩邊束草上，排滿箭枝。孔明令各船上軍士齊聲叫曰：「謝丞相箭！」比及曹軍寨內報知曹操時，這裡船輕水急，已放回二十餘里，追之不及。曹操懊悔不已。

卻說孔明回船謂魯肅曰：「每船上箭約五六千矣。不費江東半分之力，已得十萬餘箭。明日即將來射曹軍，卻不甚便！」……魯肅拜服。

船到岸時，周瑜已差五百軍在江邊等候搬箭。孔明教於船上取之，可得十餘萬枝，都搬入中軍帳交納。魯肅人見周瑜，備說孔明取箭之事。瑜大驚，慨然歎曰：「孔明神機妙算，吾不如也！」

◎ 題解

本文選自《三國演義》第四十六回「用奇謀孔明借箭，獻密計黃蓋受刑」。但小說開頭卻與上回（第四十五回）下半「群英會蔣幹中計」關係密切，所以實際是從「蔣幹中計」開始，略去中計始末，逕從曹操中計殺了蔡瑁、張允，代以毛玠、于禁一段，下接孔明借箭。

《三國演義》從第四十二回到第五十回，描寫決定三國鼎立局面的一次關鍵性戰爭——赤壁之戰，本文為此戰之前的其一前奏。東漢獻帝建安十三年（西元208年），曹操率軍南下，襲取荊州（舊治在今湖北省江陵縣），一面發書孫權，示意孫權自動投降，一面策揮大軍，水陸並進，逼近長江。東吳大臣降戰之議，相持不下，孔明到江東遊說，智激周瑜，終於促成東吳與劉備聯盟，共同抗曹。周瑜嫉亮之才，亦恐亮對東吳不利，便想及早加以蒴除，三番五次計陷，本文即寫周瑜欲藉造箭之事殺孔明。作者描寫重點在於藉孔明巧出借箭奇計，以凸顯孔明的識見與智慧，並以周瑜

之妒能與魯肅之憨厚為映襯，人物的刻畫與情節的推展相輔相成，將孔明寫得出神入化，動人心魄。在波瀾層出的故事中，寫出孔明、周瑜、魯肅三人鮮明個性。透過對比、映襯等手法，魯肅的憨直可愛，正映襯出孔明的機智。小說處處將周瑜和諸葛亮對比，周瑜忌刻褊狹，目光短淺；諸葛亮胸懷坦蕩，雍容大度。周瑜以限期造箭欲加害諸葛亮，既不顧曹軍壓境之危，復低估亮之才智，似智而實愚；亮欣然領命，將期限縮短為三日，主動立下軍令狀，予人自投羅網之感，實則胸有成竹，動若觀火，似愚而實智。憨厚的魯肅扮演了舉足輕重的角色，在二人之中穿插聯絡，自有微妙之作用。周瑜的褊狹自私由魯肅之口點出，諸葛亮的機智從容也在魯肅的驚訝讚嘆中凸顯出來。取箭過程，魯肅亦一直相陪，大霧瀰漫，鼓聲大作，魯肅大驚失色，諸葛亮則濁酒取樂，二人神態亦形成鮮明對照。

　　《三國演義》「尊劉貶曹」，對歷史素材之處理，一反正史以「魏」為正統，對蜀漢人事則敷以同情色彩，對吳魏則不惜醜化扭曲。因《三國演義》出之以小說手法，為了凸顯人物性格，增加閱讀趣味，渲染自是難免，同時作者也藉小說抒發其創作的微妙心理，元為異族統治，在講史中隱約寄託民族尊嚴，「尊蜀抑魏」正是民族意識激盪的自然流露。

◎ 作者

　　羅貫中，名本，號湖海散人，元末明初東原（今山東省東平縣）人，生卒年不詳。曾流寓武林（杭州）、廬陵，相

傳是小說家施耐庵的門人。他為人落落寡合，生當亂世，懷才不遇，於是盡全力從事通俗文學的寫作。以《三國志平話》為藍本，著《三國志通俗演義》（簡稱《三國演義》），以抒發不平之氣。此外，還著有《隋唐志傳》、《殘唐五代史演義》、《三遂平妖傳》等小說，以及雜劇《宋太祖龍虎風雲會》等。

《三國演義》，內容演述東漢靈帝中平元年（西元184年）黃巾之亂，至西晉武帝太康元年（西元280年）東吳滅亡，前後凡九十七年之史事。演義，是演申其義，凡正史、軼聞、傳說之涉及三國故事之詩文，作者皆廣為採輯，巧為穿插，務求誇飾以增加趣味而不過分違背史實，奇詭而能近乎人情。清聖祖康熙年間毛宗崗曾增刪潤飾此書，使全書結構更加完整緊湊，文字更加曉暢，目前通行的一百二十回本《三國演義》即毛氏修訂的本子。《三國演義》人物形象生動，情節變化多姿，藝術成就極高，與《西遊記》、《水滸傳》、《金瓶梅》並列四大奇書，備受讀者喜愛，影響極為深遠。本文敘述孔明於西城縣（今陝西安康縣西北）設計遇敵，但他處變不驚，設下計謀，終於使司馬懿引兵退去。情節精彩，緊張懸疑，凸顯了孔明對危機處理的能力。

《三國演義》是記敘魏、吳、蜀三國相爭的歷史小說，主要取材於《三國志》，再經作者的渲染與穿插，人物形象鮮明，故事緊湊生動，扣人心弦，是一部流傳千古的名著。

◎ 賞 讀

　　《三國演義》是中國古典章回小說四大奇書之一，作者筆下的人物與故事，幾百年來可說家喻戶曉。本文為其中一回，藉孔明草船借箭一事，生動刻畫了孔明之智謀、周瑜之嫉妒、魯肅之憨厚，情節安排巧妙，故事高潮迭起，讀來引人入勝。

　　本文以「借箭」為軸心，借箭之前，先說周瑜計陷蔣幹，使曹操殺了蔡瑁、張允二人。此後，作者並不急於描寫曹營軍事上的情況，轉而以較多筆墨描寫周瑜尋事害亮之經過，這段故事的穿插，看似鬆而實緊，似疏而實密，似旁而實正。因孫劉之間的矛盾，由於周瑜忌刻心理而變得十分尖銳，這一矛盾又直接影響到對曹作戰的勝敗。而孔明的智謀在孫劉聯盟和對曹作戰有其關鍵性，所以描寫孔明用奇謀借箭，一者挫敗周瑜的陰謀，再者使曹軍水戰實力大為削弱，不知不覺中已推動了赤壁之戰的進程，顯示了作者全局在胸，用筆從容而裕如。

　　本文情節即據此而展開，先說周瑜何以決意殺孔明？孔明又如何應對周瑜？孔明要魯肅如何救他？孔明利用什麼條件借箭？在江面濃霧中孔明利用什方法引曹操放箭？最後如何借周瑜之口讚嘆了孔明的神機妙算？作者借敘述「借箭」始末帶出主要人物：周瑜、孔明、魯肅三人，又借精彩的情節推展刻畫了三人的形象。欣賞時宜掌握下列各點。

一、人物刻畫，栩栩如生

作者以「略貌取神」筆法，運用人物的語言、行動表現人物性格，周瑜、魯肅、孔明三人之形象，塑造出色，寫來栩栩如生。

（一）寫周瑜，則表現得心胸褊狹，自負而善妒。他自以為智計過人，認為借刀殺人之計，「諸將不知」。可是又心想此計多半瞞不過孔明，後來果然不幸而料中，便對孔明起了殺機，幾度計陷，必殺之而後快。他在眾將之前誘使孔明立下軍令狀，（孔明將計就計）允諾「三日不辦，甘當重罰」。他心中暗喜，認定孔明「兩脅生翅，也飛不去」。其小氣而善妒的個性，躍然紙上。正因其善妒，所以對孔明的一舉一動特別在意，先是要魯肅「試以言挑之，看他知也不知」，又故意吩咐軍匠人等，故意延遲，凡應用物件都不與齊備，接著又要魯肅「去探他虛實，卻來回報」，其好強逞能的心理，昭然若揭。

（二）寫魯肅，則表現得忠厚善良而憨直可愛。毛宗崗《批注三國演義》云：「寫魯肅老實，以襯孔明之乖巧。」文中他既是東吳重臣，又是孔明好友，既怕東吳戰敗，又憂孔明身遭不測。處於周瑜、孔明二人之間，其處境實難。他的憨厚、徘徊公私之矛盾，作者寫得極其傳神。文中兩處「子敬休問，來日便見」、「子敬休問，前去便見」，足見他沒有心機。又如孔明關照他莫告知周瑜他洞悉東吳借刀殺人之事，結果魯肅還是「實說」了，可見他不善於撒謊。魯肅聽說周瑜決意除去孔明，勸周瑜說：「若殺孔明，卻被曹操

笑也。」，可見他想保住孔明性命，富朋友道義之交。所以真遇上孔明有急（在魯肅看來攸關孔明生死），他便及時伸出援手，並對孔明借船之事「果然不提」，這又彰顯了魯肅為急人之難，不得已而作了善意的隱瞞。

（三）寫孔明，則表現得足智多謀而談笑自若，應付裕如。他的從容冷靜，來自於對一切事物胸有成竹，穩操勝券。他心知周瑜善嫉，必尋事害他；他用草船借箭，看似弄險，其實早已預知第三日會有大霧，並對曹營可能採取的因應策略、步驟了然於胸，同時相信魯肅在最後關頭必替他隱諱保密，其神機妙算，料事如神，在在令人深為嘆服，無怪乎借箭事成，周瑜大驚，自認不如。在看似險象環生的氛圍中，展現了他超人的智慧和臨危不懼的膽識。

二、透過對比映襯，烘托人物

從前面所述可知魯肅的憨直可愛，正映襯出孔明的機智；周瑜的褊急善嫉，懷有機心，正烘托出孔明的胸懷坦蕩，雍容大度。周瑜處處主動出擊卻略遜一籌，孔明看似被動，實則已化為主動而拔得頭籌。毛宗崗《批注三國演義》云：「寫周瑜乖巧，以襯孔明之加倍乖巧，是正襯也。譬如寫國色者，以醜女形之而美，不若以美女形之而更美。寫虎將者，以懦夫形之而勇，不若以勇士形之，而覺其更勇。」本文對周瑜是正面寫，對孔明是側面寫，寫周瑜實多而虛少，寫孔明虛多而實少。寫周瑜的機靈聰敏，實際上是為了襯托孔明更有過之。至於取箭過程，大霧瀰漫，鼓聲大作直

逼曹軍水寨，魯肅大驚失色，孔明則酌酒取樂，二人神態亦形成鮮明對照。

三、情節曲折，善用懸疑

本文以「借箭」為軸心，然借箭而不必造箭，可謂曲折離奇，變幻莫測。

當周瑜「聚眾將於帳下，敬請孔明議事」，孔明「欣然」而至，周瑜問以「水路交兵，當以何兵器為先？」孔明明知周瑜不懷好意，設下圈套引自己入甕，仍若無其事立下軍令狀。時限迫促，孔明偏又表示「來日造起」，還引數杯方辭去，以致於連魯肅都起疑道：「此人莫非詐？」周瑜也說「他自送死」。況應用物件又不與齊備，不用箭竹、翎毛、膠、漆等物，而二十只船與軍士布幔束草等，究竟作何用？三日內造十萬枝箭，已是迫促，孔明偏無造箭行動，他究竟是何打算？二十只船長索相連，令人生疑；促舟直向曹軍水寨，還就船上擂鼓吶喊，豈非前往送死？連魯肅都驚道：「倘曹兵齊出，如之奈何？」孔明卻只顧酌酒取樂，談笑自若。可說處處啟人疑竇，在在令人稱奇。

又如周瑜欲殺孔明，對魯肅說：「吾自有公道斬之。」當魯肅問他：「以何公道斬之？」作者卻故意借周瑜之口賣關子說：「子敬休問，來日便見。」吊足讀者胃口。又如孔明承諾三日之內監造十萬枝箭，頭二日毫無動靜，第三日卻邀魯肅同往取箭，當魯肅問他：「何處去取？」作者又借孔明之口大賣關子說：「子敬休問，前去便見。」善用懸疑手

法，使情節跌宕起伏，引人入勝。

　　閱讀本文應知正史所載史實、人物面目與小說虛構情節
自有其出入。歷史小說為求引人入勝，添色敷演，形容潤色
必不可少，然終究應做到：務求誇飾而不甚背於歷史，奇詭
而仍近乎人情。讀者閱讀時也須認識到：宜作小說而覽，毋
執正史而觀。清代章學誠稱《三國演義》「七分事實，三分
虛構」（七實三虛），當然也有人認為應「三實七虛」，不論
如何，此書情節之虛構佔有很大比重，則無庸置疑的。以
《三國演義》的情節來對照《三國志》的史實，大致可發現
其虛構藝術之使用手法大抵有六：一、張冠李戴，移花接
木；二、本末倒置，改變史實；三、於史無徵，純屬虛構；
四、添枝生葉，踵事增華；五、根據主題需要，採擷話本、
雜劇故事，加工潤色；六、史實中插入虛構成分，使實中有
虛，虛中有實，真假難辨，融為一體。

　　根據有關文獻記載：赤壁之戰發生時，周瑜擔任東吳左
都督，諸葛亮擔任蜀漢軍師中郎將，職位低於關羽和張飛，
不太可能發揮如演義中所述掌握全局的作用。《三國志・周
瑜傳》形容周公瑾「性度恢廓」，大孔明六歲，職位比孔明
高，但演義卻將周瑜塑造成器量狹窄，善嫉自負的人，考諸
史實，不是子虛烏有，便是移花接木。胡適便曾替周瑜大抱
不平：「把一個風流儒雅的周郎寫成了一個妒忌陰險的小
人。」再以〈草船借箭〉和〈火攻曹艦〉來說，前者原是赤
壁之戰結束後四年之事，孫權船艦受曹軍弓弩亂發，權懼船
覆，復以一面受箭，演義可說孫冠葛戴；後者則出自黃蓋之

意。演義尊蜀漢、崇諸葛，貶曹抑吳，天下之美遂都歸諸孔明一人身上。讀者閱讀時應理解歷史小說（《三國演義》）中的人物形象往往與正史所記有相當差距，不宜以史實視之。

　　本文情節緊湊，故事生動，人物逼真傳神，作者充分發揮了小說寫作技巧，故佈疑陣，製造懸疑，釀成高潮，可謂張力十足。同時文中適度運用對話、對比使人物性格刻畫鮮明，這些都緊緊扣住讀者的心弦，寫得筆酣墨飽，精彩而動人。

（二）空城計

◎原文

　　孔明分撥已定，先引五千兵去西城縣搬運糧草。忽然十餘次飛馬報到，說司馬懿引大軍十五萬，望西城蜂擁而來。時孔明身邊並無大將，止有一班文官；所引五千軍，已分一半先運糧草去了，只剩二千五百軍在城中。眾官聽得這消息，盡皆失色。

　　孔明登城望之，果然塵土沖天，魏兵分兩路望西城縣殺來。孔明傳令：眾將旌旗，盡皆藏匿；諸軍各守城鋪，如有妄行出入，及高聲言語者，立斬；大開四門，每一門上用二十軍士，扮作百姓，灑掃街道；如魏兵到時，不可擅動，吾自有計。孔明乃披鶴氅，戴綸巾，引二小童，攜琴一張，於城

上敵樓前，凭欄而坐，焚香操琴。

卻說司馬懿前軍哨到城下，見了如此模樣，皆不敢進，急報與司馬懿。懿笑而不信，遂止住三軍，自飛馬遠遠望之，果見孔明坐於城樓之上，笑容可掬，焚香操琴。左有一童子手捧寶劍；右有一童子，手執麈尾；城門內外有二十餘百姓，低頭灑掃，旁若無人。

懿看畢，大疑，便到中軍，教後軍作前軍，前軍作後軍，望北山路而退。次子司馬昭曰：「莫非諸葛亮無軍，故作此態，父親何故便退兵？」懿曰：「亮平生謹慎，不曾弄險。今大開城門，必有埋伏。我軍若進，中其計也，汝輩焉知？宜速退。」

於是兩路兵盡皆退去，孔明見魏軍遠去，撫掌而笑。衆官無不駭然，乃問孔明曰：「司馬懿乃魏之名將，今統十五萬精兵到此，見了丞相，便速退去，何也？」孔明曰：「此人料吾平生謹慎，必不弄險；見如此模樣，疑有伏兵，所以退去。吾非行險，蓋因不得已而用之。此人必引軍投山北小路去也。吾已令興、苞二人在彼等候。」

衆皆驚服，曰：「丞相玄機，神鬼莫測。若某等之見，必棄城而走矣。」孔明曰：「吾兵止有二千五百，若棄城而走，必不能遠遁。得不為司馬懿所擒乎？」言訖，拍手大笑，曰：「吾若為司馬

懿，必不便退也。」

題 解

　　就演義說，空城計的故事發生在蜀漢後主（劉禪）建興六年（西元228年）；也就是魏明帝（曹叡）太和二年。在這以前，蜀漢據守著現在的四川一帶，積極經營。他們一方面跟東吳維持著和好的關係，一方面又平定了蠻族。於是在建興五年，丞相諸葛亮奏上了有名的〈出師表〉，親自帥軍閥魏。他發兵漢中，節節勝利，進駐在岐山。

　　至於魏國當時占有現在的河南、河北、陝西、甘肅、寧夏、綏遠、察哈爾一帶。在軍情危急時，明帝西鎮長安，任命大將司馬懿為平西都督，率軍抗拒蜀漢。

　　蜀漢將領馬謖，受命防守漢中咽喉街亭（在秦嶺西）。由於他驕傲輕敵，妄作主張，不聽勸導，以致街亭這個戰略要地失守，戰爭的情勢，也就因此起了極大的變化。諸葛孔明急忙調兵遣將，重作部署，他自己則帶了五千士兵去西城搬運糧草。出乎意料地，竟在這裡遭遇到司馬懿五十萬大軍的襲擊。而這時他所帶的士兵以先分一半運糧草去了，只剩二千五百兵在城中。幸虧他鎮定、機制。設計退敵，終化險為夷。

　　在《三國志》中，諸葛亮傳記載著孔明上表伐魏，進兵岐山的事情，也有馬謖兵敗街亭的紀錄，卻看不出西城退敵的故事。演義與正史畢竟不同，演義是小說，是文學作品，免不了有作者的渲染與穿插。所以這裡的故事，不能視為史

實。

◎ 賞讀

空城計故事的情節，是配合著戰事的情況發展的。全文可分做六段。

第一段，寫孔明在眾寡懸殊的情勢下遇敵。這一段情節緊湊，「孔明分撥已定，……忽然十餘次飛馬報到」，「十餘次」強調了消息的真實性與緊迫境況，可看出軍情變化之「急」；「司馬懿引大軍十五萬」殺氣騰騰直奔西城而來，寫出了魏軍之「多」；「而孔明身邊並無大將……只剩二千五百軍在城中」，凸顯了蜀軍處境之「險」；「眾官聽得這消息，盡皆失色」，寫出蜀軍之「驚」。這裡，作者以對比手法，突出西城危機：魏軍雄師浩蕩，壓境而來，蜀軍街亭失守，殘兵敗將，無以為敵。面對如此驚險情境，孔明該如何是好呢？

第二段緊接著寫孔明在敵眾我寡的情況下，緊急應變。作者先借孔明登城觀望，強調敵軍的威勢，但這絲毫不影響孔明的沉著與從容，他立即傳令「眾將旌旗，盡皆藏匿；諸軍各守城鋪，如有妄行出入，及高聲言語者，立斬；大開四門，每一門上用二十軍士，扮作百姓，灑掃街道；如魏兵到時，不可擅動。」這些句子讀起來短促緊湊，明快有力，且具權威性，足見孔明智慧清明，從容而果決。他所作的這些安排就有什麼用意呢？當我們疑慮重重之時，作者卻用「吾自有計」暫時抑制了我們的疑問。之後，作者仍未披露孔明

之計謀，反而寫他披鶴氅，戴綸巾，焚香彈琴。這些可說都是作者故意使用的「懸念（疑）」手法，亦即將故事後面要表現的重要內容，作為一個懸而未決的問題先行提出，或做暗示，故意在讀者新中造成疑團，激起讀者及於了解事情發展結果的期待情緒或好奇心理。此一表現手法，使得情節跌宕起伏，引人入勝，加強了下文高潮的效果。

第三段寫司馬懿兵臨城下，雙方對峙。作者讓司馬懿的前軍哨到城下看西城情形，士兵覺得奇怪，不敢前進，即報與司馬懿。然後作者又借司馬懿本人的觀測，來強調孔明的沉著鎮定、臨危不亂，及過人的膽識氣魄。而我們還是不知孔明葫蘆裡賣的是什麼藥。這時，雙方的戰士和主帥，面對著大戰一觸即發的情勢。這緊張的一刻，全繫於司馬懿的命令：前進或撤退。在這理應充滿緊張危急的場面，作者卻用孔明的笑容可掬、焚香操琴，及扮作百姓的軍士神色自若、低頭灑掃，來反襯出這個故事的高潮。讓我們充分體會了這場暴風雨前殺機四伏的平靜。

第四段寫司馬懿退兵。孔明成功了，大敵撤退了！當我們正要為此鬆一口氣時，作者又讓司馬昭來猜透孔明的心思。文章在這裡又興起一陣餘波，可說險象環生。「亮平生謹慎，不曾弄險。」原來孔明冒險所以能成功，正由於他平日的謹慎。作者把這個關鍵，第一次讓司馬懿告訴我們。讀者每讀到司馬昭那段話，不免有所議論，認為司馬昭聰明過人，勝似其父。其實不然，這只是一般人會作的判斷，恰好識破孔明的玄機而已。司馬昭當時還年輕氣盛，政治磨練尚

未成熟，其行事帶有很大的盲動性與冒險性。司馬懿的經歷當然遠勝過其子，他對孔明有相當的了解，他本身也很謹慎，一種經歷過風浪的老謀深算的謹慎。

第三、四段的描寫，襯托出孔明與司馬懿這兩個人物鮮明對比：司馬懿兵眾而心懷恐懼，孔明兵寡而神閒氣定；司馬懿理應平靜，卻極緊張，孔明理應緊張，卻極安閒。在這裡，孔明化被動為主動，司馬懿由主動變成被動；孔明智慧果決，司馬懿持重誤判。這看來似乎是事出偶然，實際上卻反映了形勢迅速變化的必然。

孔明急促應變，使空城一計獲致成功，顯示孔明才智勝過司馬懿一籌。

第五段寫退敵後孔明解釋所以能退敵的緣由。這一段寫出了孔明是知己知彼，成功運用心理戰來戰勝對方的。「此人料吾平生謹慎，必不弄險。」作者把空城計取得成功的關鍵由孔明自己說出來。到這裡讀者對以前「吾自有計」所留下的疑問，才在「原來如此」的驚嘆聲中煥然冰釋。當然，原因可能不僅此也，或可再推敲其緣由我們宜考慮司馬懿當時的處境。街亭之役得勝，乃出乎其意料，基本上他已完成此次出兵的任務，西城之戰，如再戰勝，功無以加；但冒險進攻萬一有閃失，則前功盡棄，左思右想之後，他只有撤軍一途了。司馬懿這種心理，一向能知己知彼的孔明，早就估計到了。所以他故弄玄虛，使司馬懿看了之後，虛實莫辨，疑慮倍增，終於躊躇不前，引兵而去。

第六段寫孔明解釋不能逃避強敵的道理。原來孔明估計

只二千五百兵，既不能攻，又不能棄城而走，即使棄城而走，亦無法遠遁。在空城計成功，孔明得意的笑聲中人們也心悅誠服地驚嘆、欽佩他那過人的智勇了。

情節緊湊，故事生動，是大家公認《三國演義》的優點。在〈空城計〉這段不到一千字的文章中，作者發揮了小說的寫作技巧，故佈疑陣，製造懸疑，釀成高潮，可謂張力十足。同時文中適當地運用對話，這些都緊扣住讀者的心弦。

當然，〈空城計〉的故事在正史上沒有根據，就史學的觀點來說，這件是不可信以為真。可是「天有不測風雲，人有旦夕禍福」，我們生存在這個世界，面對著波譎雲詭、變幻莫測的世情，誰能說永遠不會向孔明那樣遭遇突然的襲擊呢？西城中的孔明，沉著、從容、機智、果決，給了我們極大的啟示；他的笑容可掬、焚香操琴，留給我們極深的印象。在餘波盪漾中，故事結束了，其態度涵養及緊急應變，化解危機的能耐卻留給讀者無窮的回味。

（三）七星壇諸葛祭風

◎ 原文

　　周瑜於山頂看隔江戰船，盡入水寨。瑜顧謂衆將曰：「江北戰船如蘆葦之密，操又多謀，當用何計以破之？」衆未及對，忽見曹軍寨中，被風吹折中央黃旗，飄入江中。瑜大笑曰：「此不祥之兆

也！」正觀之際，忽狂風大作，江中波濤拍岸。一陣風過，刮起旗角於周瑜臉上拂過。瑜猛然想起一事在心，大叫一聲，往後便倒，口吐鮮血。諸將急救起時，卻早不省人事。左右救回帳中。諸將皆來動問，盡皆愕然相顧曰：「江北百萬之衆虎踞鯨吞，不爭都督如此。倘曹兵一至，如之奈何？」慌忙差人申報吳侯，一面求醫調治。

　　卻說魯肅見周瑜臥病，心中憂悶，來見孔明，言周瑜卒病之事。孔明曰：「公以爲何如？」肅曰：「此乃曹操之福，江東之禍也。」孔明曰：「公瑾之病，亮亦能醫。」肅曰：「誠如此，則國家萬幸。」即請孔明同去看病。肅先入見周瑜。瑜以被蒙頭而臥。肅曰：「都督病勢若何？」周瑜曰：「心腹攪痛，時復昏迷。」肅曰：「曾服何藥餌？」瑜曰：「心中嘔逆，藥不能下。」肅曰：「適來去望孔明，言能醫都督之病。見在帳外，煩來醫治，何如？」瑜命請入，教左右扶起，坐於床上。孔明曰：「連日不晤君顏，何期貴體不安！」瑜曰：「『人有旦夕禍福』，豈能自保？」孔明笑曰：「『天有不測風雲』，人又豈能料乎？」瑜聞失色，乃作呻吟之聲。孔明曰：「都督心中似覺煩積否？」瑜曰：「然。」孔明曰：「必須用涼藥以解之。」瑜曰：「已服涼藥，全然無效。」孔明曰：「須先理其氣。氣若順，則呼吸之間自然痊可。」

瑜料孔明必知其意，乃以言挑之曰：「若得順氣，當服何藥？」孔明笑曰：「亮有一方，便敎都督氣順。」瑜曰：「願先生賜敎。」孔明索紙筆，摒退左右，密書十六字曰：「欲破曹公，宜用火攻。萬事具備，只欠東風。」

寫畢，遞與周瑜曰：「此都督病源也。」瑜見了大驚，暗思：「孔明眞神人也，早已知我心事，只索以實情告之。」乃笑曰：「先生已知我病源，將用何藥治之？事在危急，望即賜敎。」孔明曰：「亮雖不才，曾遇異人傳授八門遁甲天書，可以呼風喚雨。都督若要東南風，可于南屏山建一台，名曰七星壇，高九尺，作三層，用一百二十人手執旗亙圍繞。亮于臺上作法，借三日三夜東南大風，助都督用兵，何如？」瑜曰：「休道三日三夜，只一夜大風，大事可成矣。只是事在目前，不可遲緩。」孔明曰：「十一月二十日甲子祭風，至二十二日丙寅風息，如何？」瑜聞言大喜，矍然而起。便傳令差五百精壯軍士，注南屏山築壇；撥一百二十人執旗守壇，聽候使令。

孔明辭別出帳，與魯肅上馬，來南屏山相度地勢。令軍士取東南方赤土築壇，方圓二十四丈，每一層高三尺，共是九尺。下一層插二十八宿旗：東方七面靑旗，按角、亢、氐、房、心、尾、箕，布蒼龍之形；北方七面皂旗，按斗、牛、女、虛、

危、室、壁，作玄武之勢；西方七面白旗，按奎、
婁、胃、昴、畢、觜、參，踞白虎之威；南方七面
紅旗，按井、鬼、柳、星、張、翼、軫，成朱雀之
狀。第二層周圍黃旗六十四面，按六十四卦，分八
位而立。上一層用四人，各人戴束髮冠，穿皂羅
袍，風衣博帶，朱履方裾。前左立一人，手執長
竿，竿尖上用雞羽為葆，以招風信；前右立一人，
手執長竿，竿上系七星號帶，以表風色；後左立一
人，捧寶劍；後右立一人，捧香爐。壇下二十四
人，各持旌旗、寶蓋、大戟、長戈、黃鉞、白旄、
朱旛、皂纛，環繞四面。孔明於十一月二十日甲子
吉辰，沐浴齋戒，身披道衣，跣足散髮，來到壇
前。吩咐魯肅曰：「子敬自往軍中相助公瑾調兵。
儻亮所祈無應，不可有怪。」魯肅別去。孔明囑咐
守壇將士：「不許擅離方位，不許交頭接耳，不許
失口亂言，不許大驚小怪！如違令者斬！」眾皆領
命。孔明緩步登壇，觀瞻方位已定，焚香於爐，注
水於盂，仰天暗祝。下壇入帳中少歇，令軍士更替
吃飯。孔明一日上壇三次，下壇三次，卻並不見有
東南風。

　　且說周瑜請程普、魯肅一班軍官在帳中伺候，
只等東南風起，便調兵出，一面關報孫權接應。黃
蓋已自準備火船二十隻，船頭密佈大釘，船內裝載
蘆葦乾柴，灌以魚油，上鋪硫黃、焰硝引火之物，

各用青布油單遮蓋。船頭上插青龍牙旗，船尾各系
走舸。在帳下聽候，只等周瑜號令。甘甯、闞澤窩
盤蔡和、蔡中在水寨中，每日飲酒，不放一卒登
岸。周圍盡是東吳軍馬，把得水泄不通：只等帳上
號令下來。周瑜正在帳中坐議，探子來報：「吳侯
船只離寨八十五裡停泊，只等都督好音。」瑜即差
魯肅遍告各部下官兵將士：「俱各收拾船只、軍
器、帆櫓等物。號令一出，時刻休違。倘有遲誤，
即按軍法。」眾兵將得令，一個個摩拳擦掌，準備
廝殺。是日看看近夜，天色晴明，微風不動。瑜謂
魯肅曰：「孔明之言謬矣！隆冬之時，怎得東南風
乎？」肅曰：「吾料孔明必不謬談。」將近三更時
分，忽聽風聲響，旗亙轉動。瑜出帳看時，旗腳竟
飄西北，霎時間東南風大起。

　　瑜駭然曰：「此人有奪天地造化之法，鬼神不
測之術，若留此人，乃東吳禍根也。及早殺卻，免
生他日之憂。」急喚帳前護軍校尉丁奉、涂盛二
將：「各帶一百人。涂盛淀江內去，丁奉淀旱路
去，都到南屏山七星壇前。休問長短，拿住諸葛亮
便行斬首，將首級來請功。」二將領命。涂盛下
船，一百刀斧手蕩開棹槳；丁奉上馬，一百弓弩手
各跨征駒，注南屏山來。于路正迎著東南風起。後
人有詩曰：

　　七星壇上臥龍登，一夜東風江水騰。不是孔明

施妙計，周郎安得逞才能？

丁奉馬軍先到，見壇上執旗將士當風而立。丁奉下馬，提劍上壇，不見孔明。慌問守壇將士，答曰：「恰才下壇去了。」丁奉忙下壇尋時，涂盛船已到，二人聚于江邊。小卒報曰：「昨晚一只快船停在前面灘口。適間卻見孔明披髮下船，那船望上水去了。」丁奉、涂盛便分水陸兩路追襲。涂盛教拽起滿帆，搶風而使。遙望前船不遠，涂盛在船頭上高聲大叫：「軍師休去，都督有請！」只見孔明立於船尾，大笑曰：「上覆都督，好好用兵。諸葛亮暫回夏口，異日再容相見。」涂盛曰：「請暫少住，有緊話說。」孔明曰：「吾已料定都督不能容我，必來加害，預先教趙子龍來相接。將軍不必追趕。」涂盛見前船無篷，只顧趕去。看看至近，趙雲拈弓搭箭，立於船尾，大叫曰：「吾乃常山趙子龍也！奉令特來接軍師，你如何來追趕？本待一箭射死你來，顯得兩家失了和氣。教你知我手段！」言訖，箭到處，射斷涂盛船上篷索。那篷墜落下水，其船便橫。趙雲卻教自己船上拽起滿帆，乘順風而去。其船如飛，追之不及。岸上丁奉喚涂盛船近岸，言曰：「諸葛亮神機妙算，人不可及，更兼趙雲有萬夫不當之勇，汝知他當陽長阪時否？吾等只索回報便了。」於是二人回見周瑜，言孔明預先約趙雲迎接去了。周瑜大驚曰：「此人如此多謀，

使吾曉夜不安矣！」魯肅曰：「且待破曹之後，卻
再圖之。」瑜從其言。

☺ 題 解

本文選自《三國演義》第四十九回。描寫孔明替周瑜借
得東風的經過。當龐統向曹操獻連環計，周瑜火攻曹操戰船
的部署已完成之際，文章忽起波瀾，周瑜志得意滿遙望曹
營，忽而吐血昏倒，不省人事。眾人束手無策之際，孔明宣
稱能為周瑜醫治，原來周瑜之病，乃是急火攻心，擔憂隆冬
吹北風，風勢將使大火燒回自家營帳，前功盡棄。

孔明早已洞燭機先，借探病、問病之際，開出借東風之
藥方。周瑜原將信將疑，豈料果然東南風起，化解了東吳危
急。然而周瑜不忙著調兵遣將破曹軍，反而急令丁奉、徐盛
殺孔明，而孔明神機妙算，早安排趙子龍駕舟前來營救，安
然全身而退。周瑜氣量狹窄的性格，與孔明足智多謀的形
象，生動曲折，躍然紙上。

☺ 賞 讀

《三國演義》寫戰爭，豐富多彩，千姿百態，各有其特
點。而赤壁之戰尤為精彩動人，這是決定三國鼎立局面的一
次重大戰役，是一次曹、孫、劉三方面都參加的大戰役，三
方面的風雲人物都集中在一個舞台上，場面宏偉，內容豐
富，作者用了八回的篇幅分別描寫，諸如：孫劉聯盟、蔣幹
中計、草船借箭、黃蓋苦肉計、龐統連環計、孔明借東風等

等，無不寫得有聲有色，井井有條。

孔明草船借箭使曹操遭受嚴重損失，進一步陷於被動之處境，後來周瑜和孔明又共同制訂了火攻計，這是戰勝曹操的關鍵一著，整個過程寫來是既曲折又緊張，當周瑜火攻曹操戰船的部署業已完成，就只等開戰縱火之際，周瑜才發覺萬事具備，只欠東風。可說臨戰前夕，情節又生出一層波瀾，本文即就此引出孔明借東風一事。小說具有四個戲劇性場面：

一、江風颺起，旗角拂面

作者並沒寫周瑜坐在營帳忽然想到，也沒有寫孔明或魯肅匆匆進帳提醒周瑜，而是寫周瑜視察敵陣，當他看到曹操的戰船排合江上，連成一片，最易著火時，不禁流露出高興神色時，忽然一陣東風將旗角捲起從他臉上拂過，猛然悟出如沒有東風不僅將使全計落空，而且隆冬吹西北風，逆風不正有燒著自己的危險？因而急得大叫一聲，口吐鮮血，不省人事。這叫、倒、吐血，變化突然，令人驚心動魄，也符合年少氣盛，心胸偏狹的周瑜的性格。

二、孔明問病，對症下藥

周瑜突然病倒，東吳一片混亂，眾將愕然相顧，慌忙申報吳侯，魯肅一時也沒了主意，焦急憂悶來見孔明。未料孔明立說：「公瑾之病，亮亦能醫。」魯肅自然欣喜，立即請孔明同去看周瑜之病。魯肅曾問過周瑜並勢，問得不上路。

孔明一上場卻顯得談笑自若，從容應付，他不直接點破周瑜病急由來，而周瑜躲躲閃閃，最後仍不得不說實話，這段描述極為精彩。孔明說：「連日不晤君顏，何期貴體不安！」語氣充滿關懷，卻有要周瑜說出病因的用意，而這一點卻正是周瑜不願回答的。周瑜以「人有旦夕禍福」的俗話搪塞，孔明卻順勢說了一句「天有不測風雲，人又豈能料乎？」雙關之語，可謂已直入問題核心。周瑜聞之失色，只能以呻吟來自我掩飾。孔明遂從先前的問病而開出涼藥之方，然周瑜的回答卻是「已服涼藥，全然無效。」可見他有意讓孔明另開藥方。孔明也不直接說出藥方，而是提出「必先順氣」，兜了一圈，還是回到周瑜的心病上。周瑜也不單刀直入問藥方，他以言挑之，要孔明自己先開口說出。儘管你來我往，如此針鋒相對，似乎誰也佔不上便宜，不過從周瑜「願先生賜教」一句來看，周瑜其實已有請求孔明賜藥方之意。此時，孔明方結束啞謎，以十六字言簡意賅寫出藥方正中周瑜心病，至此周瑜迫不及待請求幫忙的神情明顯可見，所謂「事在危急，望即賜教。」即是。這一部分，作者寫來戲劇效果迭起，使人如聞其聲，如見其人。

三、孔明故弄玄虛，作法祭風

　　文中緊接著描述孔明如何故弄玄虛以作法祭風。他令軍士建七星壇，插上廿八宿旗，按星象四方佈成六十四卦陣，穿上道袍，焚香默祝，借來三天三夜的東南風。孔明搬演這一齣呼風喚雨的戲碼，應該有擺脫周瑜的監視，及安排自己

後路的作用。這儼然一副裝神扮鬼的道士模樣，雖有迷信之嫌，但孔明曾長久躬耕隆中，對於長江中游的氣象情況理應有所了解，何況民間向來也有看天測氣象之事，因此與其說作者讓孔明形象蒙上荒誕迷信的色彩，不如說是作者有意渲染孔明有「奪天地造化」的超人本領，造成戲劇性的效果。

東南風起是此次戰役關鍵之處，但東南風的到來卻不是那麼容易，孔明一日上壇三次，下壇三次，卻不見東南風，周瑜臨戰佈署以後，是日看看近夜，微風不動，還是不見東南風。最後周瑜忍不住說道：「孔明之言謬矣。隆冬之時，怎得東南風乎？」孔明故弄玄虛冷靜以待，周瑜則心急如焚以待，經過幾番曲折，東南風方千呼萬喚始出來，它一出場自是十分令人驚駭、驚嘆與歡欣了。作者寫東南風驟然興起，是先寫所聽，再寫所見，然後寫周瑜慌忙出看。寫來層次井然，聲勢奪人，整個過程是既曲折又緊張。

四、東風起兮，周瑜命人追殺孔明

東南風起，意味著曹營將落敗，孫、劉聯軍勝利的來臨，然而此處作者既未寫風火相濟的鏖戰，也未著墨周瑜凱旋後的歡欣，而是筆鋒一轉，交代周瑜如何忌刻褊狹，令徐盛、丁奉格殺孔明。先前因風向問題而急火攻心，吐血臥病以致懇求孔明幫忙的周瑜，此時竟然恩將仇報，作者如此描寫，不僅使文章再起波瀾，也藉由周瑜凸顯孔明才智之過人，充分反映他的神機妙算和謹慎周密的性格。

在赤壁之戰中，周瑜三番兩次要殺孔明，主要還是嫉妒

和畏懼的心理，怕孔明「久必為江東之患」，不過孔明總以其超人的智慧，挫敗周瑜的計謀。總之，作者透過人物的動作、語言來交代人物的性格，透過戲劇性的發展，使文章變幻莫測、波譎雲詭。我們在閱讀時，應該明白：在交戰雙方的衝突上，作者基本上依據史實加以鋪排；但在人物（如周瑜和孔明）內部的衝突、矛盾及其形象的營造上，則多憑虛構，尤其作者寫周瑜固然是一傑出英才，但孔明卻永遠是略勝一籌的，本文也是如此。

四、西遊記選　吳承恩

◎ 原文

　　東勝神洲，海外有一國土，名曰傲來國。國近大海，海中有一座名山，喚為花果山。那座山，正當頂上，有一塊仙石。自開闢以來，每受天眞地秀，日精月華，感之既久，遂有靈通之意，內育仙胞。一日迸裂，產一石卵，似圓球樣大。因見風，化做一個石猴。五官俱備，四肢皆全。

　　那猴在山中，卻會行走跳躍，飲澗泉，採山花，覓樹果；與狼蟲為伴，虎豹為群，獐鹿為友，獼猿為親；夜宿石崖之下，朝遊峰洞之中。眞是山中無甲子，寒盡不知年。一朝天氣炎熱，與群猴避暑，都在松蔭之下玩耍。一群猴子耍了一會兒，都去那山澗洗澡。見那股澗水奔流，眞個似滾瓜涌濺。古云禽有禽言，獸有獸語。衆猴都道：「這股水不知是哪裡的水。我們今日趕閒無事，順澗邊往上溜頭尋看源流，耍子去耶！」喊一聲，都拖男挈女，呼弟呼兄，一齊跑來，順澗爬山，直至源流之處，乃是一股瀑布飛泉。衆猴拍手稱揚道：

　　「好水！好水！原來此處遠通山腳之下，直接

大海之波。」又道：「哪一個有本事的，鑽進去尋
個源頭出來，不傷身體者，我等即拜他為王。」連
呼了三聲，忽見叢雜中跳出一個石猴，應聲高叫
道：「我進去！我進去！」

你看他瞑目蹲身，將身一縱，逕跳入瀑布泉
中，忽睜睛抬頭觀看，那裡邊卻無水無波，明明朗
朗的一座橋樑。他住了身，定了神，仔細再看，原
來是座鐵板橋。橋下之水沖貫於石竅之間，倒掛流
出去，遮閉了橋門。卻又欠身上橋頭，再走再看，
卻似有人家住處一般，真個好所在。看罷多時，跳
過橋中間，左右觀看，只見正當中有一石碣。碣上
有一楷書大字，鐫著：「花果山福地，水簾洞洞
天。」石猴喜不自勝，及抽身往外便走，復瞑目蹲
身，跳出水外，打了兩個呵呵道：「大造化！大造
化！」衆猴把他圍住，問道：「裡面怎麼樣？水有
多深？」石猴道：「沒水！沒水！原來是一座鐵板
橋。橋那邊是一座天造地設的家當。」石猴笑道：
「這股水乃是橋下沖貫石板，倒掛下來遮閉門戶
的。橋邊有樹有花，乃是一座石房。房內有石窩、
石灶、石碗、石盆、石床、石凳。中間一塊石碣
上，鐫著『花果山福地，水簾洞洞天。』真個是我
們安身之處。裡面且是寬闊，容淂千百口老小。我
們都進去住也，省淂受老天之氣。」

衆猴聽淂，個個歡喜。都道：「你還先走，帶

我們進去！進去！」石猴卻又瞑目蹲身，往裡一跳叫道：「都隨我進來！進來！」那些猴有膽大的，都跳了進去；膽小的，一個個伸頭縮頸，抓耳撓腮，大叫大喊，纏一會兒，也都進去了。跳過橋頭，一個個搶盆奪碗，占灶爭床，搬過來，移過去，正是猴性頑劣，再無一個寧時，只搬得力倦神疲方止。石猴端坐上面道：「列位呵！『人而無信，不知其可。』你們才說有本事進得來，出得去，不傷身體者，就拜他為王。我如今進來又出去，出去又進來，尋了這一個洞天與列位安眠穩睡，各享成家之福，何不拜我為王？」眾猴聽說，及拱服無違。一個個序齒排班，朝上禮拜。都稱「千歲大王」。自此，石猴高登王位，將「石」字兒隱了，遂稱「美猴王」。

◎ 題解

本文記述唐三藏大徒弟孫悟空出生到稱王的經過。文章首先寫花果山上的石卵，遇風而化為石猴，後來為山中猴群找到澗水源頭，發現水簾洞，使猴群有安身的地方，因此石猴登上王位，號稱「美猴王」。全文想像豐富，趣味十足。

◎ 作者

吳承恩，字汝忠，號射陽山人（因淮安府城東南七十里有射陽湖）。先世江蘇漣水，後遷居淮安山陽（今江蘇淮安）

人。大約生於孝宗弘治十三年（西元1500年），卒於神宗萬曆十年（西元1582年）。

曾祖、祖父「兩世相繼為學官，皆不顯」；父親則是「賣彩縷文穀」（賣彩線和縐紗一類的絲織品），雖不善於商賈，但好讀書，為一正直君子，吳承恩在這樣的家庭環境中成長，也有不平則鳴的氣質。

吳承恩自幼聰穎敏慧，陳文燭〈花草新編序〉談到吳承恩幼年情形，有一段生動的描述，他說吳氏「生有異質，甫周歲未行時，從壁間以粉土為畫，無不肖物，而鄰父老命其畫鵝，畫一飛者，鄰父老曰：『鵝安能飛？』汝忠仰天而笑，蓋指天鵝云。鄰父老吐舌異之，謂汝忠幼敏，不師而能也。比長，讀數目行下。督學使者奇其文，謂汝忠一第如拾芥耳。」吳氏於少年時代即以文名冠鄉里。吳國榮〈射陽先生存稿跋〉中說：「射陽先生髫齡，即以文鳴於淮」；天啟年間修的《淮安府志》也說他「性敏而多慧，博極群書，以詩文下筆立成……復善諧劇，所著雜紀數種，名震一時。」後來清代的《山陽縣志》和《山陽志遺》也都謂其「英敏博洽，為世所推」

吳氏喜讀野史，愛聽神怪傳說，他在《禹鼎志‧自序》中說「余幼年即好奇聞，在童子社學時，每偷市野言神史。懼為父師鳴奪，私求隱處讀之。比長，好益甚，聞益奇。殆於既壯，旁求曲致，幾貯滿胸中矣。」這些對他日後撰寫《西遊記》應有相當的幫助。吳氏中秀才之後，因不喜八股科舉文，故而屢試不第，直到嘉靖二十三年（西元1544

年），他已是中年，才補得歲貢生，又過七年之久，才獲得浙江長興縣丞的卑微官職。因母老家貧，中舉無望，不得已屈就。但因性格傲岸，風骨剛質，不久即「恥折腰，遂拂袖而歸」，放浪詩酒，過著「平生不肯受人憐，喜笑悲歌氣傲然」的生活。

因一生放浪漂泊，家境貧困潦倒，勢利之徒又冷嘲熱諷，使他對社會的炎涼世態和官場腐敗有了較深刻的認識。他心中悲憤不已，於是借神怪來發洩心聲，投射了自己懷才不遇的苦悶和改革社會的理想。他孤高的個性、淵博繁雜的知識、廣博的見聞與對神怪故事的癡迷，都深刻影響了他晚年居家時所寫的《西遊記》。

《西遊記》是以神話和社會現象為題材的章回小說。其故事非全然空無依傍。唐太宗初年，高僧玄奘到印度研究佛法，歷時十七年，取回佛經六百多部，震動中外，並引此引起了種種傳說。南宋時，取經故事成了話本的重要題材。話本《大唐三藏取經詩話》中，第一次出現猴行者的形象。隨後，取經故事搬上雜劇舞台。明代中葉，有關西遊故事大致定型，相傳吳承恩在傳說、話本和雜劇的基礎上，創作了百回本《西遊記》。

今存最早的百回本《西遊記》刊本，是刊於明神宗萬曆二十年（西元1592年）的金陵世德堂本，其後有萬曆三十一年（西元1603年）楊閩齋刊本，崇禎間又有李卓吾評本。上述明本都無唐玄奘出身故事，使其所歷八十一難欠缺前四難。直到清康熙初年，汪象旭、黃周星箋評修訂並刊印《西

遊記道書》，方在第九回加入「陳光蕊赴任逢災，江流兒復
仇報本」一回。同時，對明本進行修訂。儘管汪、周二人是
《西遊記》的最後寫定者，但他們據以修訂的明本究為何人
所為？清人大都認定是元代長春真人邱處機，此說已有辨
正，近人多主吳承恩所作。但是，就目前資料來看吳承恩作
《西遊記》的證據，仍有闕漏。故亦有學者否定作者為吳承
恩，但也無確鑿論據。因此本文仍從今日一般說法，定為吳
承恩晚年所作。

賞讀

　　人都喜歡聽故事，不只今人愛聽，古人也愛聽，古典小
說的特點之一，也就是故事性很強。像《西遊記》中的大鬧
天宮、偷吃人參果、過火燄山借芭蕉扇等等，這些故事都寫
得非常精彩，這樣精彩的故事一個接一個，使人讀起來津津
有味，說起來娓娓動聽。故事性強的因素有多方面，其一是
內容要新穎有趣，情節曲折離奇，《西遊記》便具有這樣的
特色。

　　《西遊記》表面上看來，主角好像是唐僧，其實真正的
主角是孫悟空。取經途中，斬妖除魔、掃除障礙，歷經九九
八十一難，每一次災難都非靠孫悟空不行。可知想取得真
經，絕非易事，必須是能夠降妖伏怪，克服千難萬險的真正
大能人。《西遊記》一開始就描寫孫悟空（石猴）「石破天
驚」的不平凡誕生，接著寫他帶領群猴過著自由自在、無拘
無束的生活，其後訪師求道，習得一身好本領，並大鬧天

宮、冥府，具有為日後的西天取經、橫掃妖魔預作鋪墊的作用。本文所選錄即從石猴的出世到他高登王位稱「美猴王」為止。

本文分四段。第一段寫石猴的出世，小說起始，作者即為我們敞開了一個飄渺的海外仙山世界——花果山。花果山頂上，有塊仙石，因受天地之日月精華，而有了靈通之意，最後巨石迸裂，見風化為石猴。此處為美猴王的不凡出生，渲染了濃厚的仙異氛圍，有先聲奪人、出奇制勝之妙。第二段寫猴子們無憂無慮的生活。第三段寫石猴自告奮勇去尋找水的源頭，發現了水簾洞，突出他的天生地成，膽識過人，同時也寫出他的本領高強。第四段寫石猴帶領群猴來到水濂洞，並深孚眾望，高登王位。

本文在寫作技巧上，約有以下數點：

一、擬人的寫作手法

本文通篇雖是講猴子的事情，但作者採取「擬人」的寫法，使石猴的形象栩栩如生展現在讀者面前。作者筆下的石猴是人格化的藝術形象，從石猴出世就充分呈現出來。他「五官俱備，四肢皆全」，還能「學爬學走，拜了四方」。他行走跳躍，食草飲泉，採花覓果，乃至與群猴為伍一段，活潑跳脫，簡潔生動，都為人格化之描寫奠定基礎。而文中群猴既保有猴子的習性，也有人的情態。他們「一齊跑來，順澗爬山。」至於約定誰尋得水源便尊誰為王，又純然近乎人情之寫照。

二、語言詼諧機趣

　　文中用語極富生活氣息，使人倍感親切真實。如寫石猴出語，多是短促率真的。像：「好水！好水！」、「我進去！我進去！」、「沒水！沒水！」、「都隨我進來！進來！」、「大造化！大造化！」等等凝練傳神的性格化語言，呈顯出其活潑跳脫，大膽機伶的形象。這也是一種重複語，運用得當，就顯得有力有味。文末有段石猴引論語的話較長些，雖有點突兀，但卻別開生面，充滿幽默感。細翫之，又不禁使人忍俊不住，這裡頭當然有作者借題發揮的牢騷憤懣，嬉笑怒罵之味。同時也滑稽諧謔，側筆寫出石猴的聰穎機敏，使眾猴拜他為王更具有說服的力量。

三、善於觀察，長於想像

　　石猴出世的靈異與神奇、高超的本領、智勇過人的形象，寫得形神畢肖，活靈活現，皆與此有關。作者對於猴性的體會相當深刻，因此描繪頗成功，如對群猴的描寫熱鬧而有趣，明點出「猴性頑劣」，並以「身頭縮頸，抓耳撓腮」傳神的寫出猴態。又如最後一段「跳過橋頭」起，到「力倦神疲為止」，一群猴兒頑劣沒有安定的形態，更是鮮明生動。為了加強石猴的形象，作者曾三次以「瞑身蹲目」寫其動作。石猴一闖水簾洞時是「瞑目蹲身，將身一縱，竟跳入瀑布泉中」；出洞時是「復瞑目蹲身，跳出水外」；後來帶領眾猴入洞，「卻又瞑目蹲身，往裡一跳。」石猴雙眼一閉，一蹲一躍，形象十分鮮明，與人印象深刻。

　　除了以上所述，本文文字流利順口，文中運用短句處，如食草木，飲澗泉，採山花，覓樹果，與狼蟲為伴，虎豹為群等，亦都表現出一種特出的風格。要言之，作者逞其想像力於奇幻的情節中，寫來神完氣旺，令人趣味盎然。

五、老殘遊記選 劉鶚

　　人都有挫折的時候，所謂否極泰來只是一種心靈的祈慰與安頓，橫逆之來去，有時無法完全操之在我，能自我調適，達觀直面，心靈才能獲得紓解。領略自然山光水色之美，以昇華性靈，淨化浮躁心緒，對身心處於動躁不安、整日沉迷網咖的青春期學生來說，也自有一種提昇的作用。再者，旅行（遊）文學漸成寫作風潮，然而一般中學生在寫遊記時，每每喜歡面面俱到，以致流於平鋪直敘，有如流水帳，既未能凸顯重點，也使得文章呆滯乏趣。透過本文的閱讀，既可以領略描寫景物的技巧，也可以啟迪欣賞自然的興味。

（一）大明湖

◎ 原文

　　老殘告辭動身上車去了。一路秋山紅葉，老圃黃花，頗不寂寞。到了濟南府，進得城來，家家泉水，戶戶垂楊，比那江南風景覺得更為有趣。

　　到了小布政司街，覓了一家客店，名叫高陞店，將行李卸下，開發了車價酒錢，胡亂吃點晚飯，也就睡了。

　　次日清晨起來，吃點兒點心，便搖著串鈴滿街
惢了一趟，虛應一應故事。午後便步行至鵲華橋
邊，雇了一隻小船，盪起雙槳，朝北不遠，便到歷
下亭前，止船進去。入了大門，便是一個亭子，油
漆已大半剝蝕。亭子上懸了一副對聯，寫的是：
「歷下此亭古，濟南名士多」；上寫著「杜工部
句」，下寫著「道州何紹基書」。亭子旁邊雖有幾間
房屋，也沒有甚麼意思。

　　復行下船，向西盪去，不甚遠，又到了鐵公祠
畔。你道鐵公是誰？就是明初與燕王為難的那位鐵
鉉。後人敬他的忠義，所以至今，春秋時節，士人
尚不斷的來此進香。到了鐵公祠前，朝南一望，只
見對面千佛山上，梵宇僧樓，與那蒼松翠柏，高下
相間，紅的火紅，白的雪白，青的靛青，綠的碧
綠；更有一株半株的丹楓夾在裡面，彷彿宋人趙千
里的一幅大畫，做了一架數十里長的屏風。

　　正在嘆賞不絕，忽聽一聲漁唱，低頭看去，誰
知那明湖業已澄清得同鏡子一般。那千佛山的倒影
映在湖裡，顯得明明白白。那樓臺樹木格外光彩，
覺得比上頭的一個千佛山還要好看，還要清楚。

　　這湖的南岸，上去便是街市，卻有一層蘆葦，
密密遮住。現在正是開花的時候，一片白花映著帶
水氣的斜陽，好似一條粉紅絨毯，做了上下兩個山
的墊子，實在奇絕！

　　老殘心裡想道：「如此佳景，爲何沒有甚麼遊人？」看了一會兒，回轉身來看那大門裡面楹柱上有副對聯，寫的是「四面荷花三面柳，一城山色半城湖，」暗暗點頭道：「眞正不錯！」進了大門，正面便是鐵公享堂，朝東便是一個荷池。繞著曲折的迴廊，到了荷池東面，就是個圓門。圓門東邊有三間舊房，有個破匾，上題「古水仙祠」四個字。祠前一副破舊對聯，寫的是「一盞寒泉薦秋菊，三更畫舫穿藕花。」

　　過了水仙祠，仍舊下了船，盪到歷下亭的後面。兩邊荷葉荷花將船夾住。那荷葉初枯，擦的船嗤嗤價響。那水鳥被人驚起，格格價飛。那已老的蓮蓬不斷的蹦到船窗裡面來。

　　老殘隨手摘了幾個蓮蓬，一面吃著，一面船已到了鵲華橋畔了。

◎ 題解

　　本文節選自《老殘遊記》。大明湖，在今山東濟南，風光明媚，爲濟南第一名勝。老殘即作者本人，文章鋪寫了他到達濟南後，出遊大明湖的經過，及湖邊山光水色之美。敘事清楚，寫景別致有味。老殘遊記是一部遊記體的章回小說，有精彩的景物描寫，有個人情志的抒發，也隱含對社會批判之寓意。

作者

劉鶚，原名孟鵬，後更名為鶚，字鐵雲，筆名洪都百鍊生，清江蘇鎮江縣（今江蘇鎮江）人。生於文宗咸豐七年（西元1857年），卒於宣統元年（西元1909年），年五十三。

劉鶚生性曠達，讀書涉獵廣博，無論算學、水利學、醫學、詞章、考據等均有研究，又工詩能文，留心西方科學。曾在揚州行醫，後改行經商。德宗光緒十四年（西元1888年），鄭州一帶的黃河決口，鄂投效吳大澂，因協助治河有功，以知府起用。在京三年，曾上書建議藉外資築路開礦，而被保守人士指為漢奸。光緒二十六年，八國聯軍陷北京，因漕運受阻，京都缺糧，他以低價向洋人購得太倉（京都的糧倉）米糧，賑濟災民，但遭人詆毀私購倉粟，而被流放新疆，不久死於迪化（今烏魯木齊）。著有《歷代黃河變遷圖考》、《鐵雲藏龜》、《老殘遊記》等書。

本文節選自老殘遊記第二回。敘述作者路過山東濟南，遊大明湖的經過。原題回目是：「歷山山下古帝遺蹤，明湖湖邊美人絕調」，本文僅節選其中一部分。

劉鶚之所以撰寫《老殘遊記》，原本是為了幫助朋友。義和團亂後沒幾年，京曹中沈虞希與連夢青二人，素與《天津日日新聞》的方藥雨為友，一日，沈虞希偶將朝中事告知方藥雨，方氏將其揭露於報端，清廷獲悉後大為震怒，嚴辦洩密之人，且株連甚廣，沈氏被逮杖斃，連夢青倉皇遁走上海。連氏到上海後，家財盡失，無以為生，只得依賴賣文餬口。劉鶚知其人孤介，不願受人資助，因此動筆寫小說送

他，以增加其稿費收入。這部遊記體的章回小說，初編二十回，先發表於《繡像小說》，續登於《天津日日新聞》，後合刊成為單行本。又有二編六回，光緒二十二、三年間，發表於《日日新聞》，到十四卷，因事中斷。民國二十三年，又刊載於上海《人間世》半月刊，第二年由良友書局印成單行本。劉大坤關於《老殘遊記》一文說：「良友新印，係因從弟剪存者，只有六卷，故以為斷耳。」可見二編六回，並非完璧。

劉鶚的寫作動機本為助人，但他生當亂世，目睹國事糜爛，再加上自己一生事業上的失敗以及政治理想的幻滅，《老殘遊記》事實上也是他個人情感的寄託。他曾在書中自敘：「吾人生今之時，有身世之感情，有國家之感情，有社會之感情，有宗教之感情，其感情愈深者，其哭泣愈痛，此洪都百鍊生所以有老殘遊記之作也。棋局已殘，吾人將老，欲不哭泣也得乎？」由此可知，《老殘遊記》實為當時中國社會之縮影，更是作者憂時憂世之作。他借老殘行醫各地，記述所見所聞，而民生的疾苦、官吏的失職、社會的腐敗，無不繪聲繪影，躍然紙上。《老殘遊記》是清末四大譴責小說之一，雖然是亂世下的產物，文中也不乏對酷吏苛官的批評，不過劉鶚的筆寫來平淡中有真感情，所以儘管被冠上「譴責小說」的名字，也不是激烈的批評小說，反而在景物、聲音的描寫上有突破前人之處。其文字清新簡鍊，對於景色的描寫，人物個性的刻畫，尤能一掃陳腔濫調，獨出心裁。

旅行遊記文學在現代已是一種趣味化的、附庸風雅的、個人表現的書寫，前人的小說之作，則是以更多的想像力和感情來書寫遊記。《西遊記》、《鏡花緣》、《老殘遊記》這些明清小說，既有精彩的景物描寫，又有不落俗套的個人情志抒發，更隱含社會批判的寓意，像是在現實與幻想之間遨遊。

《老殘遊記》在1903年發表，被認為是二十世紀古典小說與現代小說之間承先啟後的作品。老殘這個江湖郎中的形象，其實也是劉鶚自己的投影，一位平凡樸實、急心於挽救社會的人。劉鶚自己讀「西學」，在水利、數學、醫藥上都頗有研究，書中的老殘也是對山東巡撫獻策治河，並且為民醫病、申冤，提供治盜良方等。

◎ 賞讀

本文以順序法記敘了老殘遊大明湖的經過，作者並隨時把握重點，將其中比較特殊的景致作細膩的描繪，使讀者閱讀後，既可以增加對大明湖的了解，又可以領略到佳景的妙趣。

首段寫老殘到達濟南沿途所見，以及濟南景色。著墨不多卻簡潔有致。「秋山紅葉，老圃黃花」「家家泉水，戶戶垂楊」的描繪，既顯現該地區風景的特色，更可以提高讀者欣賞下文的興致，落筆十分成功。

二段寫投宿情形。因非本文重點，所以只簡單交代。最後一句：「胡亂吃點晚飯，也就睡了。」雖簡略，卻有言外

之意：可見其遊歷不在物質享受。再者，早睡養足精神，作好明日遊湖的準備。

三段寫次日遊湖。老殘位是位四處行醫的大夫，故文中用「搖著串鈴，滿街逛了一趟」交代了事。「虛應一應故事」充分表露急著遊湖的心情。由於歷下亭及四周的建築「沒有什麼意思」，因此便只介紹亭上對聯：「歷下此亭古，濟南名士多」，來說明濟南歷史的悠久與人物的繁盛。

第四段敘西行不遠來到鐵公祠，先大略介紹鐵鉉的忠義事蹟，而後著力描繪由祠前南望千佛山的特殊景觀。利用許多顏色來刻畫廟宇建築與花草樹木相間而成的生動畫面。運用「紅的火紅，白的雪白，青的靛青，綠的碧綠」造成儡人的氣勢。嫵媚中帶有雄偉，更能顯出千佛山的非凡氣象。這是整個遊記中的重點。

第五段以「一聲漁唱」聽覺的美作引子，繼續描寫千佛山的倒影映在大明湖中的景象，現出另一種特殊的風味。

第六段仍然抓住這一重點不放，以蘆花、夕陽形成的景致作為間借，將四、五段的景象結合在一起，湖光山色，相映成趣。不僅風景「實在奇絕」，作者的表現技巧也「實在奇絕」。

第七段以楹柱對聯來概括鐵公祠、濟南城及水仙祠的景觀，文詞雖簡潔精要，但連舊房、破匾的對聯也留意到，可見作者觀察的細緻。

第八段記回程中，船在荷叢中穿過所發出的聲響，水鳥驚起、蓮蓬入窗的奇境佳趣。最後以「船已到了鵲華橋畔」

作結，而不說上岸結束旅程，一方面與上文第三段相呼應，另方面更顯露老殘遊興意猶未盡。

劉鶚的文章，不用陳腔套語，不作浮泛的描寫；對大自然的景物能作深刻真切的觀察，以清新樸實的文表達出來，使景物顯得特別有情味。不僅給讀者提供了美妙的畫面，更能引導讀者感受親臨其境的意趣。胡適說：「老殘遊記最擅長的是描寫的技術，無論寫人寫景，作者都不肯用套語爛調，總想鎔鑄新詞，作實地的描畫。就這點上，這部書可算是前無古人了。」

歸納言之：本文修辭上可留意的，如：

（一）對仗

1. 歷下此亭古（仄仄仄平仄），濟南名士多（仄平平仄平）。

2. 四面荷花三面柳（仄仄平平平仄仄），一城山色半城湖（仄平平仄仄平平）。

3. 一盞寒泉薦秋菊（仄仄平平仄平仄），三更畫舫穿藕花（平平仄仄平仄平）。

（二）設問

1. 「你道鐵公是誰？」——目的在提挈下文。

2. 「老殘心裡想道：『如此佳景，為何沒有什麼遊人？』」——目的在引起讀者的省思，並激發讀者的好奇。

（三）譬喻

1. 那一株半株的丹楓，夾在裡面，「彷彿」宋人趙千里的一幅大畫，做了一架數十里長的屏風。

2.那明湖業已澄淨得「同」鏡子「一般」。

3.一片白花映著帶水氣的斜陽，「好似」一條粉紅絨
毯。

　本文景色描繪栩栩如生，鮮活的詞語，當中沒有套語爛調，景觀都是實地觀察而來。即使用鏡子、屏風、絨毯、墊子這些平凡器物，卻賦予新的意義，營造出另一種格局和意境，化腐朽為神奇，才能寫出生動的湖光山色。

（二）明湖居聽書

◎ 原文

　　到了十二點半鐘，看那臺上，從後臺簾子裡面，出來一個男人：穿了一件藍布長衫，長長的臉兒，一臉疙瘩，彷彿風乾福橘皮似的，甚為醜陋，但覺得那人氣味到還沉靜。出得台來，並無一語，就往半桌後面左手一張椅子上坐下。慢慢的將三弦子取來，隨便和了和絃，彈了一兩個小調，人也不甚留神去聽。後來彈了一枝大調，也不知道叫什麼牌子。只是到後來，全用輪指，那抑揚頓挫，入耳動心，恍若有幾十根弦，幾百個指頭，在那裡彈似的。這時台下叫好的聲音不絕於耳，卻也壓不下那弦子去，這曲彈罷，就歇了手，旁邊有人送上茶來。

　　停了數分鐘時，簾子裡面出來一個姑娘，約有

十六七歲，長長鴨蛋臉兒，梳了一個抓髻，戴了一副銀耳環，穿了一件藍布外褂兒，一條藍布褲子，都是黑布鑲滾的。雖是粗布衣裳，到十分潔淨。來到半桌後面右手椅子上坐下。那彈弦子的便取了弦子，錚錚鏦鏦彈起。這姑娘便立起身來，左手取了梨花簡，夾在指頭縫裡，便丁了當當的敲，與那弦子聲音相應；右手持了鼓捶子，凝神聽那弦子的節奏。忽羯鼓一聲，歌喉遽發，字字清脆，聲聲宛轉，如新鶯出谷，乳燕歸巢，每句七字，每段數十句，或緩或急，忽高忽低；其中轉腔換調之處，百變不窮，覺一切歌曲腔調俱出其下，以為觀止矣。

旁坐有兩人，其一人低聲問那人道：「此想必是白妞了罷？」其一人道：「不是。這人叫黑妞，是白妞的妹子。他的調門兒都是白妞教的，若比白妞，還不曉得差多遠呢！他的好處人說得出，白妞的好處人說不出；他的好處人學的到，白妞的好處人學不到。你想，這幾年來，好頑耍的誰不學他們的調兒呢？就是窯子裡的姑娘，也人人都學，只是頂多有一兩句到黑妞的地步。若白妞的好處，從沒有一個人能及他十分裡的一分的。」說著的時候，黑妞早唱完，後面去了。這時滿園子裡的人，談心的談心，說笑的說笑。賣瓜子、落花生、山裡紅、核桃仁的，高聲喊叫著賣，滿園子裡聽來都是人聲。

正在熱鬧哄哄的時節，只見那後臺裡，又出來了一位姑娘，年紀約十八九歲，裝束與前一個毫無分別，瓜子臉兒，白淨面皮，相貌不過中人以上之姿，只覺得秀而不媚，清而不寒，半低著頭出來，立在半桌後面，把梨花簡了當了幾聲，煞是奇怪：只是兩片頑鐵，到他手裡，便有了五音十二律以的。又將鼓捶子輕輕的點了兩下，方抬起頭來，向台下一盼。那雙眼睛，如秋水，如寒星，如寶珠，如白水銀裡頭養著兩丸黑水銀，左右一顧一看，連那坐在遠遠牆角子裡的人，都覺得王小玉看見我了；那坐得近的，更不必說。就這一眼，滿園子裡便鴉雀無聲，比皇帝出來還要靜悄得多呢，連一根針跌在地下都聽得見響！

王小玉便啟朱唇，發皓齒，唱了幾句書兒。聲音初不甚大，只覺入耳有說不出來的妙境：五臟六腑裡，像熨斗熨過，無一處不伏貼；三萬六千個毛孔，像吃了人參果，無一個毛孔不暢快。唱了十數句之後，漸漸的越唱越高，忽然拔了一個尖兒，像一線鋼絲拋入天際，不禁暗暗叫絕。那知他于那極高的地方，尚能回環轉折。幾轉之後，又高一層，接連有三四疊，節節高起。恍如由傲來峰西面攀登泰山的景象：初看傲來峰削壁千仞，以為上與天通；及至翻到傲來峰頂，才見扇子崖更在傲來峰上；及至翻到扇子崖，又見南天門更在扇子崖上：

愈翻愈險，愈險愈奇。那王小玉唱到極高的三四疊後，陡然一落，又極力騁其千回百折的精神，如一條飛蛇在黃山三十六峰半中腰裡盤旋穿插。頃刻之間，周匝數遍。從此以後，愈唱愈低，愈低愈細，那聲音漸漸的就聽不見了。滿園子的人都屏氣凝神，不敢少動。約有兩三分鐘之久，彷彿有一點聲音從地底下發出。這一出之後，忽又揚起，像放那東洋煙火，一個彈子上天，隨化作千百道五色火光，縱橫散亂。這一聲飛起，即有無限聲音俱來併發。那彈弦子的亦全用輪指，忽大忽小，同他那聲音相和相合，有如花塢春曉，好鳥亂鳴。耳朵忙不過來，不曉得聽那一聲的為是。正在撩亂之際，忽聽霍然一聲，人弦俱寂。這時台下叫好之聲，轟然雷動。

停了一會，鬧聲稍定，只聽那台下正座上，有一個少年人，不到三十歲光景，是湖南口音，說道：「當年讀書，見古人形容歌聲的好處，有那『餘音繞梁，三日不絕』的話，我總不懂。空中設想，餘音怎樣會得繞梁呢？又怎會三日不絕呢？及至聽了小玉先生說書，才知古人措辭之妙。每次聽他說書之後，總有好幾天耳朵裡無非都是他的書，無論做什麼事，總不入神，反覺得『三日不絕』，這『三日』二字下得太少，還是孔子『三月不知肉味』，『三月』二字形容得透澈些！」旁邊人都說

道：「夢湘先生論得透闢極了！『於我心有戚戚焉』！」說著，那黑妞又上來說了一段，底下便又是白妞上場。

這一段，聞旁邊人說，叫做〈黑驢段〉。聽了去，不過是一個士子見一美人，騎了一個黑驢走過去的故事。將形容那美人，先形容那黑驢怎樣怎樣好法，待鋪敘到美人的好處，不過數語，這段書也就完了。其音節全是快板，越說越快。白香山詩云：「大珠小珠落玉盤。」可以盡之。其妙處，在說得極快的時候，聽的人彷彿都趕不上聽，他卻字字清楚，無一字不送到人耳輪深處。這是他的獨到，然比著前一段卻未免遜了一籌了。這時不過五點鐘光景，眾人以為天時尚早，王小玉還要唱一段，不知是他妹子出來，敷衍幾句，就收場了。當時一哄而散。

◎ 題解

本文節選自《老殘遊記》第二回。老殘是作者劉鶚在書中的化名。敘述作者路過山東濟南，在大明湖明湖居聽說鼓書的情景。原題回目是：「歷山山下古帝遺蹤，明湖湖邊美人絕調」，本文僅節選其後半段。

明湖居是山東濟南大明湖邊上的大戲原子，當時作為說書的茶館。說書是流傳在民間的說唱藝術表演，有很多種型態，就本文來看，王小玉所表演的是演唱大鼓書，大鼓書有

多種，老殘在明湖居所聽到的是山東大鼓書。用一面鼓，兩片梨花簡，與三弦子配合，說唱前人故事，也叫梨花大鼓。

　　文中寫三個藝人的出場，一個襯托一個，主要是襯托白妞王小玉精妙絕倫的說書藝術。首先以談三弦者的出色技藝為引子，再以黑妞說書的巧妙作陪襯，最後再寫白妞說書，這才是全文重點。作者透過多方面的聯想和想像，作種種摹擬，使無形的聲音變得可見可觸，非常具體形象，再加上聽眾席上的品評，更印證了感受體味的確切。白妞說書的確是「絕調」了。

賞讀

　　本文主要在凸顯白妞說唱大鼓書的絕妙技藝，白妞說書為全文重點所在，但白妞出場卻是千呼萬喚始出來。全文分三大部分，對配角琴師、黑妞和主角白妞這三人的描繪，主從輕重有別，層次極為分明。文中寫三個藝人的出場，一個襯托一個，主要是襯托白妞王小玉精妙絕倫的說書藝術。首先寫彈三弦琴師的出色技藝，接著寫黑妞說書的巧妙，以致聽眾誤以為她是白妞，然後借另一聽眾之口說出若比白妞「還不曉得差多遠呢！」黑妞唱完之後，作者也並不立即寫白妞上場，而是從容不迫，轉寫中場時滿園子的談心、說笑、叫賣等嘈雜的人聲，白妞才在聽眾的期待中登場。她一出場，只左顧右盼一下，滿園子裡便鴉雀無聲，尚未開口就震攝全場，及其演出果然千變萬化，精妙絕倫，令人全身舒暢愉快極了，將聽眾情緒推向了最高潮，其鋪墊之巧可謂淋

漓盡致。作者透過多方面的聯想和想像，作種種摹擬，使無形的聲音變得可見可觸，非常具體形象，再加上聽眾席上的品評，更印證了感受體味的確切。白妞說書的確是「絕調」了。

白妞說書固然精彩絕倫，但作者寫來聲情並茂，寫作技巧之純熟亦不遑多讓。閱讀時應注意以下各點：

一、層層鋪墊，焦點集中

為了凸顯白妞說書妙處，作者不惜筆墨，作了層層鋪墊。層層鋪墊的手法，使人物形象鮮明、情節高潮迭起，而巧妙穿插聽眾反應，也將整個戲園子裡的氣氛烘染得十分熱烈。

第一層是：先從一紙小小的說書招貼說起，這招貼竟引起舉國若狂的反響，街談巷議，連挑擔、站櫃臺的也為此而暫歇業。第二層是：借茶房之口介紹白妞，說她在藝術上很有創造才華，融匯多種演唱藝術的精華到她的大鼓書裡來，並說她歌喉亮，中氣長，聽了她的說書「無不神魂顛倒」。第三層是：寫明湖居大戲園子裡的熱鬧擁擠氣氛，因人多，老殘提前三小時去也只能「弄了一張矮板凳，在人縫裡坐下」。此外，連撫院、學院裡的大官也來訂了座。寫出老殘被深深吸引了，而讀者也想知道究竟。前三層本文未錄，本文自此下第四層鋪墊說起。

作者寫伴樂的琴師彈三弦，「抑揚頓挫，入耳動聽」，對他彈撥的精妙，略作點染。寫他在「半桌後面左手一張椅

子上坐下」，暗示讀者彈三弦者只是配角，真正主角尚未出場。第五層是：寫黑妞唱書，她也在「半桌後面椅子上坐下」，也是配角，令人盼望主角的出場。其間又作兩處鋪陳，一是極寫黑妞歌喉的清脆婉轉，百變不窮，令人嘆為觀止。二是寫聽者的評論，說她的好處別人說得出、學得到，而白妞的好處是別人說不出、學不到。一步步逼近所要著力描寫的對象白妞身上來。這種寫法，同時也引起讀者強烈的懸念：這白妞說書究竟好到甚麼樣子？當然也有極大的難處：前頭如此費力描寫、渲染，後來就必須寫得極其美妙，方能撐起全文架構，如果虎頭蛇尾就很容易叫人失望。好在作者擅長操琴，音樂文學造詣都深，所以寫來得心應手，真切動人。

二、輕重主從，濃淡相宜

（一）寫人物形貌。主配角之配置，筆墨濃淡相宜。寫彈三弦者只淡淡幾筆：藍衫、長臉，特徵是「一臉疙瘩，彷彿風乾福橘皮」，雖「甚為醜陋」，但「氣味倒還沉靜」；寫黑妞則細緻一些，從年齡到妝扮的細節；寫白妞則連眼睛顧盼也著墨了。因白妞是主角，黑妞是配角，彈三弦者則只是配角的配角了。

（二）寫表演的技藝。彈三弦者是概寫：「彈了一兩個小調」，「後來彈了一枝大調」，「只是到後來全用輪指」；寫黑妞，從弄簡點梓，歌聲婉轉，到轉腔換調百變不窮，則增添許多細節；寫白妞說書則是用了三、四百字細細描繪，

極力烘托（見下文第五點）。

（三）寫觀眾的反應。聽三弦只「入耳動心」、叫好聲不絕於耳；聽黑妞「以為觀止」，不免要議論一番；聽了白妞，則又是名士品評「餘音繞梁，三日不覺」，又是眾人「於我心有戚戚焉」。凡此種種，可看出作者在題材安排上的用心，輕重主從，濃淡相宜。

三、遺貌取神，形象鮮活

作者寫人並未仔細描畫人物的五官長相，而是巧妙捕捉人物的特徵、神采，寫彈三弦男人的外貌，先寫穿著，後寫臉型，再突出一臉疙瘩；寫黑妞的外貌，則是就年齡、臉型、髮式、穿著打扮順序來寫；寫白妞還突出「瓜子臉兒，白淨面皮」，有詳有略描寫不同人物的外貌。而寫白妞，說其「相貌不過中人以上之姿」，看似輕描淡寫，其實暗示了白妞說書是「以藝取勝」。至於「秀而不媚，清而不寒」則又是點睛手法，傳其神了。至於白妞上臺後「方抬起頭來，向臺下一盼」，便連那坐在遠遠牆角的人都覺得「王小玉看見我了」，白妞形貌栩栩然活現眼前。

四、層次分明，耐人尋味

作者層次分明地將三人技藝描寫得各如其分，而且一個超過一個，讓人期待白妞的出場。白妞的說書，作者又分幾個層次細寫。白妞一上場，並未寫其聲，而是先寫其人，然後才寫她開口唱曲。而寫其唱曲之前，又先寫她搖動那梨花

簡，「只是兩片頑鐵，到她守裡，便有了五音十二律似的！」
這之後「秀而不媚，清而不寒」，作者以各種手法突出白妞
那千回百折、極盡變化的特點。初是聲音不甚大，而後是
「回環轉折」，「節節高起」，而後是「到極高的三四疊後，
陡然一落」，而後是「愈唱愈低，愈低愈細」，而後是沉寂兩
三分鐘之後，「忽又揚起，像放那東洋煙火」，於是「無限
聲音，俱來並發」，最後是「霍然一聲，人弦俱寂」，台下轟
然叫好。

五、修辭獨到，巧於取譬

　　音樂之妙，甚難傳寫。聲音無形又轉瞬即逝，只有借物
賦形，通過各種譬喻和通感原理，方能將無形的聲音化為有
形的景物，把聽覺的感受轉化為視覺形象，喚起欣賞者的聯
想和想像，進入聲樂的美妙佳境。本文以「一線鋼絲拋入天
際」、「登泰山」、「繞黃山」、「放煙火」、「花塢春曉」等
具體事物來譬喻抽象的聲音，是最膾炙人口之處。作者先說
白妞說書聲調由低漸高，高中又有層次，他以登泰山的傲來
峰、扇子崖、南天門三處為喻，步步升高，愈升愈險，愈險
愈奇。其次是聲調由高轉低，唱到極高三四疊後，聲音又忽
然一落，美妙的聲音在半空中盤旋迴盪，幾經反復。而後愈
唱愈低，那聲音漸漸聽不見，聽眾也進入了「那此時無聲勝
有聲」的藝術境界，滿園子的人都摒氣凝神，不敢稍動。再
次寫妙音復起，彷彿聲音從地底下發出，忽又揚起，好似東
洋煙火一聲飛起，而無數聲音俱至并發。那彈弦子的亦全用

輪指，忽大忽小，真如大珠小珠落玉盤了，樂聲相和，臻於妙境。這些都是作者以具體形象來比喻抽象的聲音，讓王小玉說書的出色表演，使人如聞其聲，如臨其境。胡適在〈老殘遊記的文學技術〉一文中說：「音樂只能聽，不容易用文字寫出，所以不能不用許多具體的事物來作譬喻。白居易、歐陽脩、蘇軾都用過這個法子。」他認為這一段連用七八種不同譬喻，以新鮮的文字，明瞭的印象，使讀者從這些逼人的印象裡，感覺那無形象的音樂的妙處，是一次很成功的嘗試。此外，以「秋水」、「寒星」、「寶珠」、「白水銀裡頭養著兩丸黑水銀」來形容白妞的眼波有情、清澈晶亮、眼珠黑白分明，也是別有獨到，處處呈現其純熟的文字功力。

作者本人精通音樂，對音樂藝術有敏銳而獨特的感受。曾從名琴家勞泮頡和張瑞珊學琴，還為張氏印過琴譜並為之作序。而他本人琴藝亦臻精妙，其親屬回憶說，作者操古琴，能於鉤、挑、剔、抹間出風聲、水聲和飛鳥落地的境界，令聽者忘其所在。本文寫得如此傳神入妙，真切動人，與此可謂關係密切。

文中對說書的場面和舞台人物表演的描寫，都相當細膩，尤其難能可貴的是作者行文出以樸素、口語、明朗的文字，喚起欣賞者的共鳴，進入美的境界。

國家圖書館出版品預行編目資料

我曾想要一個海：古典文學星空／許俊雅著.
-- 初版 -- 臺北市：萬卷樓，2005[民 94]
面；　　公分
ISBN 957－739－545－7 (平裝)

830　　　　　　　　　　　94021623

我曾想要一個海
—古典文學星空

著　　　者：許俊雅

發 行 人：許素真

出 版 者：萬卷樓圖書股份有限公司

臺北市羅斯福路二段 41 號 6 樓之 3

電話(02)23216565・23952992

傳真(02)23944113

劃撥帳號 15624015

出版登記證：新聞局局版臺業字第 5655 號

網　　　址：http://www.wanjuan.com.tw

E－mail　：wanjuan@tpts5.seed.net.tw

承 印 廠 商：晟齊實業有限公司

定　　　價：340 元

出 版 日 期：2005 年 12 月初版